朝阳门内大街
166

[增订本]

永远的朝内166号

朝阳门内大街

166号

——与前辈魂灵相遇

王培元 著

人民文学出版社

图书在版编目（CIP）数据

永远的朝内166号：与前辈魂灵相遇 / 王培元著.—3版（增订本）.—北京：人民文学出版社，2014（2023.8重印）
ISBN 978-7-02-010544-1

Ⅰ.①永… Ⅱ.①王… Ⅲ.①人民文学出版社—知识分子—生平事迹 Ⅳ.①K825.4

中国版本图书馆CIP数据核字（2014）第160173号

责任编辑　胡文骏
责任印制　王重艺

出版发行　人民文学出版社
社　　址　北京市朝内大街166号
邮政编码　100705

印　　刷　涿州市京南印刷厂
经　　销　全国新华书店等

字　　数　250千字
开　　本　710毫米×1000毫米　1/16
印　　张　26　插页7
印　　数　5001—8000
版　　次　2007年1月北京第1版
　　　　　2011年1月北京第2版
　　　　　2014年9月北京第3版
印　　次　2023年8月第2次印刷

书　　号　978-7-02-010544-1
定　　价　68.00元

如有印装质量问题,请与本社图书销售中心调换。电话:010-65233595

谨以此书
　　献给我的前辈
　　以及我的同事和友人

锦瑟无端五十弦，
一弦一柱思华年。

——李商隐《锦瑟》

新版前记

此书2006年中草草写毕以后，颇有精疲力尽之感。桌上放着印出来的书，几乎没有勇气再翻看。这些粗浅的文字，竟也印成了书吗？

好意的同事和朋友，提议再继续往下写，但那时意兴阑珊，一点写下去的念头也没有。

直至去年底，因了友人的约稿，才又慢慢重新燃起热情，勉力陆续写了几篇，《聂绀弩的"独立王国"》、《无限夕阳楼主人陈迩冬》、《初冬怀王仰晨先生》等。另细读若干新旧材料，对原来的内容文字，做了程度不同的增补、删削和润色，以尽可能弥补所感到的某些缺憾。

这次增订，本打算原书名不变，但排版的时候，不知怎么就想到了明年是人民文学出版社建社六十周年，而且朝内大街166号，这座灰砖老建筑，也将要被拆除，废弃，荡然无存，不再有任何踪迹。在原址，或许不久就又会矗立起新的大厦来。然而，不管是否还是166号，那都已不是我们的前辈以及我们，曾经劳作于斯、歌哭于斯的，这座亲切而又熟稔的灰楼了。

166号，这座即将不复存在的灰色的老楼，只能在我们的记忆里，恒久地留存下去。

因了这个缘由,遂与责编周君及两位同事商议,决定将新版书名改为:《永远的朝内166号:与前辈魂灵相遇》。

月初的一天,曾到清华园去,路过近春园,顺便到那湾池塘去转了一过。时候是黄昏,落日的余晖笼罩着,渐起的暮霭,弥漫浮荡开来,满塘高低错落的荷叶,虽依旧密实而东倒西歪地立着,然而大半已经变黄,甚至枯萎了。

一些浅淡下去的绿叶子,点染其间,显得格外稀罕。干死的莲蓬,虽寥寥无多,但极触目。

忽忆起朱自清先生笔下的夏夜荷塘,那是何其柔媚旖旎呢;再看眼前的秋日景致,枯索、萧瑟的气息,分明地透示、散发出来。

从春至夏,再到秋冬,四时不同,万物皆有荣枯生死,一切都将老去、逝去,没有例外。

走着,看着,想着,鲁迅1932年写的一首诗《偶成》,随即浮上了心头:

> 文章如土欲何之,
> 翘首东云惹梦思。
> 所恨芳林寥落甚,
> 春兰秋菊不同时。

2010年10月28日王培元记于灯市口

〔**再版附记**〕

此次再版,主要增加了两篇文字,一篇是记述1957年作协党组扩大会对冯雪峰进行批判的过程的《他走进"无物之阵"》,另一篇为《杰出的翻译家汝龙》。此外,还对《冯雪峰:一只独栖的受伤的豹子》、《韦君宜:折翅的歌唱》、《蒋路:编辑行的圣徒》等篇内容做了少量的增补。

出上一版时,就听说这座楼已被鉴定为"危楼",即将面临拆除。但几年过去了,邻居人民社早已搬走,我们还在这里"留守"着、坚持着。

"园有桃,其实之殽。心之忧矣,我歌且谣。"所幸这个增订版编好、付印时,年华已经老去的166号尚在。

2014年8月12日王培元记于史家胡同

序

林 贤 治

当"知识分子"的名词输入中国之际,正值这块古老的东方大陆艰难转型。由传统士人蜕变而成的现代知识分子,历史负担无疑是沉重的,然而,他们却以旷古未有的英雄主义行动,开创了一个新的时代。辛亥革命以及五四新文化运动的实质性成就,无论以多少富含黄金的字眼去形容它,评价它,都不会过分。即便如此,支配了几千年的封建专制主义势力对知识分子的影响依然强劲。即以"五四"以后的头十年为例,从无政府主义到"好政府主义",从"到民间去"到"蹀进研究室",从"为人生的艺术"到"为艺术而艺术",都是明显的转向和倒退。一代启蒙工作陷于停顿。大的方面原因有两个:一是知识者的先天性脆弱,一是社会运动渐成压倒性优势。总之,知识精英与社会大众不是分头并进,而是由后者瓦解和吞并前者,使之丧失曾经一度在斗争中获得的独立身份。及至后来,整个知识群体几乎沦为"社会公敌"而遭到唾弃,如文化大革命,其受迫害的程度是惊人的。

知识分子的命运史,其实是一部中国现代化史,是一段相当漫长的"苦难的历程"。

书写知识分子的历史是意义重大的。然而,这种近于集体自传式的书写,惟有到了八十年代以后才成为可能;在此之前,实在是只可为政治家或工农兵立传的。遗憾的是,有了史传之后,正如我们所看到的,大多未能如实反映知识分子的面貌。对于历史,我们不是采取历史主义的态度,而是以意为之,功利主义得很。在否定知识分子改造运动之余,走向另一个极端,极力掩盖知识分子自身的人格和思想方面的缺陷,掩盖知识与权力的关系,故意夸大个别政治文化派别或学术小圈子的成就,如二三十年代的"英美派"("现代评论派"—"新月派")、九十年代的"自由主义"和"新左派",制造知识分子神话。如此种种,有一个带根本性的原因,就是知识分子自我批判意识的缺失。

王培元先生长期以来一直关注知识分子问题。十多年前,他即已撰写了一部延安鲁艺的专著;本书的出版,可以看作是四十年代知识分子的事业与命运的一种延续。不同的是,前者侧重事件,后者聚焦人物;但无论择取何种结构方式,作者都不是从观念出发,而是从事实材料出发,尽可能让尘封的档案及鲜活的记忆直接说话。

本书是王先生为他所在的人民文学出版社老一代知识分子撰写的列传。这是一家身份特殊的出版社,素有"皇家出版社"之称,从中央到地方的金字塔式的建构来看,它居于塔尖的位置,是出版界精英人物最集中的地方。他们的沉浮进退,在中国知识界中是具有代表性的。

列传,是创自《史记》的一种传统的历史书写形式。在史书中设置列传,它的好处是将历史文学化、人性化,通过人际关系的展开和人物形象的刻画,赋予历史以政治、军事以外的丰富生动的生活内容。王先生的书不是那种传统意义上的严谨的史学著作,而是一部融合了史学与文学因素的边缘性作品。全书由多篇独立的小传连缀而成,它的历史性,主要表现在不同的个人命运背后的共同的时代框架上面。整个框架大象无形,然而坚硬实在,不可变易。书中的人物几乎无一可以免除批斗、囚禁、劳役,深受精神和皮肉之苦,简直带有宿命的性质。孟超和巴人的结局,可谓惨绝人寰。他们中的每个人都足以构成一个社会单元,富于独立的文化价值;但当作者把这众多的人生画面有机地铺陈开来,从而展现历史的同一性时,显然更具震撼的力量。这是悲剧的力量,也是理性的力量。在这里,作者的批判意图是明确的:像"文革"这样的政治运动,以及形成一系列运动的社会机制应当永远革除,因为,它首先是反人性的。

这样,人类的价值与尊严便进入了全书的核心。正如我们在书中看到的,在政治压力面前,中国的知识分子并不像西方知识分子那样奋起反抗,而是忍耐、等待、挣扎,退回到自己的内心,唯以沉默的超重的工作体现自身的价值。作者没有就"知识分子意识",即在公共性和道义感方面向主人公们进一步提出质询,也许他有感于苦难的过分深重,而视此为一种苛责,所以表现相当宽容。不同于那些知识分子神话制造者的是,作者不是先验地去完成一个政治构图,而是透过特定的生存空间接近他笔下的人物,在价值取向上,对某些传统道德和人格规范表示认同。他固然赞美冯雪峰、牛汉的刚直不阿,欣赏聂绀弩的狂狷,楼适夷的率真,严文井的超然,感动于韦君宜的勇毅,蒋路的谦和,林辰的笃实,而对一度千夫所指的舒芜,也在大关节处有所开解,不乏奖誉之辞。

大量的口述材料的使用,使全书具有为一般的考据史学著作或文学杂记所没有的文献价值。而这些材料,又是为作者所严加选择的。其中,如毛泽东与冯雪峰的关系的变异,冯雪峰为《鲁迅全集》作注,以及后来的焚稿;牛汉与艾青在批判会上的问答;秦兆阳夜访刘白羽;严文井对赵树理和周扬的评价;绿原学习德语的始因;楼适夷的忏悔;聂绀弩寄巴人诗及其不同版本等等,这些史料都是非常珍贵的。要在有限的篇幅中写尽一个人的一生,这是困难的事。作者的写作策略是:一来引入日常生活的材料,凸显人物个性,二是发掘人物的文化价值的特异性;除此以外,都属多余枝节而被删夷。所以,即使全书写了十余位同样职业的知识者,也不至流于面目模糊,彼此雷同。在书中,虽然作者使用了一定的文学手段,但是他并不特别看重为传记作家所倚赖的情节,却是较为注重细节性材料,由此显出描写的本领。书中的文学性,实际上更多地表现为富于文采的叙述语言。不同于历史的分析性话语,作者是热情的,激愤的,悲悯的,言语间有一种情感的浸润;当人物的命运出现戏剧性转折时,书中往往出现大段奔突而来的抒情性独白,诚挚感人。

知识分子的历史,需要从不同的角度和层面逼近真实,需要有不同形式、不同风格色彩的书写。《在朝内166号与前辈魂灵相遇》仅系其中的一种。王先生于半个月前将书稿寄我并嘱作序,使我得以重睹一群老知识分子的人生沧桑。余生也未晚,当"文革"时,受过批斗,坐过囚室,且累及家人,然而不要说为天下苍生忧,其时竟连为自己抗争的勇气也没有。这种懦怯一直延至今日,自觉是没有为本书作序的资格的。以上文字,读后感而已,倘若可以印出来,那么,就当是大时代里的一个小人物所作的一份精神见证吧。

2006年11月15日于广州

目　次

　　彳亍在空荡荡的楼道之中,独坐于北窗下静悄悄的办公室里,有时似乎觉得冯雪峰、聂绀弩、楼适夷、孟超、林辰、韦君宜、严文井、秦兆阳、蒋路等前辈的魂灵,就在166号这座幽深宁静的大楼里逶巡、游走。他们在看着你,眼神里流露出信任、希望、鼓励和期许。

　　冯雪峰有鲁迅说的"浙东人的老脾气"与"硬气",性格倔强执拗、赤诚率真、偏激冲动、焦躁易怒。1937年7月,他与赴南京和国民党谈判的中共代表团负责人博古一见面,就吵翻了……当厄运降临的时候,他就像一只受伤的豹子,悄悄地躲进密林深处,默默地舔舐着伤口里流出的鲜血,孤独地承受着、忍耐着苦痛和哀伤。即使在那艰厄窘迫的岁月里,冯雪峰仍保持着特立独行的个性,保持着精神的高洁和灵魂的尊严。

命力依然强悍、蛮野、饱满。

新中国第一起最大的文字狱，舒芜就深陷其中。如今，那些噩梦般的往事，那些恩怨情仇，随着岁月的流逝，似乎如烟尘一般渐渐地消散，并终将湮没于历史的深渊。他的书房，先叫"天问楼"，后称"碧空楼"。他的一本文集，书名是《我思，谁在？》，书前题记云："我思了，我在么？在的是我还是别人？"这是否透露出了舒芜的心灵的消息？

韦君宜是二十世纪中国知识界一位罕见的认真、执著、纯粹、坚贞、勇毅的知识女性。由于这种品性，她坚定地献身理想，热烈地拥抱信仰，奋不顾身地投入革命；一朝幻灭，便格外痛楚；醒觉之后，又分外决绝。她的《思痛录》，已成为二十世纪中国知识分子精神史中一块标志性的界碑、一个不可代替的文化标本。

他是把编辑工作，把主持《人民文学》和《当代》杂志的工作，当做一项与国家和民族的命运紧密相连、不可或缺的事业，来对待、来追求的。这是他的一个鲜明特点，也是他那代人的共同点。他一生的荣辱、悲喜与沉浮，简直折射着一部波诡云谲的中国当代文学史。一个文学时代，一个"果戈理到中国也要苦闷的时代"，随着秦兆阳的辞世，也许永远地消逝了。

有一次他大声说："我算有思想吗？我真的有自己的思想吗？没有，我没有自己的思想。"只有睿智的人，才敢于这样自嘲,敢于这样反思。而在严文井的自嘲和反思中,似乎还可以品咂出一丝苦味。他似乎心智澄明,似乎大彻大悟,但又似乎依旧惶惑。他的自嘲与反思里,就有这惶惑在。

绿原以刚毅的理性和坚强的意志,穿透、超越和战胜了生存的残酷与现实的荒谬,他的意志力量是常人难以企及的。苦难淬炼了绿原的诗,锻打了绿原的诗,成就了绿原的诗,却无情地彻底毁灭了他的同志和友人——被称为"未完成的天才"的路翎。

天真而又乐观的孟超,内心充满了激情的孟超,写过诗、写过小说、写过杂文的孟超,怎么就突然写起了昆曲呢?然而,谁能料到,怀着一腔豪迈、壮烈的激情,"试泼丹青涂鬼雄"的孟超,最终竟因这出"鬼戏"含冤而死呢?却原来,制造这个冤案的元凶,恰恰就是他的同学、同乡甚至还是亲戚,那个"马克思主义理论家","文革"中炙手可热的大人物——康生。

晚年,楼适夷在一篇文章中写道:"脑子这个器官,是专司发号施令的,要管住自己的脑子,谈何容易。"他终于明白,用自己的头脑来思考,是何等的重要!

1970年3月,曾被誉为"活鲁迅"的巴人,被遣送回故乡奉化大堰村。年底,开始神志不清。第二年,精神失常。冬天不穿衣服,蓬头跣足,在旷野里狂奔。两年后,口鼻耳流血不止而死。

忘怀的往事,领受过他的教益和恩惠的我,就又不可遏止地怀念起这个具有坚定信念和鲜明是非感,表面看起来很平和,但实际上内心燃烧着热烈爱憎的、可亲可敬可爱的老头儿来。

汝龙搞翻译五十年,译契诃夫四十年。用他自己的话说,他具有一股"横下一条心,默默干下去"的劲头和韧性。巴金说,汝龙"让中国读者懂得了热爱那位反对庸俗的俄罗斯作家。他为翻译事业奉献了自己的下半生,奉献了一切,甚至自己的健康,他配得上翻译家这个称号"。

缘　起

166号，指的是北京朝内大街166号。

这是一幢五层的办公楼，位于北京东四至朝阳门的朝内大街中段南侧，坐落在这条大街与南小街交叉的十字路口的西南角上。

1958年1月，人民文学出版社（以下简称"人文社"）从东四头条胡同4号文化部东院，迁入此址，时至今日，一直是这个闻名遐迩的国家文学专业出版社的办公之地。

看上去，这幢灰色的楼已经很陈旧，是一座"庄重却又有些寒伧的老房子"。但是，许多到过这儿的诗人、小说家、学者、翻译家，以及在这儿工作过的编辑家，却对她怀着一种感念不已的深情和无限的眷恋。

时隔多年之后，有的小说家仍清楚地记得，第一次走进人文社这栋旧楼时所产生的那种"敦厚、结实、历尽沧桑的感觉"；有的给人文社编过书的学者，动情地说，166号那条街的树荫，社里的气氛，那些帮助他的编辑朋友，"真是有些让我梦绕魂牵的"；还有的作家，把人文社视为他早就遥望着的一座真正的"文学的大山"，是"我的遥远的文学的母亲"；还有一位作者曾写道：如果有人问，在你因写作而到处漂泊过的一些地方

北京东四头条4号文化部东院，人文社建社之初，曾在此办公当中,哪儿给你留下了最深的印象?我一定会说:"是北京朝内大街166号大院。"

久而久之,朝内大街166号,竟成了一个人们耳熟能详的"代码"、"符号",常常以此来指代有"皇家出版社"之称的人文社。

在文学界很多人看来,位于166号的人文社,决不是一家普通的文学出版社。在他们的心目中,这里是"神圣的出版机构","是神圣之地,是可望不可即的文学殿堂"。他们把她称做"中国作家心目中的文学殿堂",说人文社出版了他的第一部书,等于"认证了我从事文学事业的资格","像是给了我一张毕业文凭"。一位老作家认为,在中国文学领域,人文社"已塑成了一座巍峨的丰碑"。……

"文学的真正慈母","文学圣徒","勤勤恳恳的文学事业的天使",则是作家们献给韦君宜等人文社的领导和编辑的美好颂辞。

几十年来,在中国大陆,恐怕还没有第二家文学出版社,获得过如此热烈、真挚、深情而又崇高的赞美、褒奖和敬意吧?

幸运的是,笔者居然于1984年底大学毕业后,分配到人文社,到现代文学编辑室,作了一名编辑。

然而,当时,并没有意识和体认到这份工作的价值、重要性和神圣意义,只是把它看做一个谋生的饭碗,一份平平常常的职业,一个迈出校门之后不得不首先驻留的人生驿站。如今提起来仍汗颜不已,那会儿,甚至不知深浅地有那么一点点抱屈。

就那么混了若干时日以后,才慢慢地了解到:几十年来,人文社对中国的文化建设和文学事业做出了多么巨大而无法替代的贡献,走过了何等辉煌壮丽而又曲折坎坷的历程;也才渐渐地知道:曾经有一大批一流的作家、学者、翻译家、编辑家、装帧设计家、出版家,在这里从事着既无名又无利的编辑出版工作,为读者贡献了大量的不可或缺的"信得过的精神产品"(借用绿原先生语,并增加"精神"二字),他们呕心沥血,甘为"人梯",奉献了毕生的心血、汗水,乃至青春和生命。

恰如一位小说家所说,"这个出版社的领导成员大都是我所崇拜的对中国文坛有过重要贡献的人物",如冯雪峰、楼适夷、王任叔、严文井、韦君宜等,"在我的记忆中,好像还没有哪家出版社有过这么多的文化人在为出版事业服务,为新中国的文学事业服务。至于她所出版的名著和培育的作家,当然更不用说了";而且在那时,"有书在人民文学出版社出版,是衡量一个青年作者成就的重要标志"。

只是到了后来,也只有到了后来,在了解、知道了上述一切之后;在深味了编辑工作的甘苦和乐趣之后;在结识了牛汉、林辰、蒋路、舒芜、严文井诸位先生之后;在继朱正先生,担任了《瞿秋白文集》(文学编)第2至6卷的责任编辑,和张小鼎先生合作,并得到此书终审王仰晨先生耳提面命的指教之后;在编辑舒芜先生的学术专著《周作人的是非功过》的过程中,愈来愈体悟到编辑工作的个中三昧之后;在与我的同事、主管领导高贤均(也是我的朋友和兄长,如今他已长眠于地下)共同策划、编辑了在学术界还算是有一点反响的"猫头鹰学术文丛"、"猫头鹰学术译丛"之后;在编辑了读者欢迎、专家称许的图书之后……才越发深切地感受到人文社这潭水有多深,也渐渐地对编辑出版工作产生了兴趣和热爱,并愿意把它作为自己一生的"志业"。

近两年,每逢节假日,时常到社里来读书、写作,或者看稿子、会朋友。我喜欢办公室里安谧沉静、没有干扰的气氛和环境。

在一二楼之间楼梯拐弯处,墙上的玻璃窗里,张贴着很多中外伟大文学家的肖像,还有一行大字:"每天,我们面对他们的目光……"

当凝视着屈原、司马迁、杜甫、曹雪芹、鲁迅、但丁、莎士比亚、普希金、托尔斯泰、契诃夫、巴尔扎克、雨果、歌德、惠特曼等人的时候,胸中便有一种神圣而崇高的情感激流,鼓荡盘旋起来。

彳亍在空荡荡的楼道之中,独坐于北窗下静悄悄的办公室里,有时似乎觉得冯雪峰、聂绀弩、楼适夷、张友鸾、郑效洵、王任叔、孟超、林辰、韦君宜、陈迩冬、秦兆阳、蒋路等前辈的魂灵,就在166号这座幽深宁静的大楼里逡巡、游走。

他们在看着你,眼神里流露出信任、希望、鼓励和期许。

这时,往往会找出他们的书,翻开,边读边想,一任思绪飞扬,犹如莽原上的野马,仿佛在与前辈的魂灵,进行着自由的交谈……

从这篇"缘起"开始的一组文字,或许可以看做是一个正在从事文学编辑出版工作的后生晚辈,与冯雪峰、聂绀弩等先生前辈们所进行的心灵对话、精神交流的零星碎片。

2005年5月10日于166号北窗下

冯雪峰:一只独栖的受伤的豹子

东北流亡女作家萧红,曾有两次在鲁迅家吃晚饭,同桌还坐着一个很瘦、很高、头发剃得很短、穿着小背心的人,就住在鲁迅家里。鲁迅介绍说:"这是一位同乡,是商人。"

萧红发现这个人很活泼,不大像商人,也能喝酒,还让别人酒,给她也倒了一盅。席间,他说到蒙古人什么样,苗人什么样,西藏女人又如何。吃完饭,还谈起了鲁迅的《伪自由书》和《二心集》。听鲁迅之子海婴叫他×先生,萧红就明白他是谁了。

又一个晚上,萧红看见这位身上穿着长袍子,手里提着小箱子的×先生,从鲁迅家的三楼上下来,走到鲁迅面前,说他要搬走了。许广平送他出门去。鲁迅在地上绕了两圈,问萧红:"你看他到底是商人吗?"萧红说:"是的。"

鲁迅很有意思地在地上又走了几步,停下来对萧红说:"他是贩卖私货的商人,是贩卖精神上的……"萧红终于知道了,×先生是走过两万五千里长征回来的。

在《回忆鲁迅先生》一文中萧红写的这位×先生,就是冯雪峰,被许

1936年，党中央派冯雪峰从陕北回到上海，执行重要使命

广平称为"研究鲁迅的通人"的冯雪峰。

上个世纪五十年代初，刚成立不久的新中国的领导人，在百废待兴、万象更始之际，决定组建人民文学出版社。不能不说这是一个关乎民族文化建设和文学发展的重要举措。由胡乔木提名，周恩来总理亲自安排，任命冯雪峰担任人文社第一任社长、总编辑。

开始冯雪峰并不想接受这个职务，他打算从事自己所热爱的文学研究和文学创作。于是，建议由作家巴金来担任此职，并去劝说巴金。巴金说："我不会办事。"请他代为辞谢。冯雪峰说："你要不肯去，我就得出来挑这副担子了。"

巴金说："你也别答应。"因为他熟悉冯雪峰，"太书生气，鲠直而易动感情"，也不一定合适。巴金不干，冯雪峰只好走马上任。

对冯雪峰了解得越深，对人文社的历史知道得越多，就越是觉得：选

择他担任人文社第一任社长、总编辑,是人文社之福,也是新中国文学出版事业之福,更是全社几代编辑、员工之福。

到人文社的第三年(1986),社里承办全国第一届冯雪峰学术讨论会,我奉命参加会议筹备工作。时任副总编辑的陈早春说:"冯雪峰是咱们的老领导,论文不能都是别人来写,咱们社的人更应该写,你也写一篇吧。"我说:"我试试吧。"为此,我认真读了四卷本《雪峰文集》,勉力写了一篇凑数的文章《雪峰以比较文学方法进行的鲁迅研究》。

在中国现代文学家当中,冯雪峰不但是成就卓著的诗人、杂文家、寓言作家、文艺理论家、鲁迅研究家,而且是真正有信仰、有追求、正直耿介、无私纯粹的革命者。他是伟大的文学家、思想家鲁迅的学生与战友,也是参加过红军二万五千里长征的唯一一位诗人、作家和文艺理论家。

1903年6月2日,冯雪峰生于浙江东部义乌一个山村的普通农家。这里古属越国,是著名的"报仇雪耻之乡"。冯雪峰自称是"纯粹的山里人"。从小他就感染了故乡"民风的强顽",渐渐形成了质朴、耿直、倔强的个性气质。

他在金华省立第七师范学校读书时,因带头参与驱逐迫害学生的学监的事件,被学校开除。他把自己原来的名字"冯福春"改为"冯雪峰",瞒着家里,带着同学给他凑的十七元钱,独自一人前往杭州,考进颇负盛名的浙江省立第一师范学校。他加入了在朱自清、叶圣陶等教师指导下进行创作活动的"晨光文学社"。1922年他和应修人、潘谟华、汪静之又结成了湖畔诗社,先后出版了诗歌合集《湖畔》和《春的歌集》,成了闻名遐迩、具有清新缠绵诗风的"湖畔诗人"。

1925年,他和后来写了《二月》等小说的同学柔石,结伴来到北京,一面自修日文,一面在北京大学旁听,多次聆听鲁迅讲课。李大钊被绞死之后的1927年6月,他加入了中国共产党,成为一个具有坚定共产主

十八岁的冯雪峰

义信念、酷爱文学的青年共产党人。后来由于遭到通缉，他不得不于1928年2、3月间逃离北京，南下上海。

这一年12月9日晚上，柔石带他第一次去鲁迅家，与鲁迅见面。当时，他正在翻译马克思主义文艺理论。他带着一些译稿，登门向鲁迅请教。对于初次见面的人，鲁迅的话是极少的。柔石有事先走了。鲁迅除了回答冯雪峰的问题之外，简直不怎么说话。他觉得很局促，也就很快告辞了。

第二次，鲁迅仍然话不多。他请鲁迅翻译普列汉诺夫的几篇关于艺术起源的文章，鲁迅答应了。以后鲁迅的话就一次比一次多起来。不久，柔石帮他找到了鲁迅家对面的一处房子。每天晚饭后，他站在阳台上一看，如果鲁迅家没有客人，他就过去和鲁迅聊天，常常是一聊就一两个或三四个钟头。许广平回忆说，冯雪峰"为人颇硬气，主见很深，也很用功，研究社会科学，时向先生质疑问难，甚为相得"。

许广平还说，冯雪峰"有过多的热血，有勇猛的锐气，几乎样样事都

　　1931年4月20日,冯雪峰一家和鲁迅一家在上海合影。当天
《鲁迅日记》载:"下午同广平、海婴、文英及其夫人并孩子往阳春
馆照相。""文英"即指冯雪峰。是日,鲁迅与冯雪峰通宵编印《前
哨·纪念战死者专号》毕,冯雪峰提议两家合影留念。

想来一下，行不通了，立即改变，重新再做，从来好像没见他灰心过。有时听听他们的谈话，觉得真有趣，F（指冯雪峰——引者注）说：'先生你可以这样这样的做。'先生说：'不行，这样我办不到。'F又说：'先生你可以做那样。'先生说：'似乎也不大好。'F说：'先生你就试试看吧。'先生说：'姑且试试也可以。'于是韧的比赛，F的目的达到了"。

冯雪峰刚到上海的时候，狂热地提倡"革命文学"的创造社和太阳社，正在与鲁迅展开一场愈演愈烈的论战。他们错误地攻击鲁迅是"封建余孽"，是"二重性的反革命"，是"不得志的法西斯蒂"；认为鲁迅的作品是"类似消遣的依附于资产阶级的滥废的文学"。

针对这种对鲁迅的粗暴的批判，冯雪峰1928年5月写了《革命与知识阶级》一文，正面阐释了鲁迅作为中国知识分子的代表的价值。此前没有任何一篇文章，如此明确地论述鲁迅的文学创作与中国共产党领导的革命斗争的本质联系。可以说，这是一篇表明中国共产党人开始正确认识鲁迅的里程碑式的文章。

认为"鲁迅是我们的朋友"的年轻的共产党人冯雪峰，就是怀着这样一种宝贵的见解，全力投身于中国的无产阶级革命文学运动，并成为对这个运动做出了巨大贡献的文艺理论家和杰出的实际领导者的。他始终与鲁迅保持着良好的、亲密的个人关系。他1931年担任中国左翼作家联盟的党团书记，1932年担任中共中央宣传部文化工作委员会书记，为中国左翼文学事业的发展建立了不朽的功勋。

也许，人文社这艘负有重要文化使命的航船，只有拥有像冯雪峰这样的人生境界、文化襟抱、精神器量、学术眼光、丰富阅历、深厚学养，以及独特个性和非凡人格魅力的人物，才胜任作她的船长吧。在他的出色指挥下，人文社起锚开航，开始了辽远浩淼而又风劲浪急的文学出版之旅。

人文社1958年1月迁入朝内大街166号（当时是320号）后，调整机构，扩大编制，并于9月编制完成了《人民文学出版社五年出版规划草案（1958—1962）》

如果让我这个后生晚辈，来斗胆简括一下冯雪峰的贡献的话，或许可以说，他的最重要的贡献在于：为人文社确立和奠定了"两个格局，一个传统"。

"两个格局"，即图书出版格局与编辑人才格局。1951年3月建社之初，冯雪峰就明确提出了八字出版方针："古今中外，提高为主。"第二年年初，又在他的主持下，把这八字方针具体化为："一、当前国内创作及'五四'以后的代表作；二、中国古典文学名著及民间文艺；三、苏联及新民主主义国家文学名著及世界其他各国现代进步的和革命的作品；四、近代和古代的世界古典名著。"

为落实这一方针，人文社从1951年起，陆续编辑出版了"中国人民文艺丛书"、"解放军文艺丛书"，整理出版注释本中国古典文学名著《水浒传》、《三国演义》、《红楼梦》、《西游记》，以及外国古典文学名著《神曲》、《吉诃德先生传》、《莎士比亚戏剧集》（十二卷）等。此后，1953年开始出版《瞿秋白文集》，1956年开始出版《鲁迅全集》，1957年开始出版《沫若文集》，1958年开始出版《茅盾文集》、《巴金文集》、《叶圣陶文集》

等。另外，三套大型丛书"中国古典文学读本丛书"、"外国古典文学名著丛书"、"中国古典文学理论批评专著选辑"，也于1958年起陆续出版。

1958年9月，《人民文学出版社五年出版规划草案（1958—1962）》编制完成。这个长达四百七十二页的规划草案，分中国文学、外国文学两个部分，奠定了迄今为止人文社图书出版的基本构架。现在的一些丛书计划、选题思路，仍得益于或延续了这个视野开阔、气魄宏大、结构完整的规划草案。其中有的丛书，如"中国古典文学读本丛书"、"中国古典文学理论批评专著选辑"、"外国古典文学名著丛书"、"外国古典文艺理论丛书"等等，已经成为人文社长销不衰、独家拥有的品牌图书和非常丰厚的版本资源。

尽管在今天看来，当时制定的出版方针和规划，不可避免地带有时代所特有的政治文化印记，但经过具体实施，毕竟形成了一个思想比较开放、结构相对合理的图书出版格局。人文社的出版物也因而参与了五十年代以来各个历史时期中国的文化建设和文学事业，并对广大读者的精神生活发生过无法替代的影响。其作用，是不可抹杀的。

为组建一支优秀的人才队伍，冯雪峰从全国各地物色、遴选，先后延揽了一批优秀的专家学者，如聂绀弩、张友鸾、舒芜、顾学颉、王利器、周绍良、陈迩冬、周汝昌、黄肃秋、麦朝枢、严敦易、林辰、孙用、杨霁云、牛汉、朱葆光、刘辽逸、蒋路、许磊然、伍孟昌、赵少侯、金人、金满成等，真可谓"济济一堂，盛极一时"。

一次，二编室（即今古代文学编辑室）开室务会，冯雪峰也参加了。他先谈了编辑工作的方针、任务，接着谈到二编室人才济济、专家众多，并和社外专家做了一番比较，因而不无得意地说，人文社的编辑力量、业务水平，并不弱于国内大学的中文系和学术研究机构。之后，又讲了一个故事：

"有一个人胆小怕事。一天晚上,看见窗外有个影影绰绰的黑影,在往里边窥视,似乎又有些害怕的样子,不敢进入室内。屋里这个人害怕极了,一直盯着窗户,不敢动。双方对峙了很长时间。不料,此人突然打了一个喷嚏,把窗外那个影子吓了一跳,拔腿就跑,知道了在室内的,是人不是鬼。里边的人也知道了,外边的同样是人,不是鬼。"

这个故事意在说明,和社外专家打交道,以及审阅他们的书稿时,不要胆怯,害怕专家,不敢提意见,发现了什么问题,不妨直说出来,这样才能交换意见,促进学术交流,提高书稿质量。

在场的人,听了这个寓言式的故事,明白了其中的寓意,都大笑起来。

正因为有这些高水平的专家,几十年来人文社才能够在当代中国思想文化、文学艺术、图书出版领域,做出独一无二的贡献,赢得相应的声誉、地位和影响。

在谈到人文社的时候,有人说:"名社名编出名著";一位小说家也说:"编辑的水平也就是出版社的水平,编辑的风格就是出版社的风格,编辑的素质也就决定了出版社的素质。"由于有上述功底深厚、学问扎实、甘于奉献的一流的学者型编辑,几十年来,人文社才能编辑出版数不胜数的品位高、质量好的图书,并且积累了大量的优秀的版本。因此人文社的书,才能成为绿原所说的"信得过产品",获得一代代读者的认可和欢迎。

经过一代又一代员工的辛勤劳作和扎实努力,人文社逐渐形成了"严谨,稳健,奉献,开拓"的优秀传统。这个传统,也可称为人文社的"社风"或"社格"。

这筚路蓝缕的第一步,正是冯雪峰带领着前辈创业者们,历尽艰辛,一步一个脚印地跋涉过来的。有了这凝聚着"光荣与梦想"的拓荒和奠

冯雪峰在1957年

基，人文社才不但成了"一个制造和生产好书的工厂"，而且成了"一所无形的好大学"，"一家文化遗产蕴藏丰富的大图书馆"。她不只是第一个和唯一一个国家文学出版社，而且是"一个非常权威的机构"，在新中国文化界、知识界，发挥着举足轻重的作用和深远的影响。

假若说，今天提起人文社那些令人敬重、钦佩和景仰的前辈，就如同远眺耸立于夕照中的群峰的话，那么，说到冯雪峰，则好似遥望一座闪着圣洁之光的皑皑雪山。

左联时期，他给那种话说得四平八稳、冠冕堂皇，而到了分配工作时就逃避的人，起了个绰号："革命绅士"。开会的时候，他曾经暴怒地拍着桌子，疾言厉色地痛骂这些"革命绅士"。上个世纪五十年代，有一次，不知因为什么，他和周扬吵翻了，大衣也没拿，就怒气冲冲地走了。后来，还是牛汉到周扬的办公室去，帮他拿了回来。

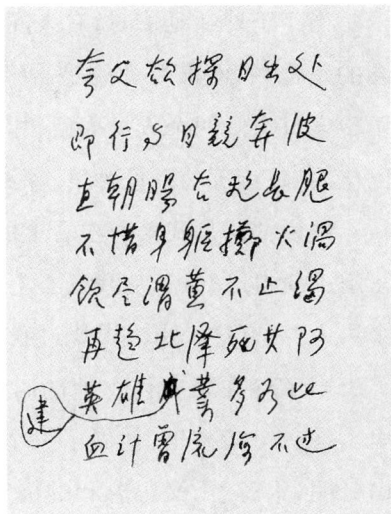

夸父敢撑日出处
即行心日竞弃陂
直朝暘谷起长腿
不惜身躯撼火渴
饮尽渭黄不止渴
再趋北泽死其阳
英雄成业多如此
血汗曾流谁不逮

冯雪峰 1969年4月12日

冯雪峰签名、盖章　　　　　　　　　冯雪峰诗稿

"秉性豪爽，处事果断，具傲骨，易怒，人不敢近。众人在谈笑间，他一到，便肃然无声。"这是曾先后担任人文社经理部主任、副社长的许觉民，对冯雪峰的印象。在面对某些领导人物时，他的焦躁、激动、易怒的脾性，尤其会爆发出来。

一次，《鲁迅小说集》封面的鲁迅像印得有些模糊，许觉民被冯雪峰叫去，发了一通火，完了余怒未息，还说要撤他的职，另换人。他于是就等着被撤，可过了一阵，并无什么动静。还有一回，时任诗歌散文组组长的牛汉，把一个编辑编的一本某现代诗人的诗选，送交给冯雪峰签字。冯雪峰接过稿子，啪地就扔到了地上，说："他也就三四十年代有那么两首好诗，再就没什么好的了！"

冯雪峰给人的印象，常常是严肃的，甚至是严厉的，但又是通情达理的、温厚可亲的，对部下尤其如此。在向别人交待完任务之后，他往往要再问一句："你看行不行？"

当年丁玲在延安时,有人问她,"你最怀念什么人?"她答道:"我最纪念的是也频,而最怀念的是雪峰。"1927年冬天,一个朋友介绍冯雪峰教丁玲学日文。两个人见面后,相貌平常、性格沉静、一副苦学生模样的乡巴佬雪峰,让丁玲一见钟情,深深打动了她的心。

她说:"这是我第一次看上的人。"后来在《不是情书》一文中,丁玲又写道:"我自己知道,从我的心上,在过去的历史中,我真真的只追求过一个男人,只有这个男人燃烧过我的心……"

当丁玲在延安怀念他的时候,冯雪峰正被国民党关在上饶集中营里。在一个暗夜里,他做了一个美丽的梦,梦见了"一双很大很深邃,黑白分明,很智慧,又很慈和的极美丽的眼睛"。于是,他在《哦,我梦见的是怎样的眼睛》一诗中,记下了这个梦。有人说,这双迷人的眼睛,特别像丁玲的大眼睛。

著名翻译家杨宪益五十年代为翻译鲁迅作品,曾与冯雪峰共过事。先由冯雪峰和他一起选编,再由他和夫人戴乃迭把选定的作品翻译成英文。杨宪益后来回忆此事时说:"冯雪峰是一位老资格的共产党员,解放前曾被国民党在集中营关了很多年。我非常喜欢他。他的性格温和又充满热情,是一位道德高尚的人。我觉得他在很多方面都与他的朋友、八十年代担任中共中央总书记的胡耀邦非常相似。"

不少人回忆起冯雪峰,都谈到他的异常俭朴,衣着破旧;谈到行政部门买了一台电扇,送到他家里,他立刻退了回去;谈到他为公家办事,需请客吃饭,如果由他个人出面,就一定是自己付钱;谈到周恩来总理指示配给他一辆专用小汽车(而人民、美术、教育等其他大社社长则没有),而他却很少坐,只有到中南海开会等重要活动,才偶尔坐坐,平常上班就戴顶大草帽,雇一辆三轮车,坐到社里;谈到如果下雨天他坐汽车回家,在

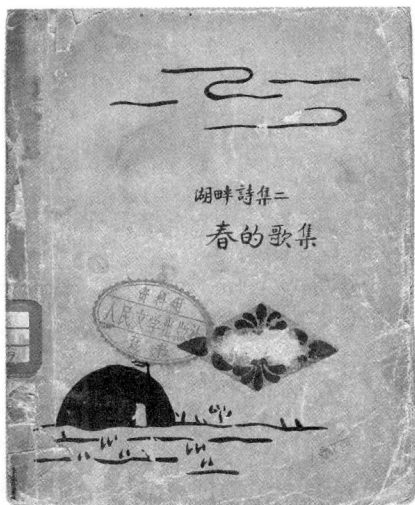

湖畔诗人的第二本诗歌合集《春的歌集》,湖畔诗社1923年底出版

胡同口就会下车,步行回家,怕车轮溅起的泥水,落到行人身上……

还有人谈到了他与众不同的脾气和个性。他有鲁迅说的"浙东人的老脾气"与"硬气",性格倔强执拗,赤诚率真,偏激冲动,焦躁易怒。这种特立独行的个性,使他1937年7月与赴南京和国民党谈判的中共代表团负责人博古一见面,就吵翻了。

冯雪峰奉命到南京参加与国民党的谈判,中共代表团里地位仅次于王明、周恩来的第三号人物博古见到他后,给了他一份题为《中国工农红军将士为卢沟桥事变告全国民众书》的文件。当他看到其中有"服从蒋委员长"、"信奉三民主义"等内容时,不禁大怒,当即拍案而起,指着博古的鼻子,骂他是"新官僚"。

随后他一气之下,竟给潘汉年写信请假,于年底回乡写红军长征的长篇小说去了。行前,他对胡愈之说:"他们要投降,我不投降。我再也不干了,我要回家乡去。"又对楼适夷说:"他们有些人,一心想当国民党的新官了,我可不干。"还说:"党错了,鲁迅是对的。"

一时激于义愤，中断与党的组织关系两年之久，冯雪峰不啻毁灭了自己未来的政治前程。这种任性使气的做法，不能不被中央领导人认为是"无组织、无纪律"，恐怕也是后来导致毛泽东对他不满和反感的一个原因。

1954年，毛泽东发动了《红楼梦》研究批判运动，冯雪峰首当其冲。

毛泽东认为冯雪峰任主编的《文艺报》压制了李希凡、蓝翎研究《红楼梦》的文章，专门写了《关于〈红楼梦〉研究问题的信》，指责《文艺报》"容忍俞平伯唯心论和阻拦'小人物'的很有生气的批判文章"。在《人民日报》10月28日发表的袁水拍写的《质问〈文艺报〉编者》一文中，毛泽东又加了一句"文艺报在这里跟资产阶级名人有密切联系，跟马克思主义和宣传马克思主义的新生力量却疏远得很，这难道不是显然的吗?"

10月31日至12月8日，中国文联主席团和中国作协主席团，先后召开了八次主席团扩大会议，批评《文艺报》"投降资产阶级权威，压制马克思主义新生力量"的"错误"。冯雪峰不得不在会上发言检讨。他还被迫在11月4日的《人民日报》上，发表《检讨我在〈文艺报〉所犯的错误》的文章，公开检讨自己在这一问题上所犯"错误"，随之被撤销了《文艺报》主编职务。

在冯雪峰检讨自己的"错误""是反马克思列宁主义"一句旁，毛泽东挥笔批道："应以此句为主去批判冯雪峰。"

12月31日，毛泽东还将冯雪峰的诗《火》，寓言《火狱》《曾为反对派而后为宣传家的鸭》《猴子医生和重病的驴子》等，批给刘少奇、周恩来、陈云、邓小平、彭真、彭德怀、陈毅、陆定一，以及陈伯达、胡乔木、胡绳、田家英等人阅读，批语是："冯雪峰的诗和寓言数首，可一阅。如无时间，看第一篇《火狱》即可。"

《火狱》，是冯雪峰1945年5月1日写于重庆的一篇短文。写苏联红军攻进了柏林，全城立即起了大火。在火光里，全世界人民照见自己，照见自己的胜利。"我好像就在柏林的城边，俯视着这喷着火的地狱的海"；"这火狱的用场，便在于用敌人的消灭，来产生我们的欢快，而以我们的欢快，去照耀敌人的消灭"。

有一次，毛泽东拿着冯雪峰的一篇文章(《火狱》?)，对胡乔木说："冯雪峰的'湖畔'诗写得很好，怎么文章写得这么坏?"也许在毛泽东看来，这篇文章对于柏林的全城大火、尸体纵横和黑暗凄凉所产生的"狂欢"的情绪，反映了一种很不健康的心理，从而加强了他对冯雪峰的厌恶吧?

大革命时期，在广州工作的毛泽东，就曾打听冯雪峰的下落，说他很喜欢"湖畔"诗，希望冯雪峰能到南方去，和他一起工作。1934年，冯雪峰到达江西瑞金中央苏区，担任中央党校教务长，遭到当时中共中央领导人排斥的毛泽东，常常来找他聊天。党校杀了猪，他就把毛泽东请来吃一顿。发了津贴，两个人还一起上小饭馆。

鲁迅及其作品，是他们在一起时，谈论得最多的话题。读过鲁迅的《狂人日记》、《阿Q正传》等小说的毛泽东，不无遗憾地对冯雪峰说："'五四'时期在北京，弄新文学的人我见过李大钊、陈独秀、胡适、周作人，就是没有见过鲁迅。"

冯雪峰告诉毛泽东，有一个日本人，说全中国只有两个半人懂得中国，一个是蒋介石，一个是鲁迅，半个是毛泽东。毛泽东听了，大笑起来，说："这个日本人还不简单，他认为鲁迅懂得中国，这是对的。"

冯雪峰还告诉毛泽东，鲁迅看过他的一些诗词，认为《西江月·井冈山》有"'山大王'的气概"。毛泽东听了，哈哈大笑不止。

毛泽东1945年秋赴重庆谈判期间，会见了当时正在大后方从事文学创作及其他文学活动的冯雪峰，称赞了他的杂文集《乡风与市风》和诗

冯雪峰杂文集《乡风与市风》,(上海)作家书屋1946年1月出版

集《真实之歌》,说好几年没有看到这样的好作品了。

1979年1月,周扬在一次谈话中说,毛泽东认为冯雪峰的杂文写得不错,曾挑选他的杂文给政治局的成员看,但对他的理论文章不满。

在反对文艺的教条主义、实用主义、公式化和概念化方面,冯雪峰与胡风有相同之处。他1945年写于重庆的长文《论民主革命的文艺运动》,与毛泽东的《在延安文艺座谈会上的讲话》存在着一些很明显的分歧,当时就被认为是"反对毛主席的"。

在1946年4月23日《新华日报》的副刊上,冯雪峰发表署名"画室"的文章《题外的话》,认为所谓文艺作品的"政治性"和"艺术性"的看法,是"不妥当的",指出:"研究或评价具体作品,用什么抽象的'政治性'、'艺术性'的代数式的说法,可说是什么都弄糟了。如果这样地去指导创作,则更坏。"

冯雪峰绝对不会料到,他的这些文字实际上被看做是,对于毛泽东《在延安文艺座谈会上的讲话》至高无上的权威的蔑视和挑战。其结果,

冯雪峰诗集《真实之歌》,
(重庆)作家书屋1943年12月
出版。内封注明:"《荒野断
抒》上卷,1941—1942年作,
1943年整理",书后预告:"《荒
野断抒》下卷《彗星》即出"。

是不到十年,他就为此付出了沉重的代价。

在回忆四十年代重庆大后方的文艺运动时,茅盾曾写道:"当时胡风
是理论权威,而在他背后支持他的观点的还有另一位理论权威冯雪峰,
因此,在延安的文艺理论家何其芳、林默涵(似为刘白羽之误——引者
注)等来到重庆之前,重庆的文艺理论界是相当冷清的。……直到四五
年底,重庆进步文艺界在周恩来同志的指示下,召开了几次座谈会,对胡
风的文艺思想和舒芜的《论主观》进行了比较深刻的批评,也对冯雪峰进
行了批评。……冯雪峰在周恩来找他谈话之后,有所转变,不再赞赏胡
风的'主观战斗精神'了,但并不彻底。"

冯雪峰与胡风虽然在有些问题上看法不尽一致,但两个人有惺惺相
惜的一面。冯雪峰认为胡风是懂文艺的,说他作为一个理论家,有诗人
的敏感,是很重要的,对其主编的杂志《七月》,非常欣赏。他从上饶集中
营出狱到达重庆,第一次见到胡风,两个人就彻夜长谈。在重庆文艺界
的一次会议上,冯雪峰发言说,国统区的文艺界是一片沙漠,其中只长了

几根绿草,那就是胡风主编的"七月诗丛"。

早在三十年代初,他和胡风就成了朋友。1936年4月25日,他受命从陕北抵达上海,执行绝密的重要使命,建立地下电台,与各界救亡运动的领袖取得联系,了解、寻找上海地下党等。之后有一段时间,他几乎天天在鲁迅家里和胡风会面。冯雪峰觉得周扬他们提的口号"国防文学"不好,就和胡风商量,并经鲁迅同意,提出了一个新的口号:"民族革命战争的大众文学",引发了"两个口号"的激烈论争,也因此而得罪了周扬等人。

冯雪峰三十年代在上海与周扬、夏衍等人的结怨,不啻给他1957年被划为"右派分子",埋下了一颗定时炸弹。

一次,聂绀弩到作家书屋去看冯雪峰,碰巧胡风也在,两个人正议论周扬。

聂绀弩插了一句:"无论你们怎样看不起周扬,周扬的理论总是和毛主席一致的。"

胡风问:"你怎么知道?"

聂绀弩答:"这很简单,如果不一致,周扬就不会在延安搞得这么好。雪峰为什么搞不好呢?"

冯雪峰跳起来,把手里的一本书砸到桌子上,大声说:"周扬有什么理论!"

何其芳和刘白羽到重庆宣传毛泽东的《在延安文艺座谈会上的讲话》,在一次会议上,何其芳讲在延安整风运动中,知识分子如何改造小资产阶级思想,而且以自己为例,现身说法,让人感觉到似乎他已经过改造,脱胎换骨,变成了无产阶级了。梅林说:"好快,他已经改造好了,就跑来改造我们。"

冯雪峰则忿忿地说:"他妈的,我们革命的时候他在哪里?"

冯雪峰与夫人何爱玉、长子冯夏熊、次子冯夏森、女儿冯雪明的全家福

冯雪峰为病中的鲁迅拟稿的《答徐懋庸并关于抗日统一战线问题》手迹

　　1945年1月25日，中共中央南方局文化工作委员会在重庆召开会议，冯乃超主持，茅盾、叶以群、蔡仪等人发言批判舒芜的《论主观》。茅盾说此文洋洋数万言，实际上是"卖野人头"。胡风在会上发言，要批判者写出文章来。冯雪峰发言为《论主观》做了一定辩护，说用心是好的，论点则很危险。后来，冯雪峰对舒芜说："你的意思是，每一个人都要把自己炼成钢筋铁骨，这是对的。但是，只有在战斗里在群众里才能炼成钢筋铁骨，你没有强调这一点，是你的缺点。"

　　由中共香港文委直接领导、从1948年3月1日起在香港出版的《大众文艺丛刊》，连续刊发了邵荃麟、林默涵、何其芳、乔冠华、胡绳等人的文章，集中批判胡风的文艺理论、舒芜的《论主观》和路翎的小说。这种做法引起了冯雪峰的不满，他气愤地说：

　　"这和当年创造社太阳社搞鲁迅一样！我们在内地的人怎么做事？"

1955年1月,陆定一、周扬和林默涵到中南海,向毛泽东汇报关于批判胡风的计划。临走时,周扬对毛泽东说:"雪峰同志因《文艺报》的错误受了批评,心里很痛苦。"

毛泽东说:"我就是要他痛苦!"

"此一时也,彼一时也。"毛泽东对冯雪峰态度的变化,使周扬等人可以放开手脚地来收拾他们的怨敌了。冯雪峰跌入深渊的第一道闸门,就这样打开了。

1955年6月下旬,由中共中央宣传部部长陆定一署名,向中央写了《中共中央宣传部关于中国作家协会党组准备对丁玲等人的错误思想作风进行批判》的报告。报告除了提出"丁玲同志自由主义、个人主义的思想作风是极严重的"之外,还认为"冯雪峰同志也有严重的自由主义、个人主义的思想,这表现在他长期对党不满,骄傲自大,和党关系极不正常";他的文艺思想中"一直存在着许多唯心主义的观点,许多地方跟胡风思想相同"。报告向中央汇报:"已责成一些同志对冯雪峰同志的著作加以研究,以便在批评丁玲同志思想作风之后,即进一步开展对冯雪峰同志的文艺思想的批判。"

1957年8月7日,《人民日报》第一版以《文艺界反右派斗争的重大进展 攻破丁玲陈企霞反党集团》为题,报道了8月6日作协党组扩大会议的情况,揭露、批判了丁玲和陈企霞,把冯雪峰也放在了"丁玲陈企霞等人反党小集团"之中,点了他的名。

8月11日下午4时,冯雪峰奉命来到中国文联大楼会议室,接受周扬、林默涵、邵荃麟、刘白羽和郭小川等人对他的"帮助"。他后来回忆说:"周扬先说,态度很严厉:'找你来,是要告诉你,也把你在大会上进行批判!斗争丁玲,不斗争你,群众是不服的!'周扬还说,1936年他和夏衍等人在上海坚持地下斗争,可冯雪峰却勾结胡风,打击他们。林默涵说:"斗胡风时,没批判你,党内党外都有人有意见。"还有人说,"必须对你斗争,这是为了党的利益。"

冯雪峰表示,自己不想被戴上小集团成员的帽子。

1957年8月14日下午,作协党组在位于王府大街64号的中国文联大楼小礼堂,召开扩大会议批判冯雪峰,给了他致命的一击。

时任作协党组副书记的诗人郭小川,在这一天的日记里写道:"6时多就起来,天下雨……(下午)2时开会,先是蔡楚生发言,然后是徐达,紧接着是夏衍发言,讲了雪峰对左联的排斥,他的野心家的面孔暴露无遗了,引起了一场激动,紧接着许广平、沙汀发言,楼适夷发言,会场形成高潮……"

参加过此次会议的黎辛,在《我也说说"不应该发生的故事"》一文中回忆道:

> 这是最紧张的一次会议。会上,夏衍发言时,有人喊"冯雪峰站起来!"紧接着有人喊"丁玲站起来!""站起来!""快站起来!"喊声震撼整个会场。冯雪峰低头站立,泣而无泪;丁玲屹立哽咽,泪如泉涌。夏衍说到"雪峰同志用鲁迅的名义,写下了这篇与事实不符的文章(指1936年8月初冯雪峰根据鲁迅的意见拟稿,经鲁迅补充修改而成的《答徐懋庸并关于抗日统一战线问题》——引者注),究竟是何居心?"这时,许广平忽然站起来,指着冯雪峰大声斥责:"冯雪峰,看你把鲁迅搞成什么样子了?! 骗子! 你是一个大骗子!"这一棍劈头盖脑的打过来,打得冯雪峰晕了,蒙了,呆然木立,不知所措。丁玲也不再咽泣,默默静听。会场的空气紧张而寂静,那极度的寂静连一根针掉地的微响也能听见。爆炸性的插言,如炮弹一发接一发,周扬也插言,他站起来质问冯雪峰,是对他们进行"政治陷

文艺上两条路线的大斗争

邵荃麟

这次批判丁玲、陈企霞尽是他们的斗争是文艺界一场针锋相对的大斗争是事关无产阶级文艺与资产阶级文艺的根本斗争是关系今后中国文学艺术向何处去的大问题……

（此处为报纸原文多栏正文，略）

必须澄清丁陈反党集团的造谣宣传

丁玲、陈企霞等曾利用他们在党内的职务……

一个企图反对党的领导和分裂文艺界的大阴谋

丁玲、陈企霞是文艺界反党集团的头子……

丁玲、冯雪峰等的反党思想根源

……

鍾惦棐在年青人中間玩的什么鬼把戏？

苏方

电影的反党分子鍾惦棐一向自命为是青年……

1957年9月7日《人民日报》第3版，发表批判丁玲、陈企霞、冯雪峰等人的长文

害"。接着许多位作家也站起来插言、提问，表示气愤。

8月27日，《人民日报》以《丁陈集团参加者　胡风思想同路人　冯雪峰是文艺界反党分子》为题，公开报道了这次会议对冯雪峰的批判。9月1日的《文艺报》，也刊载了《冯雪峰是文艺界反党分子》的报道，说"他不但参加了丁、陈反党集团的活动，而且在大鸣大放期间，在人民文学出版社煽风点火，鼓动对党不满的分子向党进攻"云云。

就这样，他被强加上"勾结胡风，蒙蔽鲁迅，打击周扬、夏衍，分裂左翼文艺界"的罪名，划为"右派骨干分子"，又被开除党籍，撤销人文社社长兼总编辑、作协副主席、全国文联常务委员、全国人大代表等职。

冯雪峰：一只独栖的受伤的豹子　　29

"文革"后期的雪峰,摄于1973年

消息传到人文社,有人困惑不解,有人失声痛哭,有人为之震惊、深感不平。也已被划为"右派分子"的副总编辑聂绀弩说:"既然冯雪峰是'右派',我自然也是'右派',我是'雪峰派'嘛。不过,我不是资产阶级右派,而是无产阶级右派。雪峰愿意去北大荒接受改造,我也去。雪峰走到哪里,我跟他到哪里。"他后来写的《雪峰十年祭》诗二首之一有云:"识知这个雪峰后,人不言愁我自愁。"

冯雪峰被责令在家写检查,但他无论如何也想不通。他一次又一次去找作协党组书记邵荃麟。邵荃麟对他说:"你要想留在党内,就必须出来澄清《答徐懋庸并关于抗日统一战线问题》引起的问题,承担自己的责任。"冯雪峰苦苦地思虑了好多天,觉得无论如何,自己也不能违背历史事实啊!

他又找到邵荃麟,向他倾诉了自己内心的痛苦。邵荃麟说:"先留在党内,再慢慢地解决,被开除了就更难办了。"在万般无奈之下,冯雪峰只得委曲求全地同意了。按照他们的旨意,他起草了人文社1959年版《鲁迅全集》的有关注释:"鲁迅当时在病中,他的答复是冯雪峰执笔拟稿的,他在这篇文章中对于当时领导'左联'工作的一些党员作家采取了宗派主义的态度,做了一些不符合事实的指责。"

为了留在党内而违心做的这件事,让冯雪峰抱恨终生!

之后好多天,他极度痛苦,整夜失眠,胃疼得特别厉害。他满以为这样做就可以保留党籍了,然而,他们并没有兑现承诺,自己却被无情地欺骗了、愚弄了。

牛汉多次看见他,一个人枯坐在办公室里暗自啜泣。为了证明自己的清白,他几次想到颐和园去,投昆明湖自杀。但一想到几个孩子还小,妻子又没有独立谋生的条件,自己再痛苦也要支撑着活下去,活到历史彻底洗净泼到自己身上这些污水的那一天。

上边决定，对冯雪峰的斗争，主要在作家协会进行，人文社"则配合作战"。8月12日，文化部一个副部长到人文社做动员报告，宣布并号召对冯雪峰进行斗争。

8月13日至9月5日，人文社先后召开七次全社大会，集中批判冯雪峰的"反党言行"。冯雪峰出席了第一次和最后一次批判会，"听取群众意见"。巴人传达了夏衍在作协党组扩大会议上的发言后，原来认为冯雪峰为人正直、"傲上谦下"、"作风朴素"，因而尊敬他、景仰他，甚至崇拜他的人，对他的看法也有所变化，想不通的渐渐想通了，持怀疑态度的人减少了。而那些在会上揭发批判他的人，无非是抓住一些片言只语上纲上线，表示与其划清界限。当然，仍有人感到不解，暗暗地同情他，对他的"反党"，感叹，惋惜，痛心。

人文社党支部开会，支部书记宣读了把冯雪峰定为"右派分子"并开除党籍的决定，之后举手表决。冯雪峰也举起了手，面色铁青。有几个人忍不住流下了泪水。冯雪峰的脸越发铁青了。

一份油印材料《右派分子冯雪峰在整风中的反动言行》中写道："冯雪峰三十年来一贯对党的领导不满……正如他自己所说'得意时在党之上，不得意时在党之外'。"

1957年9月16日，在中共中国作协党组扩大会议上，文艺界的首脑人物周扬，发表了具有总结性质的讲话，后经整理补充，以《文艺战线的一场大辩论》为题，刊发于1958年第5期《文艺报》。

在文中周扬指出：中国的右派分子在1957年利用党的整风运动，煽动一次反对社会主义的所谓"新的五四运动"，"冯雪峰的情绪也从来没有这样兴奋，他说'洪水冲到了大门口'。他鼓动一切对党、对人民政权心怀不满的分子'有冤报冤，有仇报仇'，用'狂风暴雨'式的'大民主'来反对党和国家的领导。……在人民文学出版社成了右派的'靠山'。"

1956年10月，冯雪峰（右一）与来访的鲁迅的日本友人内山完造（右二），以及许广平（右三）、楼适夷（右四）、杨霁云（左三）、孙用（左二）、王士菁（左四）等人欢聚一堂

这种经过精心罗织的可怕的大罪名，就这样被蛮横地栽诬到这位老资格革命文学家的头上。

墙倒众人推。报刊上持续不断地发表了批判他的文章：《人民文学》1957年10月号刊载阿英《从对党的关系上揭发反党份子丁玲、冯雪峰的丑恶》，12月号刊载霍松林《批判冯雪峰反马克思主义的文艺思想》、姚虹《揭穿冯雪峰的"现实主义"的魔术》、杜埃《冯雪峰在三个问题上的修正主义观点》；《文艺报》1958年第1期刊载王瑶《关于现代文学史上几个重要问题的理解——评雪峰〈论民主革命的文艺运动〉及其它》，第4期刊载姚文元《冯雪峰资产阶级文艺路线的思想基础》；《文学研究》1958年第1期刊载刘绶松《关于左联时期的两次文艺论争——批判冯雪峰的反党活动和反马克思主义文艺思想》，第2期刊载唐弢《论阿Q的典型性

格——批判冯雪峰的反现实主义、反阶级论的文艺观点》。

冯雪峰一夜之间变成了"革命"的对象，成了一个"另类"，在人文社做了一个普通编辑。1959年1月，被安排到了社内新组建的"编译所"工作。虽然1961摘去了"右派分子"的帽子，但他多次请求恢复党籍，直到死，都未能如愿。

1965年去河南安阳参加"四清"，只能使用"冯诚之"的化名。他本有继续写红军长征题材的长篇小说《卢代之死》和一部太平天国的小说的计划，但作协领导人觉得他的"摘帽右派"的政治身份，不宜写伟大的长征，只批准他写太平天国的小说。冯雪峰伤痛欲绝，把已写好的几十万字初稿，付之一炬。而写太平天国兴衰的小说《小天堂》，最终也胎死腹中。

"文革"中，年逾花甲的冯雪峰，先是被关进"牛棚"，后又与人文社的员工一起，发配到古称"云梦泽"的湖北咸宁向阳湖畔劳动改造。他种过菜，挑过粪，挖过渠，锄过草，插过秧，清扫过厕所，放过鸭子。任何活儿，他都干得一丝不苟、认认真真，比年轻人还卖力气，也从未流露过丝毫的难受和委屈。

无论在台上还是下台，他对人的态度都完全一致、并无不同。当权时，没有颐指气使、高人一等的派头；撤职后，也没有怨气冲天或自贱自卑的可怜相。他还是依然故我，不卑不亢，谦和谨重。

"岁寒知松柏之后凋。"二三十年后，很多人都还记得，在向阳湖那几年，冯雪峰沉想默思，寡言少语。工余时间，除了看书，常常坐在一棵大枫树下，静静地深思。苍苍白发略显蓬乱，紧蹙的眉毛也染上了风霜，一双深邃的眼睛凝望着迷蒙的远方。

他就像一只受伤的豹子，悄悄地躲进密林深处，默默地舔舐着伤口里流出的鲜血，孤独地承受着苦痛，咀嚼着哀伤。

冯雪峰木刻像，颜仲作

哦,孤独,你嫉妒的烈性的女人!
你用你常穿的藏风的绿呢大衣
盖着我,
象一座森林
盖着一个独栖的豹。

在向阳湖畔劳改的冯雪峰,使我想起了这首他写于上饶集中营的诗《孤独》,想起了这只"一座森林"盖着的"独栖的豹"。即使在那艰厄困窘的岁月里,冯雪峰仍保持着精神的高洁和灵魂的尊严。

牛汉对我回忆说:"有一天,看见冯雪峰站在湖堤上看水泵,人看上去很瘦、很瘦。我说'雪峰,你太瘦了,简直就像半棵树'。他没说话,只是笑了笑。后来我写了《半棵树》这首诗。"

我说:"从你的《鹰的诞生》、《华南虎》、《悼念一棵枫树》等诗中,似乎都可以看到冯雪峰的精神影像。我还记得诗的结尾,'雷电还要来劈它/因为它还是那么直那么高/雷电从远远的天边就盯住了它'。"

牛汉说:"可以说这些诗,表达了我对像雪峰这样崇高而又美丽的生命,被损害、被毁灭的一种感受吧。"

冯雪峰的《短章,暴风雨时作·普洛美修士片断》:"忍耐是不屈,/而愤怒是神圣,/顽强简直是天性! /但这一切都是为了爱,/于是又添了憎恶/和蔑视,/镇定地,对着宙斯的恶德和卑怯!"似乎正是他的一幅"自画像"。

1976年1月30日上午,长期处于痛苦的煎熬和孤寂的折磨中的雪峰,终因肺癌晚期不治,饮恨与世长辞。

聂绀弩闻讯后,写下了《挽雪峰》诗二首,其中有云:"狂热浩歌中中寒,复于天上见深渊。文章信口雌黄易,思想锥心坦白难。"在1979年11月17日为他补开的追悼会上,诗人萧三送了这样一副挽联:"尊崇一个忠诚正直的人,鄙视所有阴险毒辣的鬼。"

丁玲得知雪峰的死信,热泪纵横。后来,她见到左联时期的老朋友楼适夷,两个人谈起了雪峰。谈着,谈着,丁玲忽然问楼适夷:"雪峰这家伙,为什么要死呢?"

冯雪峰最喜欢"诗人"一名称。他说过,"诗"和"人"不可分,没有"人",何"诗"之有? 在我心目中,雪峰是真正名副其实的诗人!

他的诗,是从他的灵魂深处放射出的"美的晶光",凸现了他的"贞洁的灵性"。他1941年、1942年写于上饶集中营的诗集《真实之歌》和《灵山歌》,蕴含着一种奇异的生命的光彩,一种震撼人心的人格的力量,一种难以企及的摄魂夺魄的崇高的诗美,在整个"五四"以来的新诗中都是极为奇特、独树一帜的。

绿原曾以"炽热,纯青,肃穆,高洁",来概括他的诗风。这八个字,未尝不可以做冯雪峰人格的论定。

在穿越了几十个年轮之后,像发出圣洁美丽光泽的雪山一样,雪峰以特有的人格魅力、生命光华和精神感召力,仍然磁石般地吸引着晚辈,其人性的和诗性的异彩,依旧辉耀着愿意追随他的足迹前行的后来者。

冯雪峰既是人文社历史与传统的一个象征,也是引领这个已经走过五十五个春秋的老社、大社迈向未来的一面精神旗帜。

诵其诗,读其文,想其人,有如历尽艰苦卓绝的攀登之后,终于抵达最高的山峰,"伟大的不屈者的美姿"(冯雪峰《灵山歌》),蓦然在眼前展开:

终于达到了这样的审美

美中最美的姿影

永远美光奕奕的生命

这样深藏

这样幽含

是融合在众美中的一个独立的雄伟的身姿

一座奇异的山

一座不屈的山

一座多么诱人的山

所以萃聚着一切大地之精的秀气

我懂得了一切山川的秀丽的由来

一个悲哀和一个圣迹

然而一个号召,和一个标记!

这既不是雪峰的诗,更不是我的诗,而是我集的他的若干诗句。置于文末,以表达对他无限的钦慕、追思和缅怀。

2005年5月22日写于北窗下

2010年5月14日再次修改

聂绀弩:"我将狂笑我将哭"

对历史上人文社的神往,主要与"人物"有关。那是冯雪峰的"人文",是林辰、蒋路、张友鸾、孟超、舒芜、牛汉的"人文",也是聂绀弩的"人文"。

在我的心中,聂绀弩,是既不同于冯雪峰,又不同于林辰、蒋路、牛汉等前辈的另一种人物,精彩而有魅力。1984年底到人文社工作后,便极仰慕,然而,无由亲炙。假若说和聂绀弩还算是有那么一点点"缘分"的话,那是因为他1986年驾鹤西归之后,第一本纪念他的书《聂绀弩还活着》,1990年12月由人文社出版的时候,我做过编辑工作。

端人文社的"饭碗",于我颇有一点偶然,开始也就没觉得,这"碗"究竟有什么不同寻常。但到了后来,冯雪峰做过社长、总编辑的"人文",聂绀弩工作过的"人文",确实是真正感动了我,激励了我,甚至唤起了一种"自豪感"、"崇高感"和"神圣感"。

1949年6月,聂绀弩和楼适夷从香港进京,参加全国第一次文代会。会议结束时来了通知,让他俩第二天上午8点,到北京饭店某房间

聂绀弩像，丁聪绘

去，一位中央首长要召见他们。

中央首长召见，弄得楼适夷好不紧张，还不到点，就起床做准备。之后，又一次次上聂绀弩的房间去，看他醒了没有。眼看召见的时间快到了，聂绀弩仍在酣睡。急得楼适夷只好掀开他的被窝，硬拉他起床。

聂绀弩睁开眼，颇不高兴地说："要去，你就去，我还得睡呢！"

楼适夷说："不是约好8点吗？"

他却说："我不管那一套，你一个人先去吧。"

楼适夷只好一个人去见那位中央首长，还再三为聂绀弩做解释，说他过一会儿就到。首长和楼适夷谈的是给他分配工作的事。大约一个小时，他的工作就安排完了。起身告辞时，仍然不见聂绀弩的踪影。

刚刚受命担任人文社社长兼总编辑的冯雪峰，上任后的第一件事，就是到处延揽人才。他想到了远在香港的聂绀弩，就和楼适夷谈起此事，说：

聂绀弩和周颖结婚照，
1929年摄于南京

"绀弩这个人桀骜不驯,人家嫌他吊儿郎当,谁也不要,我要!"

1951年3月,冯雪峰把聂绀弩从香港《文汇报》调进了新成立的人文社,还安排他担任了副总编辑,兼二编室(即今古代文学编辑室)主任。

"我是个失学的小学生,侥幸到莫斯科走了一趟……又侥幸到过日本……更侥幸在文坛混了几十年,混了个空头文学家。"这是聂绀弩致友人信中的话。他1903年1月28日出生于湖北京山,念过两年私塾,后上小学,毕业就辍学了。

他十七岁离开家乡,开始在社会上闯荡。到马来西亚当过小学教员,到缅甸做过报纸编辑,进过黄埔军校,参加过国民革命军的"东征",留学莫斯科中山大学,当过国民党中央宣传部总干事和中央通讯社副主任,编过《中华日报》副刊《动向》、"左联"杂志《海燕》,以及很有影响的杂文刊物《野草》,去过延安,到过新四军中,做过香港《文汇报》主笔。在中国现代文学家当中,像他这样阅历丰富的人,恐怕是少有的。

他写一手好文章,是个很出色的杂文家。舒芜说他的杂文,写得"汪洋恣肆"。夏衍甚至认为,他是"鲁迅以后杂文写得最好的"。

他的杂文,思路开阔,不拘一格,涉笔成趣,点石成金,笔墨多姿多彩。四十年代写于桂林的《韩康的药店》《兔先生的发言》《论申公豹》等作品,都是在大后方的读者中曾传诵一时的名文。

聂绀弩进入人文社之后,这个初创期的国家文学出版社,在中国古典文学图书的编辑出版方面,便有了一个很称职的核心人物。在他的周围,聚集起了一批高水平的专家,像舒芜、陈迩冬、顾学颉、王利器等,本来就是在大学中文系教古典文学的教授。而且,由于有了他,古典文学编辑室才"形成了一种非常特殊的气氛"(舒芜语)。

那时,东四头条胡同4号文化部东院,有五幢两层小楼,前边三幢是人文社的办公地。第三幢小楼一层一个较大的房间,既是聂绀弩的卧室,又是他的办公室、接待室,还是他的餐厅和游艺室。"屋里除了床、桌椅、书柜之外,到处都堆放着书籍、报刊、稿件等,烟缸里堆满了半截烟头,桌上放着没来得及拿走的碗筷盘碟之类,有时还摆着一盘未下完的残棋。"(顾学颉回忆)

习惯于夜里看稿、写作的聂绀弩,太阳已经很高了,往往仍未起床。别人都已上班多时,甚至有时都快中午了,才见他穿着一袭睡衣,趿拉着拖鞋,立在廊下,满嘴白沫,慢慢悠悠地刷牙漱口。然后,又趿拉着拖鞋,衣冠不整地踱进编辑室。别的房间的人,都闻声而至。

他和大家一起东拉西扯,聊了起来,也讲笑话,也说工作,国家大事,马路新闻,天南地北,海阔天空,谈笑风生,无所不及。

舒芜回忆,聂绀弩"往往正事交代完了还坐在那里,一聊就好长时间,什么都聊,思想也交流了,工作问题也解决了"。他这种被舒芜称为"宽松自由"的领导作风,后来被批评为"闲谈乱走"、"言不及义"、"一团

聂绀弩散文集《关于知识分子》,(上海)潮锋出版社1948年9月出版。版权页注明:"中华民国廿年付排因国难遭损未印","中华民国三十七年重排九月初版"。

和气"。二编室同仁对聂绀弩的"相当拥护"和"佩服",也被指责是搞"独立王国"。因为付给在工作时间搞《李白诗选》、《红楼梦》、《屈原集》校注的舒芜、张友鸾和文怀沙等几位编辑稿酬,又被说成是"关门办社,打伙求财"。

一天早晨,要去上级机关听报告,都快出发了,聂绀弩依然高卧不起。楼适夷冲进去,拉他起来。他睁开惺忪的睡眼,问:

"谁做报告?"

楼适夷告诉他,是××。

他一晃脑袋,"他吗? 让他听听我的报告还差不多,我去听他? 还不是那一套!"说完,继续睡他的大觉。

早在1938年9月,周恩来介绍他去皖南新四军军部工作时,他就因经常夜里在油灯下看书、备课、编稿、写作,早晨起得迟,不能按时出早操,引起副军长项英的不满,说他"吊儿郎当,有文化人的臭习气",还在会上不点名地批评过他。

聂绀弩（右）与黄源（左）、
彭柏山1939年摄于皖南新四
军军部驻地汤村

周恩来说聂绀弩是"大自由主义者"。夏衍说他是"彻底的自由主义"。他则自认为是"民主个人主义"。

惊世骇俗的聂绀弩，以及由聂绀弩这种人物造成的独特的精神氛围、人文环境，或许是那时人文社最具魅力的所在。如今置身于有一条叫"效益"的狗老是在身后拼命撵着你的"职场"，当年那种特殊的氛围和环境，也许是最令我们这些后生晚辈所不胜神往的吧。

在聂绀弩的主持下，二编室的工作，有条不紊地开展了起来。1953年，为配合世界和平理事会建议的世界名人纪念活动，编辑出版了线装本《楚辞集注》。1954年，编辑整理了《琵琶记》，以"文学古籍刊行社"的副牌出版。

从1953年起，陆续编辑出版了《三国演义》、《水浒传》、《红楼梦》、《西游记》等中国四大古典文学名著的新校注本。在出版史上，中国古典白话小说加注解,是由此开始的。

这一开创性的尝试,引起了社会很大关注。《水浒传》出版后,《人民日报》专门发表短评,表示祝贺。聂绀弩应邀到京、津、沪、宁、杭等地,做《〈水浒〉是一部怎样的小说?》的学术报告,多达五十多场。

顾学颉认为,聂绀弩所主持的人文社二编室的工作,"奠定了解放后中国古典文学出版事业的基础"。

1955年7月,"肃反运动"开始,正在江西出差的聂绀弩,被紧急召回北京,关在社外的一个什么地方,"隔离审查"三个月之久。由于介绍他参加"左联"的胡风已被定为"反革命分子",介绍他入党的吴奚如已被定为"叛徒",加上他个人复杂的历史经历和社会关系等原因,他被认为"有严重的政治历史问题"。

直到1957年2月,才对他做出结论和处理,说他"长期以来,在政治上摇摇晃晃,思想上极端自由主义,生活上吊儿郎当,对组织纪律极端漠视,毫无原则和立场,以致在政治上敌我不分……"给予留党察看二年处分,撤消副总编辑职务。

反省期间,他对自己头上顶着的"反革命的头衔",心里很不服气,但又不得不停地写"交代材料",有两三个月时间,"越写越觉得自己像个由国民党或简直由特务机关派来的","越写越恐怖",甚至产生了一种"大虚无"、"大恐怖"。

他写了《反省时作》诗六首,第二首云:"只道生虚五十载,谁知咎犯百千桩。伸长八尺灵官殿,大喝一声白虎堂。天若有头砍当怕,地虽无底揭也慌。何人万缕青丝发,不为昭关一夜霜。"

在随之而来的"反右派"运动中,他又被列为人文社"右派骨干分子",被看做是"二编室右派小集团进攻肃反的旗帜"。

1958年1月11日,人文社整风领导小组《对右派分子聂绀弩的处理

聂绀弩和女儿海燕,摄
于50年代

结论》所列他的"主要反动言行"是:在整风中两次帮周颖修改发言稿,
"攻击、污蔑党的肃反政策";同张友鸾、金满成等右派分子时有来往,"向
他们煽风点火";还说"胡风不逮捕也可以打垮";反右派斗争开始后,仍
继续攻击党:"磕头求人家提意见,提了又说反党、反社会主义……这近
乎骗人,人家不讲一定要讲,讲了又大整。"

这个"处理结论"还写道,聂绀弩"一贯不老实,开始完全否认其反党
言行,直至其他右派分子交代后才被迫承认,但至今尚在抵赖,诡辩,拒
不签字,毫无悔改诚意"。

聂绀弩杂文集《蛇与塔》,
"野草丛书之五",(桂林)文献
出版社1942年3月出版

　　某日,人文社开会批判"右派分子"。等聂绀弩到的时候,人都来齐了,坐了满满一屋子。他走进会场,一看,"分子"们灰头土脸地挤坐在一起,被称为人文社"右派分子""青天"的冯雪峰,也在其中,他的身边,正好还有个空儿。

　　于是,他不紧不慢地踱过去,抬起手,指了指:"噢,这个位置是我的。"说罢,坦然坐了下来。

　　又一日,社内开会批判"右派分子"。与会者除了冯雪峰,大都是二编室的人。主持会议的王任叔(巴人),先讲了一通大道理,即把话题转到了聂绀弩身上。他说完之后,聂绀弩不疾不徐、有板有眼地说:

　　"咳! 可惜! 这么好的道理,这么深刻的马列主义,你为什么不早告诉我? 我要是早些听到,不就好了? 就不至现在当了'右派'?"

　　几句半真半假、半是正经半是玩笑的话,以诙谐而尖刻的语调道出,众人听罢,皆暗自发笑。主持人亦无可奈何,只有自生闷气而已。

　　于是乎,已年过五旬的聂绀弩,1958年7月,被遣送到黑龙江虎林县,到了北大荒密山农垦局850农场4分场劳改垦区,开始了劳动改造生

北大荒难友丁聪为聂绀
弩绘《老头上工图》

涯。种地,伐木,放牛,牧马,推磨,搓绳,挑水,清厕,几乎什么活,他都干过。后来,他回京后的手抄本诗集《北大荒吟草》,成了他和他的"右派"难友们的一部极为珍贵的"劳改诗史"。

"一双两好缠绵久,万转千回缱绻多",这是写搓草绳;"一担乾坤肩上下,双悬日月臂东西",这是写挑水;"把坏心思磨粉碎,到新天地作环游",这是写推磨;"高低深浅两双手,香臭稠稀一把瓢",这是写清厕;"一丘田有几遗穗,五合米需千折腰",这是写拾麦穗;"四手一心同一锯,你拉我扯去还来",这是写锯木;"看我一匡天下土,与君九合塞边泥",这是写脱坯……平常的日复一日的艰辛劳动,在他的笔下,全都化作了诗,无不新意迭出,诙谐而又风趣。

《柬周婆》诗,是写给夫人周颖的,是以诗代信的形式,向她报告自己劳改生活的诸般景况:

龙江打水虎林樵,龙虎风云一担挑。

邈矣双飞梁上燕,苍然一树雪中蕉。

大风背草穿荒径,细雨推车上小桥。

老始风流君莫笑,好诗端在夕阳锹。

劳动的苦辛,被赋予了诗意,他的"苍然"和"风流",也刻绘得神态毕现。

冬天,聂绀弩烧炕,不慎失火,以"反革命纵火罪"被捕,关进虎林监狱,久拖不审。消息传到北京,夏衍找到周恩来,说:"绀弩这人,不听话,胡说些话,都有可能,但放火是绝对不可能的。"

于是,周颖亲往虎林监狱探视,促成了审讯结案,判刑一年。因关押已经很久,周颖回京后,聂绀弩即被释放出狱。后来,他特意为此赋诗《周婆来探后回京》一首:"行李一肩强自挑,日光如水水如刀。请看天上九头鸟,化作田间三脚猫。此后定难窗再铁,何时重以鹊为桥?携将冰雪回京去,老了十年为探牢。"

1960年冬,聂绀弩结束了流放岁月,返回北京。促成此事的,是中央统战部副部长、全国政协副秘书长张执一,以及一直很关心他的夏衍。他们觉得,回人文社不好,到文联去也不好,都是熟人,眼睁睁地看着他,对他不好;就安排他去了全国政协,做了文史资料委员会的文史专员。

这是一个闲职。有一天,章伯钧夫人李健生和女儿章诒和,在位于北京展览馆的莫斯科餐厅吃饭,碰巧遇到聂绀弩,就关切地问起他的工作情况。

聂答曰:"眼下的工作单位好极了!"

李健生问:"好在哪儿?"

　　1976年11月2日,聂绀弩(后排左二)出狱回京,与到车站迎接他的周颖(前排中)、骆宾基(前排右一)、戴浩(后排右二)等人合影留念

聂绀弩诗手稿

聂说道:"我都和孤家寡人(指溥仪——笔者注)在一起了,你说这个单位还不好?"

他这个在北大荒放过牛的"摘帽右派",自号"牛四偁";还起了个别号:"散宜生",取"'无用(散)终天年'(适宜于生存)、'无用之用,实为大用'(苟活偷生的大用)"之意;又号"半壁街人"。他请顾学颉刻了一枚章,是"垂老萧郎"四个字,寄寓着"从此萧郎是路人"的悲慨。

他练书法,临字帖,临摹王羲之的《兰亭序》,工楷抄《少陵集》。西直门半壁街家中的墙上,挂满了他书写的字幅。冯雪峰送他的一幅岳飞《满江红》词碑文拓片,高高悬挂在客厅里,两边是前人所书的对联:

"青山不厌千杯酒,白日惟消一局棋。"

他看书,喝酒,找朋友下棋,闲聊,吃馆子,与友人吟诗,赠答酬唱,研究中国古代小说,以此来打发时光、消磨岁月。生活毫无规律,昼夜不分,有时什么也不干,整天呼呼大睡,有时深夜挑灯伏案,写到东方之既白。

他过的，似乎是一种"优哉游哉，聊以卒岁"的散淡的日子。在给黄苗子的和诗中，他写道："枯对半天无鸟事，凑齐四角且桥牌"；"男儿足迹当天下，万里襟期愧不才"；"自摸伸手此头在，未报彼苍泪与埃"……

满腹经纶的绀弩，赋闲在家，毫无用武之地，一肚皮的不合时宜。胸中的郁积和块垒，心里的酸楚和愤懑，腹内的"磊砢不平之气"，只能在诗中排遣、倾吐与宣泄出来。

与朋友、家人在一起的时候，他更是无所顾忌，放肆其言，纵意而谈，直抒襟抱——

> 反右嘛，究竟是我们不对，还是他们不对，这问题非解决不可（敲桌子）。不解决呀，什么革命，什么民主，什么马克思主义，什么逻辑，形式逻辑都讲不通，都要破产！……是他们错了，还是我们错了，这非搞清楚不可，非根本解决不可。一个一个解决，绝对不能解决问题。你就把冯雪峰、我聂某人的党籍恢复了，恢复原来的职位，还让冯雪峰当人民文学出版社社长，我当副总编辑，并且赔偿我这几年来的工资，也不能解决问题。

> 五七年（反右派）是由匈牙利引起，这是真的。妈的解放以来干部贪污腐化从党内起，从领导起，而不是从党外起的，当时整风确实也是希望整党内，开始是这样的，可是有一股力量把它一扭，就对党外搞起来，借口匈牙利，对知识分子搞起来了。而党内，贪污腐化依然存在，并且一天天厉害，领导矢口不认，大跃进做了许多错事，从反右，大跃进，农村政策，到"三面红旗"，全都错了，那怎么办呢，用反修来把别人的注意力引到国外去……

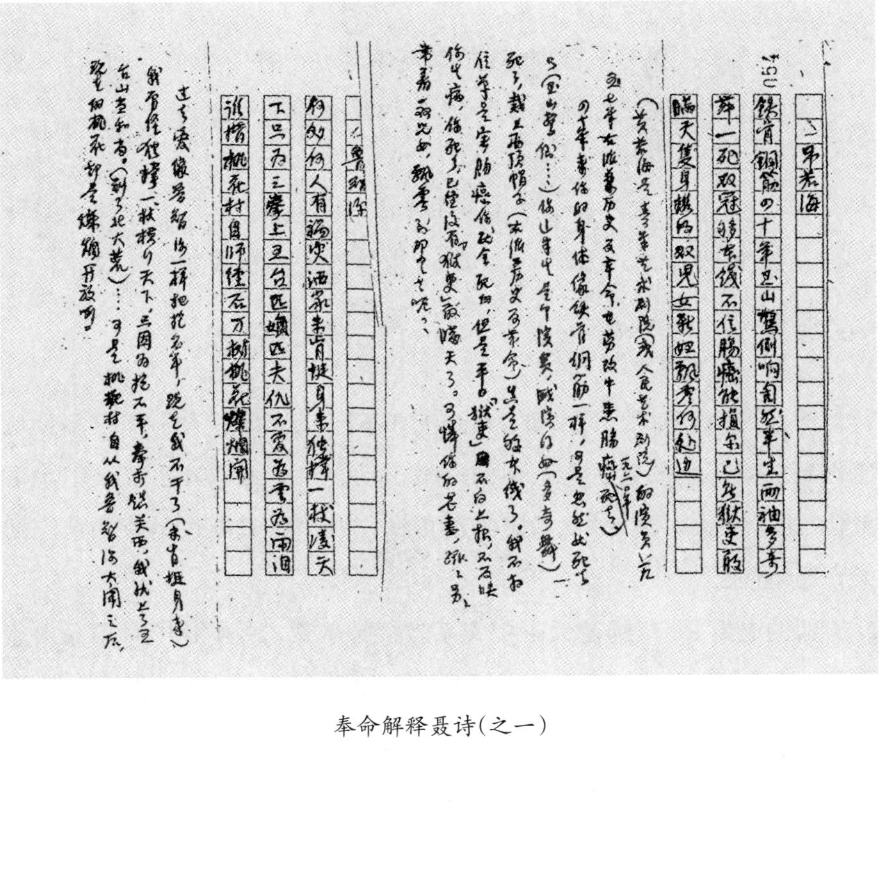

奉命解释聂诗(之一)

要知道今天中国的主要问题是封建主义，（我们下面有些情况）是打着社会主义的招牌搞封建主义的。……核心问题在一切权力都集中在几个人甚至一个人手上，书记就可以决定一切，再往上，又是县级省级到中央，这实质上就是皇帝。

现在一切都是命令，都是封建家长和封建皇帝的统治，因为中国的社会性质还是封建社会（的东西没有彻底改变）……

自由，中国人渴望了多少千年自由，但是都过了几千年的封建生活，近几十年得到一些民主，自由空气有些活跃了，哎，又来一个封建！

然而，他这些无所忌惮的言论，自1962年起，全部人不知鬼不觉地递送到公安部门的案头上。他的一举一动、一言一行，几乎皆被记录下来，汇报了上去。他的"此后定难窗再铁"的诗句，只不过是一厢情愿的天真愿望而已。

他的老友、北京师范大学中文系教授钟敬文，1964年10月奉命出京参加"四清"运动，第二年2月曾回京，和聂绀弩见过一面，极力劝他烧诗，而且不要再写诗。或许，他自己也感到了日益剑拔弩张的政治气候，不得已之下，悄悄地被迫把诗烧掉了。事后，还特为此赋诗一首云：

自著奇书自始皇，乾坤袖手视诗亡。

诗亡人岂春秋作，身贱吟须釜甑妨。

自嚼吾心成嚼蜡，尽焚年草当焚香。

斗牛光焰知何似，但赏深宵爝火光。

北京市中级人民法院刑事判决书

(79)中刑反字第178号

现行反革命犯聂绀弩，男，七十一岁，湖北省京山县人，破落地主出身，自由职业者成份。原系全国政协文史资料委员会工作员，住本市西直门内举壁街三十五号。一九五七年定为右派分子，一九六二年摘掉右派帽子。一九六七年一月二十五日，因现行反法命罪收监禁。

聂犯顽固坚持反动立场，对党和社会主义制度极端仇视。经常与一些右派分子大肆散布反动言论，恶毒地诬蔑无产阶级司令部，攻击党的各项方针政策和社会主义制度，妄图推翻无产阶级专政，复辟资本主义，并大肆书写反动诗词，为反法分子胡风、右派分子丁玲等人喊寃叫屈。

经审理，上述罪行证据确凿。

聂犯一贯坚持反动立场，屡教不改，猖狂地进行反革命活动，罪行实属严重，应予严惩。兹根据《中华人民共和国惩治反革命条例》第二条、第十条第三款及第十七条之规定，依法判处现行反革命犯聂绀弩死刑缓期二年执行，剥夺政治权利终身。

聂绀弩刑事判决书

　　他那几年做的诗，流传很广。写给别人看的，别人赠诗做了答诗的，或有赠而别人未答的，总共约有五十多人，究竟作过多少首诗，并不清楚，而且，除了《北大荒吟草》之外，还做过一个"晒蓝"本诗集《马山集》，分赠亲朋好友。后来的事实表明，他想以烧诗来避祸，来逃避文字狱，也不过是个徒劳的举动而已。

　　不久，"文革"的红色恐怖从天而降。

　　他的书房的斋额上写着："三红金水之斋"，为黄苗子所书。（"三"指《三国》，"红"指《红楼》，"金"指《金瓶梅》，"水"指《水浒》——笔者注）一

　　1938年,聂绀弩(中左二)与丁玲(后)、萧红(中右二)、田间(中左一)、端木蕻良(中右一)、塞克(前)摄于西安天，几个"红卫兵"突然闯进了聂家。他们指着"三红金水之斋"，问：这是什么意思？

聂绀弩不慌不忙地作答："思想红、路线红、生活红，这是'三红'。'金'指小红书封面上的字。'水'是'旗手'姓的边旁，因为尊敬，所以不直接写出来。"说得"红卫兵"们哑口无言，可他们还是骄横地喝道："你是什么人？你也配！"说完，嘁喳咔喳，把这幅字给撕毁了。

1967年1月25日，深夜，他以"现行反革命罪"被逮捕。先后关押于北京功德林、半步桥监狱，山西稷山县看守所。1974年5月8日，被北京市中级人民法院，以"现行反革命犯"，判处无期徒刑，罪名是"经常与一些右派分子大肆散布反动言论，极其恶毒地诬蔑无产阶级司令部……并大量书写反动诗词，为反革命分子胡风、右派分子丁玲等人喊冤叫屈"。这一年10月底，转押临汾市山西省第三监狱。

在饱受了近十年之久的铁窗缧绁之苦以后，最终在友人朱静芳、李健生等的援救下，混在一群被特赦释放的国民党战犯里，于1976年11月2日，回到阔别了十年之久的北京。

1979年9月，聂绀弩受聘担任人文社顾问。这一年，中共中央下发了关于给"右派分子""改正"的文件。他的朋友戴浩拿着这个文件的复印件，兴冲冲来到他家。周颖接过来先看，边读边说："有了这个文件，事情就好办了，咱们的问题都能解决。"她让绀弩也看看。

他根本不看，还冷笑道："见到几张纸，就欣喜若狂；等改正的时候，你们该要感激涕零了吧！"

"你们这些没划右派的，可耻！"据说是他的一句名言。

1985年6月8日，下午4点，胡风辞世。聂绀弩于两天之内，写就七律一首，哀悼老友。24日《人民日报》刊发时，题为《悼胡风》。诗云："精神界人非骄子，沦落坎坷以忧死。千万字文万首诗，得问世者能有几！

聂绀弩《自传》手稿,年代
不详,似写于50年代中期

死无青蝇为吊客,尸藏太平冰箱里。心胸肝胆齐坚冰,从此天风呼不
起。昨梦君立海边山,苍苍者天茫茫水。"

夜阑人静时分,我常常从床头书柜上,拿出聂绀弩的诗集来诵读,每
每深折于诗人的逸思奇想、纵意挥洒、遥情远旨、妙语惊人:

"文章信口雌黄易,思想锥心坦白难。"何其深刻!

"估京俅贯江山里,超霸二公可少乎!"何其犀利!

"丈夫白死花岗石,天下苍生风马牛。"何其沉痛!

"英雄巨像千尊少,皇帝新衣半件多。"何其精辟!

"刀头猎色人寒胆,虎口谈兵鬼耸肩。"何其感慨!

"无端狂笑无端哭,三十万言三十年。"何其悲凉!

"男儿脸刻黄金印,一笑心轻白虎堂。"何其气概!

"天寒岁暮归何处,涌血成诗喷土墙。"何其血性!

"死无青蝇为吊客，尸藏太平冰箱里。"何其哀愤！

他的旧体诗，自成一格，称为"聂体"。或以为他的诗是以大白话入诗的十足的打油，或以为他擅用新典、俗典，或以为他长于化丑为美、化腐朽为神奇，或以为他的诗寓庄于谐，或以为他是寄沉痛于悠闲。

顾学颉说他的诗像宋诗，但比宋诗更放得开，摆脱了传统条条框框的束缚，几乎到了随心所欲、想怎么写就怎么写的地步；程千帆说他的诗"滑稽亦自伟"；罗孚则认为，他的诗是"严肃的打油"，"奇思妙想的打油"，是"沉痛的悠闲"，"貌似悠闲的沉痛"。

四十年代在桂林，聂绀弩爱穿一套陈旧的西装。有时候，他也穿黄呢子军装。冬天，不知从哪儿弄来一件日本军用大衣，披着，头戴一顶呢子帽，周围垮了边。

走在路上，一副旁若无人的样子。身材瘦长，背微驼，眼睛不大，但目光锐利，里边藏着几许狡黠，嘴角又总带有一丝嘲弄的意味，脸上时而露出玩世不恭的神情。

他嗜烟。也嗜酒，时常使酒骂座。好打牌。爱下棋，象棋、围棋都爱下，跳棋也下。早年去日本时，有一次他和周颖的几个女友下跳棋，姑娘们一起七嘴八舌地对付他，结果他输了棋。不料绀弩气急败坏，连棋带盘，全都扣到了人家的头上。

据说，他的围棋棋艺，只是小学生水平而已，但对下围棋，却像吸毒一样上瘾。

1979年5月，北大荒劳改时的难友党沛家，偕全家来看望他。瘦骨嶙峋的聂绀弩，懒懒地斜靠在床上，慢慢地抽烟，让党沛家自己从地上拿了三册他的油印诗集《三草》，然后夹进去四十元钱，说：

"家里地方小，也做不出好吃的来，你带着妻子、孩子们上饭店去吃上一顿，算是我请他们。"随后又问：

1985年，楼适夷看望终日靠在床上的聂绀弩

聂绀弩在狱中写的学习
"毛著"小结

"'文革'的业余时间,你都做些什么?"

"做家务,带孩子,看小说,下围棋。"党沛家回答。

聂绀弩一跃而起,拉着他,不由分说,就下起围棋来。

他这一生,不知有多少时间,用在了下围棋上。下棋搞得他神魂颠倒。不管时间多晚,他不下赢最后一盘棋,是决不肯罢休的。一天夜里,他去住在东城魏家胡同的朋友金满成家下棋,为了赢最后一盘棋,错过了末班车,他只好从东城,徒步走回西城的西直门半壁街。

他还好美食。以他为核心的人文社二编室同事的"文酒之会",北京有名的饭店餐馆,如东观音寺街的益康食堂、西单的好好食堂、前门外的全聚德、后门桥的马凯食堂,等等,都吃遍了。谁得了稿酬,谁就做东请客,已成了一条不成文的规矩。

一次,聂绀弩和张友鸾都收到了稿费,大家就张罗着去马凯食堂吃

饭。开始也没说到底谁请客。到了饭馆门口,聂绀弩一边先往里走,一边回头说:

"谁做东,张老吧?"

"那还用问吗? 谁第一个进来的?'先入为主'嘛。"一贯妙语连珠的张友鸾,马上脱口而出。

聂绀弩哈哈大笑,无言以对。

四十年代末,有一回在香港的大街上,楼适夷和聂绀弩走了个碰头。聂绀弩一把拉住楼适夷,进了平时楼适夷不大敢上门的一家外国招牌的高级咖啡厅,要了咖啡和西点。两个人亲亲热热地喝着、吃着、聊着,忽然聂绀弩站起来,说:

"好,我先走了,你付钱。"头也不回,扬长而去。

原以为是聂绀弩请客开洋荤,自己乐不得好好享受一番的楼适夷,只好硬着头皮,把刚从报社领来、准备买米的薪水,几乎倾囊拿出,付了,暗自苦笑着,叹了口气:"绀弩嘛,你有什么办法呢?"

四十多年后,聂绀弩仍念念不忘当年在桂林老正兴吃过的煎糟鱼和咸菜炒百叶。晚年卧病在床,一个朋友从远方来探望,他寒暄之后,便像往常一样闭目不语。这个朋友告辞的时候,他突然开口道:"带点吃的东西来。"这一回,他想吃的,是南京板鸭和香港的糟白咸鱼。

还有一次,他和张友鸾,去看望在家养病的顾学颉。顾学颉的夫人下班回来,想留他们吃晚饭,但一看家里没什么菜,就说出去吃西餐吧,有一家西餐厅,每份不过三元左右。聂绀弩对她说:

"不用去了,你给我们每人发三块钱好了!"

说者一本正经,一点也不笑;听者却大笑不止。

漫长的监狱生活,严重地戕害了他的身心。《代周婆答》诗有云:"十

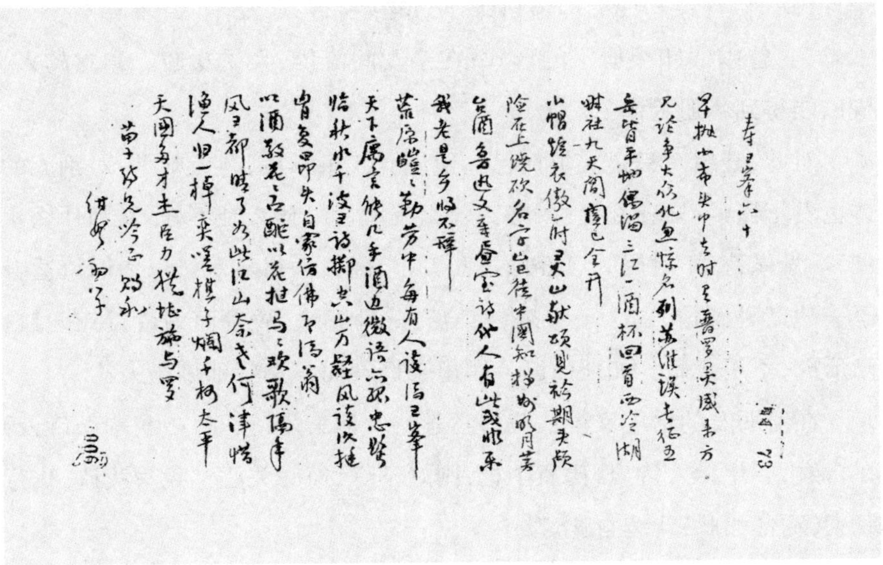

绀弩《寿雪峰六十》诗稿

载寒窗铁屋居,归来举足要人扶。"起初,偶或还能下床走动,后来,每天只能呆在一张挨着窗户的床上,背后垫几床棉被,斜倚着,膝盖上放一块木板,手指间夹着一支烟,仍读写不辍。

他的才气纵横、独出机杼的旧体诗,在朋友和读者中广为流布,赢得一片惊叹与赞美。他的旧体诗集《三草》(包括"北荒草"、"赠答草"、"南山草"),曾以油印小册子的形式,在亲友间流传,大受欢迎。喜欢的人,皆以能得到一册为幸。

对此,聂绀弩只是笑笑而已。他说:"我未学诗,并无师承,对别人的诗也看不懂(不知什么是好,好到什么程度。又什么是不好,又到什么程度)。做做诗,不过因为已经做过几首了,随便做得玩玩。以为旧诗适合于表达某种感情,二十余年来,我恰有此种感情,故发而为诗;诗有时自己形成,不用我做。如斯而已。哪里会好? 而好又好到哪里去?"

在给朋友的信中又说:"我何尝学诗? 何尝懂诗? ……我辈做诗,旨在自娱,非想爬入诗史,比肩李杜,则好不好,何必关心? 我写我诗,我行我素,胸怀如此,诗境自佳。"

当然,他也表示"希望得到赞赏",自称油印成册送人,"意在求人推许"。他觉得"诗境自佳"与"最自喜的",是那些什么典故都没用的联句,如:"高材见汝胆齐落,矮树逢人肩互摩。"(《伐木赠李锦波》)"口中白字捎三二,头上黄毛辫一双。"(《女乘务员》)"谁家旅店无开水,何处山林不野猪?"(《董超薛霸》)

胡乔木主动提出给他的《散宜生诗》作序,还专程到他家登门拜访。第二天,他就给牛汉打电话,告诉他此事,说:"牛汉啊,我要大祸临头了!"五十年代,胡乔木曾把冯雪峰的文章送给毛泽东看,结果冯雪峰挨了整。聂绀弩这回可能是觉得,自己也怕是被胡乔木盯上了吧。

有一回,牛汉去看望他,他正在床上,仰面朝天地躺着。牛汉对

聂绀弩和夫人周颖晚年合影

他说：

"你是个可爱的大诗人。"

他却对着天花板，大声喊叫道：

"我算什么东西！"

聂绀弩的《自遣》诗有句云："自笑余生吃遗产，聊斋水浒又红楼。"1981年1月，他出版了《中国古典小说论集》。他的研究《红楼梦》的系列文章，如《论探春》、《论小红》等篇，多精警之论，为很多人所激赏。

他去世前一年元宵节的前三天（1985.3.3），郁风、黄苗子夫妇和吴祖光，一同来探访他。郁风看到他虽整日卧病在床，但依然读写不废，就随手拿过一张纸，为他勾画了一幅像，遂吟道："冷眼对窗看世界。"黄苗子马上对曰："热肠倚枕写文章。"夫妇俩凑成了一联。

聂绀弩看了一眼，回过头来，笑了。

这一年下半年，他的身体状况越来越糟：腿部肌肉日渐萎缩，发展到手臂也不听使唤，一条腿已经不能伸直，直至自己一点也动弹不得，连脑袋从枕头上抬起来的力气都没有了。每天无精打采，奄奄一息，静默地躺在床上，一动不动，像一段干朽的木头一样。

他拒绝住院，最后，连吃药也拒绝了。

11月10日，在一张纸上写下《雪峰十年忌》诗二首，字迹歪歪扭扭、模糊不清，遂成绝笔。

1986年3月26日，下午4点25分，形销骨立的聂绀弩，终于走完了他的人生长途，溘然长逝于北京协和医院。人们向他遗体告别时发现，安卧在灵床上的聂绀弩，一条腿，依然卷曲着。

3月26日这一天，他对守候在床边的周颖说：

"我很苦，想吃一个蜜橘。"

周颖剥了一个蜜橘给他。他一瓣一瓣地把蜜橘全吃了下去，连核儿都没吐。吃完后,他说:"很甜,很甜。"接着,就睡着了,睡得又香又沉,再也没有醒过来。

诗人艾青说,聂绀弩的死,是仙逝。

有人称聂绀弩为"才子",也有人说他是典型的"文人气质",还有人以为他是"名士派作风"。胡风说他"不能令,又不受命"。冯雪峰说他"儿童似的天真,也儿童似的狡猾"。黄苗子认为,写出了"我将狂笑我将哭,哭始欣然笑惨然"、"浑身瘦骨终残骨,满面伤痕杂泪痕"、"穷途痛哭知何故,绝塞生还遂偶然"等等诗句的聂绀弩,是热与冷、爱和恨、入世与出世、执著与超脱的怪异混合。

在我看来,他的率真,他的狂狷,他的豪放,他的特立独行,他的愤世嫉俗,他的傲视群伦、鄙夷一切,他的才华绝代、出类拔萃,他的时而"金刚怒目"、时而"菩萨低眉",是"人文"人物中一道已经渐渐远去、恐怕再也不会重现的、绚烂而别致的风景。

章诒和说,聂绀弩"敢想、敢怒、敢骂、敢笑、敢哭","他的精神和情感始终关注着国家、社会,""他对腐朽、污秽、庸俗的事物,有着超乎常人的敏感与愤怒"。他的诗,岂不正是他的歌笑悲哭?

在现代中国,鲁迅那种"乐则大笑,悲则大叫,愤则大骂"的境界,罕有企及者,聂绀弩庶几近之。

读聂绀弩的诗,最能从中体味我行我素、放诞飘逸、蔑视礼俗、笑傲人生的魏晋文人风度,也自然使人联想起"志气宏放,傲然独得,任性不羁"的阮籍,"刚肠疾恶,轻肆直言,遇事便发"的嵇康,想起阮籍的"穷途之哭",嵇康的"临刑弹琴"……

嵇康擅长作文,阮籍以诗取胜。刘勰说:"嵇康师心以遣论,阮籍使气以命诗。"师心使气的聂绀弩,挥笔写下的,是卓伟绮丽的不朽诗篇。

1993年1月8日,"聂绀弩诞辰九十周年座谈会",在西郊万寿寺中国现代文学馆举行。吴祖光、邵燕祥、杨宪益、丁聪、周而复、尹瘦石、林辰、牛汉、舒芜、公刘、王利器、周绍良、戴文葆、罗孚、周海婴等好友亲朋,都来了。

　　墙上,挂着一幅聂绀弩和夫人周颖的合影。聂绀弩咧着嘴笑着,眼睛里流露出几许狡黠。望着照片里酷似一个喜欢恶作剧的老顽童的聂绀弩,不禁想起了钟敬文《怀聂绀弩》中的诗句:"怜君地狱都游遍,成就人间一鬼才"。

　　屋里,众人深情地忆述着、怀想着、评说着已进入另一个世界的绀弩。屋外,晶莹、洁白的雪花,从灰蒙蒙的天上,纷纷扬扬飘落下来,静悄悄地,盖在衰草枯枝上。

　　会散了。走在荒凉破败的废园里,天地间白茫茫一片。

　　我突然悟到:聂绀弩之文采风流,聂绀弩之精神深度,聂绀弩之人格境界,聂绀弩独具一格、别开生面的"杂文诗",已近乎绝唱矣。

2005年6月22日于北窗下

2010年3月24日增订

林辰:恂恂儒者

1982年在北师大读研究生的时候,曾聆听过林辰先生的讲演。二十多年过去了,只要一回想起来,当时的情景,就立刻栩栩如生地重现在眼前。

我们那一届硕士研究生是1982年2月入校的,9月至第二年1月,教育部委托师大中文系办了一个现代文学教师进修班,导师李何林、杨占升先生邀请林辰、唐弢、王瑶、牛汉、曹辛之、郭预衡、樊骏、严家炎、朱正、刘再复等专家学者,做了几十次专题讲演。我和师兄康林、师姐张立慧,以及比我们晚些时候入校的博士生王富仁、金宏达,幸运地与来自全国各地的进修班学员一起听课。

12月28号上午,在鲁迅研究界有口皆碑、道德文章为人称道的林辰先生,来师大主楼西南侧的平房教室讲学。听说林先生到了,我们的目光马上都转向门口:慢慢踱进教室里来的,是一位个子不高、有些黑瘦、穿着一身中山装的老人。

杨先生向大家做了介绍之后,林先生并无多少客套,即开始授课。他讲的题目,是《关于周作人问题》。

1996年,林辰(前)抱病出席鲁迅博物馆建馆四十周年纪念会开讲后,才发现,带着浓重贵州口音的林先生,不但没有讲稿,甚至手里没拿一张卡片、一个纸条。他,人质朴、谦逊,课讲得从容、自信。何年何月何日,发生了何种大事,哪年哪月哪天,周作人发表了什么文章,包括周作人那首名噪一时的《五十自寿诗》,林先生全是凭借记忆,准确无误地向我们讲述、诵读的。

越听,越是感慨不已。望着讲台上侃侃而谈的林先生,心里不由得惊叹:这才是名副其实的"博闻强记"啊!听讲者好几次情不自禁地拍起手来。

讲着讲着,有几个人突然回头往后看,我也转过头去,看到一个戴呢毡帽的、满脸皱纹的老人,挤平了鼻子,趴在玻璃窗上朝教室里张望。

"噢,钟先生!"有人叫了一声。

窗外的钟敬文先生见是林先生在讲课,好像是说了声"噢,是你呀!"就快步转到前边,走进教室,找个座位坐了下来。

林先生笑着说:"有钟先生在这听,我都不敢讲了。"看来他们是老朋友。

林先生讲到《五十自寿诗》的时候,钟先生还就其中一句诗"闲来随分种胡麻"如何诠释插话,于是,两位先生你一言我一语地讨论起来。顿时,课堂气氛更活跃、更热烈了。

林先生讲得非常精彩。他说,周作人的散文,写得平淡、自然、闲适,完全是一派士大夫情调。而他的杂文,则体现了周作人"浮躁凌厉"的一面。他谈到,段祺瑞执政府枪杀徒手请愿学生的"三一八惨案"发生后,周氏兄弟都写了文章,周作人的让人哀痛,鲁迅的则令人愤慨。他还说,周作人认为文学不是革命的,所以他提倡小品文,在当时是有消极影响的。他又强调,周氏的《闭户读书论》一文,里边是有不平的,用了一些反语,不能只从正面来解读。

林先生的这些看法,以及他的讲演,给我留下了岁月难以消磨的深

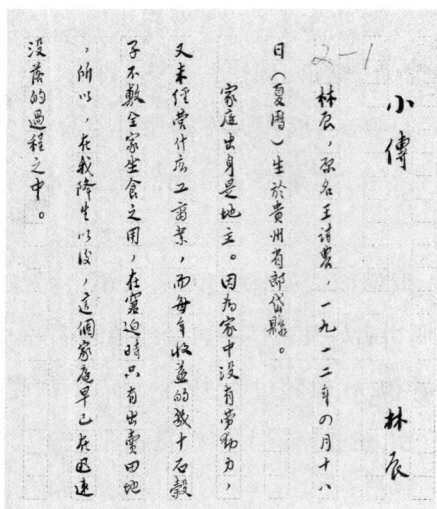

林辰小传手稿，写于1953
年4月

刻印象。

1984年毕业后，正巧分配到林先生所在的人民文学出版社现代文学编辑室，自忖这回可以有机会亲承謦欬、多多请益了。但是没想到，他刚刚于这一年2月退休。这消息，使我怅然良久。

记不清哪一年哪一天了，林先生有事到社里来，终于又见到了他。一位老同事把我介绍给林先生，我快步上前，握住他的手，向他问好，内心充满敬意和温暖。

看上去，林先生更苍老了一些，但精神尚好。他用贵州话说的"培元同志"，语音极有特点，异常亲切，至今言犹在耳。

他和我没有过多交谈，只是简单地问了一些情况。而我，也并未提起听过他讲演的往事。从那之后，似乎是有好几年，再也没见到我所尊敬的林先生。

林先生1912年6月3日出生于贵州郎岱（今六枝）的一个没落的地

1948年，林辰（抱小孩者）与范用、刘川等人摄于鲁迅墓前

主家庭。他原名"王继宣"，后改为"王诗农"。"林辰"是他最常用，也是人们最熟知的笔名。他在家乡读过私塾，又上小学、中学。1929年在贵阳师范学校毕业后，与同学结伴离开故乡，徒步走了半个月，到了重庆，又乘船前往南京、上海。

1931年夏天，他考入复旦大学中文系，但因未能筹措到学费，而被拒之门外。他只能发奋自学，刻苦读书。1932年9月，他由于阅读进步刊物被国民党逮捕，以"危害民国"罪判刑五年，囚禁于苏州陆军军人监狱，1934年因病保释出狱。

从1936年起，他在贵阳等地做中学教师。四十年代，在川贵大后方教书的林先生，就怀着对鲁迅的崇敬之情，开始了异常艰难的鲁迅研究。那时，他"常年流转在一些小县城和偏僻乡镇，生活困苦，书籍缺乏，手边只有鲁迅著作的几种单行本。常常要步行二三十里到附近较大城市去借阅《鲁迅全集》……"

就在如此不利的条件下，他先后写出了《鲁迅与韩愈——就教于郭

沫若先生》、《鲁迅赴陕始末》、《鲁迅曾入光复会之考证》、《鲁迅归国的年代问题》、《鲁迅对三一八惨案的抗争》等一批有影响的文章。1948年7月,他的研究专著《鲁迅事迹考》结集出版,学术界好评如潮。

孙伏园在序言中,高度赞赏了林先生用朴学功夫、汉学方法进行的鲁迅研究,称书中"无论解决问题的方法,排列材料的方法,辨别材料真伪的方法,都是极细密谨严的"。令人惊叹的是,他当年研究考证的结论,后来均被陆续披露的《鲁迅日记》等有关材料所证实。孙伏园认为,掌握了这样极细密谨严的研究方法的林辰,是最有可能写出有价值的鲁迅传记的一位学人,对他寄予了厚望。

实际上,林先生早就默默地开始了《鲁迅传》的写作,到1948年底已写完八章。五十年代初,他在重庆大学、西南师范学院等高校担任教职,繁忙的教务使他未能继续完成其余章节。1951年3月,冯雪峰出面,把时任西南师院中文系主任的林先生,调入上海鲁迅著作编刊社。同年7月,林先生随鲁迅著作编刊社迁往北京,并入刚组建不久的人民文学出版社,成为鲁迅著作编辑室的一个普通编辑。

从此,林先生全力以赴地献身于中国文学的出版工作,尤其是鲁迅著作的编辑出版事业。但遗憾的是,直到病逝,他都未能写完《鲁迅传》。

2004年5月,福建人民出版社出版了林先生未完成的《鲁迅传》。林先生曾说:"研究一个伟大人物,有些人往往只从他的学问、道德、事业等大处上着眼,而轻轻放过了他的较为隐晦,较为细微的许多地方,这显然不是正确的方法。因为在研究上,一篇峨冠博带的文章,有时会不及几行书信、半页日记的重要;慷慨悲歌,也许反不如灯前絮语,更足以显示一个人的真面目、真精神。因此,我们在知道了鲁迅先生在思想、文艺、民族解放事业上的种种大功业之外,还须研究其他素不为人注意的一些事迹。必须这样,然后才能从人的鲁迅的身上去作具体深入的了解。"

林辰著《鲁迅传》,封面设计刘彦之,福建人民出版社2004年5月出版

　　这些话,凝聚着他研究鲁迅的真知灼见,也正是他写《鲁迅传》的一个自觉、明确的追求。

　　在这部只有八章(其中第六章又遗失了)的鲁迅传记中,林先生竭力回到鲁迅本身,从"人的鲁迅"出发,从鲁迅的经历、思想、学术和创作出发,努力真实、客观、准确地描述鲁迅、理解鲁迅。他还注意到了鲁迅"豪迈和风趣"的性格,"放恣倔强"的个性,"写得十分美丽近于诗的文字",以及"寂寞"的"心境"与"苍凉的情怀"。他力图做到"于细微处见精神",力求写出伟大而又平凡的"人的鲁迅"。

　　在谈到鲁迅与魏晋的关系时,林先生指出:鲁迅"对魏晋文学,研究最精;所作文言,风格极近魏晋;在书法上也带着浓重的魏晋碑刻的笔意"。这种在深厚学养的基础上提出的独到见解,岂是后来多如过江之鲫的某些鲁迅研究者能够说出来的?

　　正如朱正所说,林辰先生写作此书的时候,《鲁迅日记》还没有出版,像周作人的《鲁迅的故家》、冯雪峰的《回忆鲁迅》等重要的传记资料,都

五十年代人文社出版的
十卷本《鲁迅全集》第1卷，为
羊皮烫金特精装

还没有写出来，除了一部1938年版的《鲁迅全集》之外，他几乎就再也没
有别的可资参照的东西了。可以看出，林先生是尽力搜求相关资料，并
且充分利用了这些材料的。"在那样十分有限的资料条件之下能做出这
样的成绩，更表现出了作者过人的史才。假如他后来能够依据大量很容
易得到的资料修订补充旧稿，并且把它写完，这将是鲁迅传记中的一部
杰作。"

　　上个世纪三十年代出版的二十卷本《鲁迅全集》，五十年代出版的十
卷本《鲁迅全集》和八十年代出版的十六卷本《鲁迅全集》，被誉为鲁迅著
作出版史上的"三座丰碑"。林先生在人文社工作了五十多年，先后担任
过现代文学编辑室和古代文学编辑室主任，而他所从事的一项最重要的
事业，就是鲁迅著作的校勘、注释、编辑、出版工作。他不但参与了十卷
本和十六卷本《鲁迅全集》的编辑出版工作，而且是其中不可替代的"核
心人物"。他把自己一生最宝贵的年华和时光，都默默无闻地奉献给了
关系到中国现代思想文化建设百年大计的鲁迅著作的编辑出版事业。

翻开这两个版本的《鲁迅全集》，我总觉得一字一行、每页每篇，都渗透着林先生点点滴滴的血汗和宝贵的生命的汁液。

林先生的唯一癖好，是买书。中学时代，就曾经有过因买书而将衣物送进当铺的事。后来当了教师，更离不开书了。重庆米亭子、上海城隍庙等地的旧书肆，都是他常去的地方。从上海到了北京以后，一有时间他就去访书，到琉璃厂、隆福寺、东安市场和西单商场的新旧书店和大小书摊，去寻索自己所需要的各种书籍。

五十年代，工作之余的每个星期日，他几乎都消磨在了这些地方，平时白天上班，就晚上轮换着去，流连忘返。后来，他在《琅嬛琐记》一文中写道：

> 夜市既阑，挟书以归，要是冬天，穿过一条条小胡同，望着沿街人家窗户透出的一线光亮，抚着怀中的破书几帙，只觉灯火可亲，寒意尽失。到得回寓，便迫不及待地打开书本，看目录，看序跋，再翻几页内容，直到夜阑人静，也不罢手。

有时白天看到一本书，犹豫未买，回家后又放不下，左思右想，还是晚上再跑去买了回来。像这样一天来复两次书店的事，也是常有的。

他数十年节衣缩食，访书南北，千方百计地搜求，终于集腋成裘，收藏了千余册线装古籍图书，以及"五四"以来的新文学作家的各种珍贵著作版本、新文学期刊数千册。其中，周氏兄弟作品的初版本，多得惊人。

六十年代中期以后，政治运动接连不断。1965年9月，林辰先生参加"四清"工作队，前往河南安阳高庄，半年后才回京。1969年9月，人文社一百七十五个员工，编为一个连，共四个排，到武汉以南的湖北咸宁文化部"五七"干校去劳动。已经五十七岁的林辰先生在三排九班，也带着行李,和大家一道,来到了燠热的南方乡村。

在第二年3月8日的家信里,他写道:"这里从二月十九日夜间开始下雨,断断续续,下了十多天,一直到今天才放晴。一下雨,遍地是水荡稀泥,又滑又滥,寸步难行。下雨天搞运动,开会、讨论,写大字报,挖'五一六',也很紧张。雨停了,便上工或下地,踩着稀泥搬砖运土,或到地里翻土,那也是不怎么容易的。有一天正在地里翻土,天又下雨了,赶忙收工,回来后我的棉大衣和棉帽都湿了,又没有换的,只好穿着它让它慢慢干。下雨天从早到晚穿着胶鞋,又湿又潮,出去走一趟,鞋上便带着一二斤稀泥,很难受。"

人文社这个连的任务,本来是搞基建,盖房子,但因为春耕农活忙,所以他们也得临时去干农活。"规定每日五点半起床,六点早饭,六点半出发,走一个多钟头到指定的田里去劳动。路是田间小路,两面都是水田,如下雨更难走。午饭送到田里去吃。领导上叫大家带雨衣,说不管下大雨小雨都要出工干活。收工回来,又要走一个钟头,吃晚饭后,休息一会再补早上的'天天读'。——这样,起得早,又要走相当远的不好走的小路(来回二次),中午又没有休息,劳累是可以想见的。如果下雨,那就更困难了。我的雨衣本来还算大,但穿上棉大衣后,就穿不上。下雨只好披着。"

林辰先生当时的家书中,有许多像这样具体记述劳动情况的内容。1970年5月4日,他请假去武汉治疗牙疾。不料回咸宁途中遇雨,7日晚即开始下,8日晨越下越大。招待所同住的人劝他再多留一天,但他想超假要受批评,而且也不知道第二天雨能不能停,犹豫了一阵之后,还是决定冒雨往回赶。

从武汉到咸宁的火车上,雨一直未停,车窗外的水田都淹满了。两点半,又从咸宁出发,途中雨始终在下着,4点以后,大雨如注,还不时伴

作者绘朝内 166 号（一）

有雷声。他虽然穿着雨衣,但雨水沿着领口流入,上衣的上部全湿了。雨衣下面,一前一后还背着两个包,胸前的那个也湿了。走的是小路,很多田坎都淹没了,田里灌满了水,田坎被水切断,水涌流过去,就像一段一段的小瀑布,他只能在这"瀑布"上涉水而过。

傍晚5、6点钟,转而下起瓢泼大雨,天色愈暗,雨雾迷蒙。林先生一个人,艰难地在大雨中,一步一步往前走。直到7点10分,才回到干校。

那时吃住条件都极差:每天早晨是咸菜,中午是海带汤,或者海带拌黄豆,晚上又是咸菜;夏天比冬天还难过,人多房挤,床前只有一尺多宽的空儿,转个身都很困难,天一热更难受,屋子又潮湿,床底下都长草了。

劳动之外,又要搞运动,整"五一六分子",开会批斗,还要学习,学习毛泽东《在延安文艺座谈会上的讲话》,学习两报一刊社论《改造世界观》,还开讲用会,写大字报,没完没了。

"这里最近又阴雨连绵,潮湿的季节又来了。……"他每时每刻都惦记着远在北京等地的孩子们,在信中抒写着对他们"深深的无穷的思念",报告着干校的一切,衣食住行,天气,诉说着劳动的艰辛、老病、烦恼、悒郁落寞的心情,落款总是"疼你们的爹爹"、"想念你们的爹爹"、"远离你们的爹爹"、"无时不想念你们的爹爹"。

在给女儿的信里这样写着:"小妹:我的儿啊!在离家之前,北京的小吃、水果,你想吃什么,就买来吃吧。约你的同学一道到动物园去玩一次,也可到公园走走。去彩凤和贺家玩玩。爹真想你啊!"

1971年5月12日,是他五十九岁的生日。在给孩子的信中说,他希望明年六十岁生日时,能与全家人一起团聚;今年这一天,准备买瓶酒,买个罐头,"只有我一个人独酌,遥遥地想念你们,想念你们逝去的妈妈了"。

1971年7月7日,人文社四十多人,从咸宁转移到湖北均县丹江,据

林辰著《鲁迅述林》,人民
文学出版社1986年6月出版

说是为了妥善安排"老弱病残"。有冯雪峰、纳训、金人、赵少侯、王利器、郑效洵等,林辰亦在其中。安顿下来之后,他立即给正在北京团聚的孩子们写了一封信,说:"现在我唯一的愿望是能早日和你们团聚,但不知何日才能实现,我心里很难受。"

终于,1972年10月,他回到了北京,重返人文社鲁迅著作编辑室,又重新投入了他所热爱、所熟悉的鲁迅著作的编辑出版工作之中。

参加过1981年版《鲁迅全集》编注工作的老编辑,回首当年往事时曾谈到:每次开会逐条讨论注释文字,都是在得到认真严谨、字斟句酌的林先生的首肯以后,主持人才宣布进入下一条。如果谁遇到了解决不了的难题,往往去向博学多识的林先生请教,而且马上就会迎刃而解。

众人常常慨叹:"林老真是个书库!"

七十年代,人文社在计划编辑十六卷本《鲁迅全集》的时候,就已经打算把一直未能整理出版的鲁迅辑录的古籍,列入计划,尽早编辑出版。但这项繁难的工作,决不是一般人所能胜任的。当时,林先生刚刚结束了劳动改造，从湖北均县丹江"五七"干校回到北京。他认为，北京大学的王瑶先生，是最合适的人选。于是，林先生和现编室的陈早春等人，专程前往北大，恳请王瑶先生出山。

对于这一请求，王瑶先生一点商量余地都没有，便谢绝了。他说："我不是合适人选，真正合适的人选，就在身边。"他叼着烟斗，笑微微地把目光转向林先生，继续说道：

"干这行，你是首选，我不合适。国内暂时没有第二人合适。"

就这样，年过花甲的林先生，只好迎难而上，亲自担纲，日复一日地跑鲁迅博物馆和北京图书馆，查阅大量的相关资料。

林先生负责编校的这套四卷本的《鲁迅辑录古籍丛编》，收入各种著作共十四种，其中八种从未出版过，八种中又有六种，是他自干校回京后，一个人新发现的。

枯坐在现编室北侧的办公室里，阅稿，读书，看校样，到了有点孤寂的时候，一想起这些，内心就充满了感动。林先生虽然退休了，但我似乎觉得，他的影子无时不在、无处不在，他的精神仍笼盖着我们，激励和召唤着我们：学习他的楷范，投身于民族文化建设和文学出版事业。

八九十年代之交，一场苦闷、颓唐和感伤的浊流，铺天盖地席卷而来，几乎将我吞没。在久久无法自拔的挣扎中，不知为什么，忽然想起了退休多年的林先生。

啊，他一定也和我一样，早已感到寂寞了吧？于是，决计立即去看望他。

初夏的一天，带上林先生的专著《鲁迅述林》，骑着自行车，来到东中街42号，敲响了他家的门。

来开门的林先生，依然是一身深灰色的中山装，虽然他衣着仍很整

　　木刻《林辰之家》,刘平之作于1944年7月。当时,林辰主要靠教书的微薄薪金维持生活,又常失业,一家五口,流离转徙,经济极为拮据。

《鲁迅辑录古籍丛编》，林辰、王永昌编校，封面设计李吉庆，人民文学出版社1999年7月出版

洁，但行动却迟缓得多了，而且愈加消瘦和衰老。

他所住的，是很普通的居室，逼仄局促。家具极简单，甚至可以说过于简陋。

看到我有些吃惊的神情，他摇了摇头，无奈地说，家里地方太小了，很多书都放在箱子中，堆在另一间屋里。我无法相信：为鲁迅著作的编辑出版做出了巨大贡献，闻名海内外的著名鲁迅研究专家林辰先生，就住在这样一间陋室之中！

后来，有一年，社里在农光里买了房子，听说分给林先生一套，但那是个"工"字形的楼，三间房一阳两阴，朝阳的一间，也难得照到阳光。林先生只好失望地说："不去了，这里虽小，有阳光。"

对我的来访，林先生略感意外，但极欢欣。他请我在方桌旁的竹椅上坐下，和我闲聊起来。

他特意问我社里情况如何。我说起某些现象，并明确表达了不满。他听后并未讲话，只是摇头叹息。

林辰把节衣缩食、省吃俭用而搜购的五千多种、七千多册藏书,全部捐给了鲁迅博物馆,此为他捐赠图书的一部分

告辞前,我呈上带来的《鲁迅述林》,恳请林先生签名留念。他提笔在内封左侧,竖着写了三行字:"此书疏陋,唯有关古籍者数篇,或有可供参考之处,祈培元同志正之。林辰 九二年六月"。

博览群书、博闻强记的林先生,曾谦逊地称自己的文章为"瓦砾一撮"。他真是一位恂恂儒者啊!

林先生的这本《鲁迅述林》,虽只薄薄一册,但却十分耐人品读。他对资料占有之详尽,考证之精审,推理之严密,结论之精当,行文之简洁,不能不令人五体投地地佩服。可以说,他的文章,是现代考据的典范。

那以后,又去拜访过林先生几次。我感到,他的生活是清苦的,精神颇为寂寞。每一次去,都给他带来了短暂的慰安和快意。与林先生的亲近、交谈,也冲淡了内心深处的苦痛和忧伤,使我慢慢摆脱了挥之不去的精神暗影。

九十年代迭起的商潮,也波及到社里,引得人心有点躁动不宁。但是,一想到博学而恬淡的林先生,整日与书稿相伴的我,心便渐渐沉静下来。

经历了中年丧妻、老年丧子之痛的林先生，那时的身体，已经很差。从1990年4月起，就经常头晕目眩，医生嘱咐他少用脑、少看书，然而，他每天都要坚持做鲁迅从1909年即开始辑录的古籍著作的编校工作。

后来，他的视力下降得越发厉害，几近失明，但仍然借助放大镜，逐字逐行，逐页逐篇，孜孜矻矻地校阅。

1999年7月，这套凝聚着林先生心血的四卷本《鲁迅辑录古籍丛编》，终于面世。为此，他几乎花去了大半生精力，直到生命的最后时分。

没想到，2000年9月，次子石英患癌症不幸离世，林先生精神遭受重创，一病不起，昼夜卧床昏睡。后来，便无法进食，唯靠鼻饲。

2003年春，为鲁迅著作的编辑、出版，辛苦、操劳了大半生的林先生，溘然长逝于那个劳动者节日的浓黑夜晚。

由于北京正肆虐着SARS（"非典型性肺炎"），所以火化的时候，连一纸讣告也没有，除家属子女之外，送葬者仅有四个人。

2003年5月5日那一天，在女儿芝苏撕心裂肺的恸哭声中，林先生化作云烟，飘向别一个世界……

呜呼，林辰先生，愿您的在天之灵，安息！

2005年7月24日于北窗下
2010年10月25日增补

蒋路：编辑行的圣徒

李泽厚的《中国近代思想史论》和《美的历程》，还有卢那察尔斯基的《论文学》，是在北师大读研究生的时候，喜欢看的几本理论著作。

后一本虽是译著，但文字如行云流水，丝毫看不出译者的笔墨痕迹。作者既有思想和激情，又有文采，译者把他的明快、雄辩、优美的文风，十分有力而又充分地表达了出来。这让人在佩服作者的大手笔之余，对译者的出色译文，也叹赏不已。

书中有些词语和句子，熟稔到已经能够背诵。如"萧索时期的天才"；如"笑有时暴露和刺伤人，可是有时也能安抚人，使他对沉重的噩梦似的现实加以容忍"；又如"（陀思妥耶夫斯基的所有中篇和长篇小说）都是一道倾泻他的亲身感受的火热的河流。这是他的灵魂奥秘的连续的独白。这是披肝沥胆的热烈的渴望……"

还记得，"灵魂奥秘的连续的独白"，后来还被上海的一位同行，借用来作为一个重要概念，对郁达夫小说进行了卓有成效的研究。可见，卢那察尔斯基的这本《论文学》，在当时的影响有多么大。

因此，译者的名字——蒋路，也被我牢牢地记在了心里。很久以后，

满脸笑意的蒋路,蒋路之子蒋艾摄

1944年，桂林俄文专修学校师生合影，后排右一蒋路，左一伍孟昌

才知道，有的翻译家在刚刚起步的时候，是把蒋译卢那察尔斯基《论文学》作为"学习的范本"的。

1984年4月的《光明日报》，刊登了《"我虽然少翻译一两本书，读者却得到了更多的书"——记人民文学出版社编审蒋路》的人物通讯。读后得知，翻译卢那察尔斯基的《论文学》的蒋路先生，是人文社的编审。

早在上个世纪四五十年代，他就已经是知名的翻译家和俄罗斯文学研究专家了。他翻译的车尔尼雪夫斯基的《怎么办？——新人的故事》、屠格涅夫的《文学回忆录》、卢那察尔斯基的《论俄罗斯古典作家》，与孙玮合译的布罗茨基主编的三卷本《俄国文学史》，与夫人凌芝合译的《巴纳耶娃回忆录》，都获得了文学翻译界的称赏，译文品质堪称一流。他为上述译本撰写的序言和后记，因较高的学术含量，在学术界也产生了一定的影响，令人对他刮目相看。

蒋路和夫人凌芝合影

　　然而，他并没有因为自己在俄罗斯文学翻译方面达到的较高水平，以及在俄罗斯文学研究上所取得的学术成就，就轻视和厌弃无名无利、琐细平凡的文学编辑工作。他把一生绝大部分时间和精力，都倾注到了"为他人作嫁衣裳"的平常而崇高的编辑出版事业中。他的精审细心，他的异乎寻常的严格，他的极端负责的工作态度和作风，是闻名遐迩、有口皆碑的，赢得了社内同事、社外同行的广泛尊敬和由衷赞誉。

　　当有人为蒋路先生全身心地投入编辑工作，因此影响了自己的翻译事业而为他感到遗憾时，他却说："我虽然少翻译一两本书，读者却得到了更多的书。"

　　看了这篇通讯，不由得你不感叹：蒋路的精神境界、学术造诣和翻译水准，如此之高，如此之深，真是一般人所难以企及的啊！

　　那一年年底毕业，我就分配到了人文社，蒋路当时还没退休，但他在外国文学编辑室工作，由于部门不同，所以无缘很快与他相识、亲近，并向他求教。

某日，和我同时毕业分到人文社外编室工作的L，指着一个拎着个口袋、急急忙忙赶路的人，告诉我，那就是大名鼎鼎的蒋路先生。只见蒋路先生行色匆匆、步履矫健，转瞬间就远去了，连他长得到底什么样儿，也没看清。

不久，忘记了是在什么场合，有幸再次见到了蒋路先生。他身材不高，着一身中山装，结实，精干，衣服干净利落，须发修理得特别整洁，闪动在眼镜片后面的，是一双漾溢着微微笑意的眼睛。

我告诉他："您翻译的卢那察尔斯基的《论文学》，我们在学校时真喜欢读啊！"他略感意外，似乎是半信半疑地说："是吗？"脸上仍是笑吟吟的，温文尔雅，谦和，诚朴。就这样，我结识了心仪已久、钦仰已久的蒋路先生。对他的了解，也越来越多。

蒋路先生是专家学者型编辑，凡是和他合作、共事过的人，无论是社外的著译者，还是社内的编辑，对他的敬业、博学、谨严、精审，几乎没有不心悦诚服的。

杨周翰主编的《欧洲文学史》的作者们，看了蒋路先生加工过的书稿，感动得说不出话来：整部书稿都被改得密密麻麻，所有史实和细节都已核实订正过，结构欠合理之处得到重新调整，有的段落几乎是重写的。他们据此认为，蒋路先生做的已不止是编辑工作，而且参与了写作，应请他正式署名。这一合情合理的要求，却被蒋路先生断然谢绝了。

五十年代，人文社拟出版车尔尼雪夫斯基《生活与美学》的旧译本，此书是周扬根据英译本转译的，这次重出，他主动提出请蒋路先生据俄文本校订一遍。这项工作比自己翻译，还要繁难得多。《生活与美学》是英译本的书名，蒋路先生校订时恢复了原来的书名《艺术与现实的审美

　　1954年春,蒋路(左三)与伍孟昌(左四)、许磊然(左六)、刘辽逸(右一)、孙绳武(左一)、文洁若(右三)等人文社同事合影

蒋路在东中街寓所全神贯注地伏案工作,儿子蒋艾悄悄地为父亲拍下了这张照片(1984)

关系》。译文周扬看后很满意,把蒋路作为译者写到了他的名字后边,却被蒋路先生毫不犹豫地勾掉了。周扬看校样时,又在"译后记"里提到他的名字,还是被蒋路先生一笔划掉。

类似的例子,还有曹靖华主编的《俄国文学史》、朱光潜翻译的《歌德谈话录》等。

《巴尔扎克全集》的责任编辑夏珉,刚接手这套三十卷的大书时,心里没有底,怕搞砸了,于是,想请蒋路先生做复审。因为,一般人发现不了的问题,他能发现;别人可能放过的小毛病,在他那儿通不过。由他来做复审,这套大书的质量,就有了可靠的保证。

蒋路先生在复审过程中对夏珉的"指点和启发",让她感到"终身受益无穷"。他让责编先起草方案,从总体规划、分卷篇目、图书规格、编译体例,到译者队伍的组建,都要写出书面意见,然后组织了两次专题会议蒋路去矣,《俄文百科大辞典》仍静静地立在书柜里……

进行讨论。"全集"全到什么程度,零配件(如序文、年表、题解、勒口、插图等)的安排和要求,各种专有名词按何种标准统一,阿拉伯数字的使用范围,注释的格式,标点符号的用法,异体字和外文字的处理,乃至街道名称用音译还是意译,都做了详细的研究,从而确保了书稿的质量。夏珉说,研究蒋路先生在复审中提出的问题,是一种"最好的学习方式"。

对于年轻编辑所编的书稿,包括正文、前言后记、注释以至标点符号,蒋路先生总是从头到尾,几乎逐页加以审核和修改,其耐心细致可同任何语文教师相比。他审稿的时候,从不用红笔或其他有色墨水笔,从不在原稿上画杠打×,而是用淡色细芯铅笔,在疑难或不妥处打上问号,或者把修改意见写在草率、讹舛或文理不通的字句旁,让责任编辑自己斟酌处理。

著名翻译家、《静静的顿河》的译者金人先生,1953年3月与蒋路先生一起,从时代出版社调入人文社,他对于蒋路先生"在翻译工作上非常认真"的态度和作风,表示"很佩服"。

与蒋路先生相识、共事四十年的绿原先生,对蒋路先生的高风亮节和真才实学也非常敬佩。他说:"蒋路的知识水平和文字功力,是目前一

蒋路夫妇和孩子们在一起

般写作者望尘莫及的。"

其实,蒋路先生并没有太高的学历,更没上过什么名牌大学。他是在家乡广西全州安和乡读的小学,在县城读的初中,1935年考入长沙明德中学高中部,后因抗战爆发,没能完成学业。1938年8月,他曾入设在关中的陕北公学分校学习。后因患疟疾,1939年6月未能奔赴敌后,前往华北联大工作,而于10月返回了桂林。三十年代末、四十年代初,他进入桂林中苏文化协会所办的俄文专修学校,用两年时间学完三年的课程,毕业考试全校第一。

他在俄文翻译、学术研究和编辑业务上所取得的成就,是和他夙兴夜寐的钻研、不辞劬劳的努力、年深月久的累积,分不开的。

外编室的老同事还记得,七十年代末、八十年代初,身为编辑室负责

蒋路著《俄国文史漫笔》，
封面设计曹春，东方出版社
1997年1月出版

人的蒋路先生，就在出版社四楼最西头那间既狭小又不安静、夏晒冬寒的412室办公。每天早晨，别人一到社里就会发现，蒋路先生早已坐在办公桌前，开始看稿子了。

夜幕降临后，人去楼空。只有412室的灯光，兀自亮着，久久不熄。

他经常为了书稿中的一则典故，或者一条注释，带一瓶水，几片面包，从他所住的东郊十里堡，跑到城西的国家图书馆去，一待就是一天。

我与蒋路先生不在一个编辑室，彼此亦无工作业务上的联系，不经常见到他，但总盼着能有接近他的机会。只要看到他，我都会设法上前和他说几句话。他始终是笑微微的，令你亲切、温暖，如沐春风。

不知为什么，作为晚辈，对他，我始终怀有一种敬畏之感。

我觉得，蒋路先生最突出、最典型地体现了"人文之魂"，堪称编辑行的圣徒——他身上有一种内在的非凡的宗教精神，有一种献身于一项神圣的事业而不惜牺牲自己的理想主义和英雄主义气质。正是这种与众不同的精神气质，令人肃然起敬。

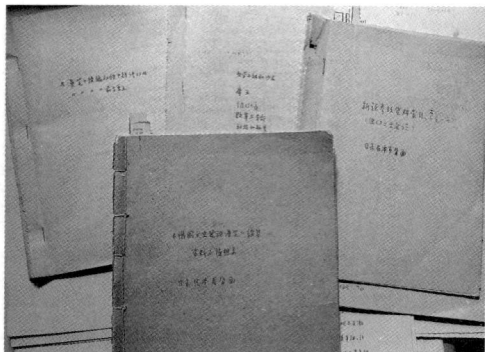

蒋路写作《俄国文史漫笔》一书时自己装订的笔记本

　　他1990年7月惠赠的第二次重新校订的车尔尼雪夫斯基《怎么办？——新人的故事》，1998年6月惠赠的研究专著《俄国文史漫笔》，我视若无价之宝，珍藏起来。他在扉页上的签名，一笔一画，工工整整，可谓是字如其人。

　　由《怎么办？——新人的故事》可以看到，他是如何以严肃认真、精益求精的态度对待翻译工作的。而《俄国文史漫笔》，则集中反映出他作为一个俄罗斯文学编辑、译者和研究者，对于俄国历史、文化和文学的研究所达到的深度和广度。

　　他在这本书的《前言》中说，俄国文史是一个广阔的领域，方家学者无暇顾及而又值得采掘的题材甚多。他着意寻求一些"新的选题和切入点"，不避舍本逐末之讥，将手头积累的资料和自己的一得之见，加以归纳抉剔，敷演成篇，以求阐明俄国文史的若干侧面或片断。仅从以下列举的一些题目，如《混血作家》、《评论家的失误》、《非婚生作家及其他》、《出版业和稿酬制》、《修道院》、《西伯利亚流刑史话》、《第三局和舒瓦洛夫》、《哥萨克》等等，就可以看出蒋路先生对俄罗斯文史领域涉猎之广、研究之深了。

　　牛汉先生对《俄国文史漫笔》倍加赞赏，说此书"文笔简约隽永"，"堪称是一本品位很高、具有真知灼见的学术著作"，"浸透了作者的心血和

2006年10月7日上午，笔者前往八里庄北里拜访蒋路夫人凌芝。她仍深深地沉浸在对丈夫的无限怀念之中，书房一如蒋路生前，没有任何改变。她感慨地对我说："像蒋路这样不为名，也不为利的人，真是太少见了！"

人生感悟"，"每一篇从题旨到内容都强烈地引起读者心灵的震颤"，"显示出一个个深远而庄严的学术境域，既有历史的不朽魅力，又有逼人深思的现实感"，"饱含着真诚的醒人警世的人文精神"。

很早的时候，蒋路先生就对俄罗斯的社会、历史、文化及文学产生了浓厚的兴趣，注意搜集、积累相关资料。他的书柜里，摆放着一部美国俄裔作家库尼的《俄罗斯：最后来到的巨人》。这部生动、有趣的俄罗斯历史著作，是他四十年代就阅读过的。中华人民共和国成立初期，他曾以几乎一个月的薪水，购买了从上海原法租界俄侨俱乐部里流散出来的二十二卷本的《俄文百科大辞典》。这是一套沙俄时代自由派知识分子编辑，汇集了俄国文化、宗教、制度、司法等方方面面知识的非常珍贵的大型资料性工具书，成了他从事翻译和研究工作的重要参考资料。

由于蒋路先生所达到的专业水准和学术造诣，《中国大百科全书·外国文学卷》聘请他担任编写和审定工作。这标志着学术界对他的学术水平和研究实力的认可。

此外，人文社编辑出版的几套有影响的大型丛书，如"外国文学名著丛书"、"外国古典文艺理论丛书"、"马克思主义文艺理论丛书"，以及六卷本的勃兰兑斯著《十九世纪文学主潮》等,都无不凝结着蒋路先生的心血、汗水和劳作。

1990年春,蒋路先生在七十岁寿辰的那一天,收到了外编室十五位同事签名的一张生日贺卡,上面写道:"是您使我们懂得了出版工作的意义,是您教我们懂得了编辑的责任。"

曾在人文社外文资料室工作的史佳,对蒋路先生的勤奋、认真、温和、谦和、严谨、谨慎,印象非常之深。

她对我说:蒋路先生是最常到资料室来借书的人,而且借的多是大部头的工具书、多卷集的百科类辞书;他对外文资料室书库里的书如数家珍,对自己常用的书放在什么位置、哪一排书架,更是了如指掌;每次来,都是自己搬梯子,爬上爬下,亲自到书架上去找、去拿;而且,他来借书的时候又特别安静,几乎没有什么声音,似乎怕打扰别人、惊动别人,给别人带来不便;他特别爱惜书,翻书,查阅资料,都是小心翼翼的,借书、还书时,对书极在意,唯恐把书弄脏了、弄破了。

史佳清楚地记得,直到2002年12月9日——蒋路先生去世前半个月,他还曾到外文资料室来借过书。

蒋路先生过世后,我曾到家里拜访他的夫人,凌芝女士仍深深地沉浸在对丈夫的无限怀念之中。书房一如蒋路生前,没有任何变动。书柜里的书,也一仍其旧。

我看到书柜里有一本纸张发黄的旧书《狱中二十年》,很醒豁,文化生活出版社1949年2月初版,巴金翻译,作者薇娜·妃格念尔是俄国著名女革命者,曾参与了1881年3月1日刺杀沙皇亚历山大二世事件,因而被捕判刑,在狱中度过了二十二年的生命岁月。巴金把这部回忆录译成中文的时候,曾说此书像火一样点燃了他献身的热望,鼓舞了他崇高的感情,每读一遍,总感到勇气倍增。

凌芝女士告诉我,《狱中二十年》是蒋路最喜爱的书之一,几十年一直带在身边,对薇娜·妃格念尔,他始终怀着由衷的敬仰和崇高的敬意。

作为最了解丈夫的人,凌芝女士十分感慨地对我说:"像蒋路这样不为名,也不为利的人,真是太少见了!"是的,在蒋路先生的道德修养和人格境界,与俄国革命者薇娜·妃格念尔的理想、信念和献身、牺牲之间,是存在着一座桥梁的。

"桃李不言,下自成蹊。"在翻译界,在人文社,有人称把自己"引入译苑"的蒋路先生为"良师益友",有人因为在编辑工作中得益于蒋路先生的悉心指导,而把他看做"提灯引路的老师",还有人认为蒋路先生是真正的"君子"、"贤者"、"严师"和"畏友",大家都对他怀着一种无限深厚的感念之情。

有人说,在人文社外编室半个世纪的历史上,曾经有过一个难忘的"蒋路时代",它是埋藏在许多人心底的一个"永远的情结"。

蒋路先生逝世后,在人文社举行的一次纪念座谈会上,一位来自社外的翻译家发言时泣不成声。他说:蒋路先生的逝世,"意味着一个出版时代的结束"。

敬业、博学、谨严、精审的蒋路先生,令人钦佩、令人敬畏的蒋路先生,步履匆匆的蒋路先生,已然离我们远去。

然而,那个令人难以忘怀、不胜神往的"蒋路时代",真的一去也不复返了吗?

2005年8月16日于北窗下

2006年10月16日改定

牛汉:"汗血诗人"

　　在北师大读书时,听过两位著名诗人的演讲,一位是"九叶派"的曹辛之(笔名"杭约赫"),另一位就是"七月派"的牛汉。

　　这两位属于两个不同风格的重要诗派的诗人,给我留下了迥然不同的印象。曹先生是诗人,也是著名图书装帧设计家,脸颊上留下的岁月风霜,不掩其温文尔雅、风流倜傥的潇洒气度。牛汉先生则身材高大,看上去,足有一米九,笑起来极天真,满脸的灿烂,简直就像个孩子。

　　他讲的就是自己所属的"七月派"。虽不像学者讲课那样理论化,但却充满了原生态的文学质感,生动,鲜活,丰富,把你一下子就带回了文学历史的"现场"。

　　很凑巧,我毕业工作后,幸运地成了牛汉的同事。那时,他是人文社《新文学史料》杂志的主编,还担任了《瞿秋白文集》(文学编)编选注释小组的负责人。到出版社不久,我即奉命从第2卷起做《瞿秋白文集》(文学编)的责任编辑,这样就有了一个机会,和牛汉,以及《瞿秋白文集》(文学编)编注小组的张小鼎先生,一起到瞿秋白的家乡常州去,参加"瞿秋白就义五十周年学术讨论会"。

牛汉摄于90年代

那是1985年6月下旬。会议在常州白荡宾馆举行。我和牛汉住在二楼北侧的一个房间。第一天睡前,他告诉我,过去曾被国民党抓进监狱,由于被捕时奋力反抗,被军警用枪托砸伤头部,落下了脑外伤后遗症,深夜有可能突然惊醒,大声喊叫,也可能离开房间,到外边游走。他叫我有个思想准备,别害怕。

不知为什么,听了他的话,并没有感到恐惧不安。第一夜,平静地过去了,没有发生任何异常情形。之后的几夜,亦平安如斯。后来,从他见赠的诗集中,果然读到了两首以"梦游"为题的诗,而且都很长,最长的一首有一百多行。

在常州的几日,和他形影不离,住在一室,吃在一桌,开会在一块,散步也在一起,很快相互熟悉起来。对其人生履历、诗歌创作,也有了一个初步了解。

他本来叫"史承汉",后改为"史成汉"。他用过的笔名,主要有"谷风"、"牛汀"。"牛汉",是1948年在《泥土》杂志发表诗作时第一次用,也是最常用的笔名,比"牛汀"更为人所知。牛,是他的母姓。

据说,他的远祖忙兀特儿,是成吉思汗帐前的一员勇猛善战的骁将。在和他接触的过程中,你会分明感到,他的体内流淌着的,确乎是蒙古族强悍的野性的血脉。

会议期间最愉快的,是有一天他带领我"逃会",去游览太湖。

那天,有大部分时间,下着时大时小的雨,但我们俩豪兴不减,携伞乘车前往无锡。先坐一个钟头火车,再换乘汽车。

到达鼋头渚时,雨似乎稍小了一些。举目望去,太湖烟波浩淼,迷迷蒙蒙,混混沌沌,湖天一色,云水苍茫。

几乎没有什么游客,我们一老一少,一高一矮,各撑一把伞,踩着细密的雨脚,在太湖之滨畅游。说话的声音,好像一下子放大了许多倍,从

牛汉先生(中)、张小鼎先生(左)和笔者在常州白荡宾馆门前合影留念(1985年6月下旬)

嘴里飘出去,回荡于浩茫的天地之间,又仿佛传了回来,在自己的胸腔里引起了共鸣似的。那种况味,真是终生难忘。

在返回的途中,还游览了小巧玲珑的梅园。

回到无锡火车站,走进一家小餐馆。客人不多,我们选了一张临窗的桌子,要了当地风味的馄饨和小笼包子。牛汉付了钱,说他请客。我们一边吃,一边聊。窗外的雨声,哗啦哗啦地响着,不绝于耳。

常州之行以后,渐渐地和牛汉成了忘年交,成了几乎无话不谈的朋友。他任职的《新文学史料》编辑部和我所在的现代文学编辑室,两个部门时分时合,但常在一起开会,所以能经常见面。每次见到他,都要聊一会儿。只要出了诗集或散文集,他都会签名送给我。

他是著名诗人,从学生时代起,就投身反压迫、反奴役、争民主、争自由的地下革命活动,具有光荣的履历和令人钦仰的声誉。但是,在接近他的过程中,觉得他更像个天真的老小孩。他豪爽、率直、质朴、厚道,很喜欢年轻人,没有披戴"大师"的铠甲和名人的面具。所以,我敬重他,亲近他,喜欢他,也爱读他的诗和散文。

1953年3月,牛汉从部队转业,到了人文社现代文学编辑室,在冯雪峰领导下工作,曾先后担任过长篇小说《保卫延安》(杜鹏程著)、《上海的早晨》(周而复著)、《山乡巨变》(周立波著)和《艾青诗选》、《十月的歌》(陈辉著)等书的责任编辑。1955年5月14日,在"胡风反革命集团"案中,他第一个遭到拘捕。两天后,即5月16日晚,胡风在家中被拘捕。

这一天,是周末。

牛汉吃完午饭,照常去打排球。当他打完球,拿着衣服,刚刚走出球场,想去洗澡的时候,出版社的一个领导,带着两个陌生人朝他走过来,说有事找他。

牛汉说:"有什么事,等我回办公室去一下,我的手表、钢笔和外面穿的衣服都还放在桌子上。"因为是午休时间,院子里的人比较少,那两个陌生人就说:"不用了。"

牛汉心想,总不能这样,只穿一件背心,满头大汗,就去办事吧。他坚持说:"我得先洗一下吧,再穿一件衣服。"那两个人之中的一个说:"不用了,到时候会有的。"牛汉有点纳闷,但又觉得,反正出版社的领导也在场,只好说:"好吧。"

他跟着那两个人走出出版社院子,只见大门外停着一辆卡车,车上还站着五六个人。那两个人把牛汉推进驾驶室,汽车马上发动起来,驶离了人文社。

在城里转了几个弯之后,汽车开进了一个院子,停了下来。牛汉认识这个地方,这是社里在北新桥新修的一个托儿所。大概由于是周末,又是中午,院子里看不到一个人。

这时,那两个人中的一个,拿出一张纸,让牛汉在上面签字。他一看纸上的字,大吃一惊,原来是一张公安部的拘捕证,上面有部长罗瑞卿的亲笔签名。他拒不签字,问道:

"你们凭什么抓我?"

那个人说:"我们是奉命执行公务,你必须得签字!"

"你们得说出理由来。"牛汉坚持道。

"什么理由? 报纸上都已经登出来了。"

他追问:"登了什么?"

"你没看见吗,胡风反党集团的材料?"那个人有些不耐烦了。

他反问道:"胡风关我什么事?"

"没有事我们就不会来找你了。"

牛汉这才想到,昨天《人民日报》登了有关"胡风反党集团"的第一批材料,出版社负责人王任叔立即主持召开会议,对他进行了"帮助",希望他能认识问题,与胡风划清界限。不是说属于人民内部矛盾吗,怎么一夜之间就发生了如此之大的变化,这么快就开始抓人了哪?

他又问:"拘捕我多长时间?"

对方答不出,打电话请示了一位姓张的组长,组长说:"这是内部的事情,不要问了。"

牛汉继续追问道:"既然是内部的事情,为什么还要拘捕?"

对方回答:"一个星期吧,一个星期之内没有什么问题,就放你回去。"他认为自己无罪,仍然执意不肯在拘捕证上签字。那两个人也没办法,只好把牛汉关在托儿所里。

当天晚上,社里的人带着几个公安部的人,对牛汉的家进行了彻底的搜查。他的妻子吴平,当时在铁道部教育局做秘书,听到公安人员宣

1954年,牛汉被拘捕之前,与妻子吴平、女儿史佳、儿子史果摄于北京

布丈夫已被拘捕,要进行搜查的时候,并不知道到底发生了什么事情。但作为一个1946年就和牛汉同时加入中国共产党的党员,出于对党组织的信任,她什么话也没说,只是木然地坐在椅子里,任凭公安人员随意搜查。最后,所有的私人信件都被查抄出来,统统带走了。

在托儿所关了一周后,牛汉曾试图走出去,但刚到门口,就被拦住了。他只能在那里继续关下去。

1952年初,牛汉在沈阳东北空军直属部队文化学校担任教务主任时,曾于2月3日给胡风写过一封信,其中说道:"也许再过几十年以后我想在中国才可以办到人与人没有矛盾;人的庄严与真实,才不受到损伤。……今天中国,人还是不尊重人的,人还是污损人的。人还是不尊敬一个劳动者,人还是不尊敬创造自己劳动(原文如此——引者注)。这是中国的耻辱。我气愤得很。"

《人民日报》刊发此信时,编者按语指出,这"即是说,要有几十年时间,蒋介石王朝才有复辟的希望"。一下子就把青年时代便参加了共产

牛汉到东四13条看望病中的艾青

党、舍生忘死地投身革命、坐过国民党监狱的牛汉,推倒了"蒋介石王朝"一边,莫须有地断言他是"国民党特务"。

11月,牛汉被转移到顶银胡同关押,单独囚禁,不准读书阅报。他早就患有的梦游症,因此而加剧了。1957年5月,他被释放回家,交给街道派出所看管。8月20日,公安部把他定为"胡风分子"。

接着,社里召开党支部会议,宣布开除他的党籍。在会上,牛汉听完宣布,只说了七个字:"牺牲个人完成党。"

冯雪峰和王任叔也参加了会议,但始终缄默,一言未发。

1957年8月14日,社长王任叔派他下午到中国文联礼堂,参加批判冯雪峰的会议。到会场时,里边已坐满了人。他找了个靠边的位子坐下来,低着头,等着开会。在熙攘嘈杂的纷乱中,忽然听见有人喊他的名字。他低着头,不想应答。

可那喊声并不停下来,仍在"牛汉——牛汉——"地叫。

他抬起头,循着声音望过去,哦,原来是大诗人艾青!

艾青在离他几米远的地方,看着他,问:"是牛汉吗?"

他点了点头。

艾青提高了声音,关切地问:"你的事情完了吗?"

他回答:"没有完,算告一段落了。"

周围无数双眼睛,惊异地审视着这两个出了"问题"的诗人。

想不到,正在承受着政治批判的巨大压力的艾青,竟然站了起来,眼睛睁得又大又亮,不是朝着牛汉,而是面向众人,几乎是用一种控诉的语调,大声说:

"你的问题,告一段落,我的问题,开始了!"

接着,他以朗诵诗的那种拖腔,高声地喊道:

"时——间——开——始——了!"

在场的人大概都知道,"时间开始了",是胡风的一部著名长诗的题目。这部长诗出版时,正是当年到巴黎学过美术的艾青,亲自设计的封面。

1958年2月,公安部做出结论,把牛汉定为"胡风反革命分子",仍在人文社作编辑工作,但降级使用,此后发表文章只能用化名。不久,他又被派到社里东郊平房农场劳动,主要是养猪。1960年调入社内新组建的编译所。

"文革"一开始,牛汉即被关进"牛棚"。1969年9月,到湖北咸宁向阳湖"五七"干校劳动改造。干校的军代表看他人高马大,就让他干拉车运输等最繁重、最疲累的劳役,像牛马一样使唤他。

三四年之后,绝大多数人奉命返回了京城,牛汉则与少数人仍然被留下来。但管制比以前松了,活儿也不那么累了,有了更多属于自己的时间。下干校时,他带了《全唐诗》、《洛尔迦诗钞》和《李长吉歌诗集》,没有事的时候,就读这几部书。

1947年冬，牛汉孤身一人
在上海流浪

　　白天，他常常在附近的山野里转悠，有如一个幽灵。钻过密密匝匝的灌木丛，荆棘划破了双手，渗出了血珠，他毫不在意。采了不少野菊花，金黄的，深蓝的，浅蓝的。甚至毫无结果地寻找过兰花。一天，远远地看到了前面树丛上，结满了一串一串的小野果，红得像玛瑙，他不顾一切地狂奔过去……

　　在荒凉的山林里，在空茫的湖泊旁，他咀嚼苦难，反刍人生。此刻，诗，突然在心中复活了！写诗的冲动，越发强烈起来。啊，一个诗的世界，封存在、冷冻在自己的心里，实在是太久、太久了。

　　李贺悲愤苦闷的情绪，引起了他的共鸣；而其奇异的诗思，更令他痴迷。在杜牧《李长吉歌诗集叙》中，有"牛鬼蛇神"、"虚荒诞幻"之类的词语，他当时不正是被视作"牛鬼蛇神"吗？

　　"面对着荒诞和罪恶，我和诗一起振奋和勇敢了起来。我变成了一只冲出铁笼的飞虎，诗正是扇动着的翅膀。"牛汉后来如是说。

这是牛汉的第一本诗集《采色的生活》,此书列入胡风主编的"七月诗丛"第2辑,(上海)泥土社1951年1月出版

洛尔迦的语言和节奏,尤使他喜欢。这位西班牙诗人,不知不觉地影响了他悄然而至的第二期诗歌创作。

居然一个人有了一间屋,他郑重地以"汗血斋"来给这茅草屋命名。就在这个"汗血斋"里,他随手把诗,草草地写在一个杂记本子上,断断续续,居然累积了几十首诗。

——"汗血斋",见证了一个诗人的再生,见证了他的一些最具代表性的诗篇的诞生。

在那些最没有诗意的日子,在一个最没有诗意地方,诗,如钟锤一样,敲醒了他,惊醒了他。他又开始作为诗人,生活在人间。

"记得那时,他拉了一天装载千斤以上的板车,或者扛了一天每袋一百多斤的稻谷,回来总要气咻咻地告诉我,他今天又寻找了,或者发现了,或者捕捉了一首什么样什么样的诗。"绿原曾这样回忆道。

在暴雨将临之际,牛汉听到天空传来鹰的叫声,写下了《鹰的诞生》:"风暴来临的时刻, / 让我们打开门窗, / 向苍茫天地之间谛听, / 在雷鸣电闪的交响乐中, / 可以听见雏鹰激越而悠长的歌声";在动物园里,他

看见老虎笼中墙上的血淋淋的爪印，写下了《华南虎》："恍惚之中听见一声 / 石破天惊的咆哮，/ 有一个不羁的灵魂 / 掠过我的头顶 / 腾空而去"；在村庄背后，他听到孩子们挥着柴刀砍斫灌木，写下了《巨大的根块》："灌木丛顽强的生命 / 在深深的地底下 / 凝聚成一个个巨大的根块 / 比大树的根 / 还要巨大 / 还要坚硬"；在山林中，他看到五六个猎人在伏击一只麂子，写下了《麂子》："远方的麂子 / 你为什么生得这么灵巧美丽 / 你为什么这么天真无邪 / 你为什么莽撞地离开高高的山林"……

他在《悼念一棵枫树》中，写一个秋日的早晨，山坡上一棵最高大的枫树被伐倒了，"家家的门窗和屋瓦 / 每棵树，每棵草 / 每一朵野花 / 树上的鸟，花上的蜂 / 湖边停泊的小船 / 都颤颤地哆嗦起来……"枫树飘散出的浓郁的清香，"落在人的心灵上 / 比秋雨还要阴冷"。他为以冯雪峰为代表的整个一代被迫害、被侮辱的知识分子，唱出了一曲慷慨悲凉、荡气回肠的悲歌。

"我的诗是从我的灵魂里发出来的"，牛汉说，"如果没有诗，在干校那样的环境下，我就活不下去了"。诗拯救了他，他有一种生命再生之感。

他的这些诗，写得沉痛、激越、庄严、高亢，是诗人生命和人格的外化、对象化，是苦难的升华和诗化，有一种悲壮、崇高的诗美，散发出震撼人心、净化灵魂的艺术魅力。

1974年底，他终于获准回京，先在人文社资料室抄了两年卡片。1977年调入鲁迅著作编辑室。1978年参加《新文学史料》的筹备工作，1983年起一直担任这份在"新时期"文坛有很大影响的大型杂志的主编。

那时的政治气候乍暖还寒，《新文学史料》刊发的若干文章，有时涉及现代文学史上一些比较敏感的人物、事件或者话题，便会感到来自上

牛汉自画像

边的压力，甚至说这是"雪峰派"、"胡风派"的杂志。

有一次，上面还专门派了一个"调研员"，到社里对《新文学史料》审查了两天，想把这个杂志停掉。不久，一个社领导找牛汉谈话，说《新文学史料》"有方向性的问题"。牛汉毫不含糊，针锋相对地质问："你具体说说，到底有什么问题？"这个领导支支吾吾，又说不出来。

有一阵儿，连社长韦君宜都觉得有些为难了，不想继续办《新文学史料》了。她对牛汉委婉地说："牛汉啊，可能上边觉得办起来太困难了、太复杂了一点，咱们是不是停了吧？"

牛汉理直气壮地反问道：《新文学史料》有什么错？大部分作家，包括丁玲、艾青都很支持，很欢迎，为什么要停？"

事后，韦君宜对他歉疚地说："牛汉啊，这不是我的意思，不是社里的意思，是上边的意思，我这个人太软弱，我也没有办法！"

没有牛汉几次顶住压力，没有他的"毫不含糊"的倔脾气，很可能《新

1945年春,在陕西城固西北大学读书时牛汉与吴平留影,两个人正在热恋中

文学史料》早就夭折了。后来,韦君宜告诉他:"胡乔木说过,拿牛汉这个人没有办法。"

在前辈诗人当中,给了从"朦胧诗"到"新生代"等一批批年轻诗人最有力支持与最热情关怀的,是牛汉。北岛、江河、顾城、芒克、林莽等朦胧诗人,与他都有着很深厚的交情。他认为,"这是一群很有见解,很固执,很坚定,很了不起的诗人"。北岛早期的诗,他全部看过。《今天》杂志第一二期的原稿,他也读过。他是这份著名文学刊物的历史见证人。

他最欣赏北岛。早在"文革"后期,他们的来往就开始了。北岛亲切地称他"伯伯",还借去了从干校带回来的《洛尔迦诗钞》。有一段时间,北岛几乎每周都到他家里,和他谈诗。

牛汉的诗歌创作生涯,与他参加革命的历程几乎同时开始。1938年冬,他秘密加入中共地下组织"三人小组"。三年多后,就迎来了诗歌

创作的第一个高潮,写下了《鄂尔多斯草原》、《九月的歌弦》、《走向山野》等诗,《长剑,留给我们》还受到过著名诗人闻一多的称许。1946年因参加学运被捕,在狱中创作了《在牢狱》、《我控诉上帝》、《我憎恶的声音》等诗。1948年,诗集《采色的生活》经胡风修改整理后,列入"七月诗丛"第2辑,因故拖到1951年初,才由上海泥土社出版。

八十年代末在北京图书馆柏林寺分馆,我查到了这个小开本的旧诗集。记得那是一个下午,天色晦暗,坐在浓荫匝地的阅览室里,默诵着长诗《鄂尔多斯草原》:"……今天 / 我歌颂 / 绿色的鄂尔多斯草原。 / 从我的歌声里 / 喷出草原复活的笑 / 扬起新的生命力, / 我要让这歌声 / 扬得 / 更高,更响!"胸中鼓荡着诗人当年豪迈、火热的青春激情,眼睛不禁湿润了。

牛汉是一位用生命拥抱生活、拥抱诗的诗人。在他那里,人和诗,根本不能随意分离、割裂开,他说过,"我与我的诗相依为命","同体共生"。"当我写诗的时候,常常弄不清自己是人还是诗。"诗,就是他的"第二生命"。人如其诗,诗如其人,对于牛汉来说,再恰当也不过了。

有一次,艾青问他:"牛汉,你说,你这许多年的最大的能耐是什么?"

牛汉不假思索地回答:"能承受灾难和痛苦,并且在灾难和痛苦中做着遥远的美梦。"

艾青知道牛汉的性格一向是很躁动的,他不止一次地提醒牛汉:"做人做诗要再朴素再深沉些。"

牛汉曾经为加拿大一位女诗人安妮·埃拜尔的这样一行诗流下热泪:"我是一个瘦骨嶙峋的女孩 / 有美丽的骨头"。他说:"我的骨头不仅美丽,而且很高尚";"我的骨头负担着压在我身上的全部苦难的重量"。甚至把骨头和皮肤上、心灵上的伤疤,称为自己的"感觉器官","它们十分敏感而智慧,都有着异常坚定不泯的记忆";"我只能用伤疤的敏感去

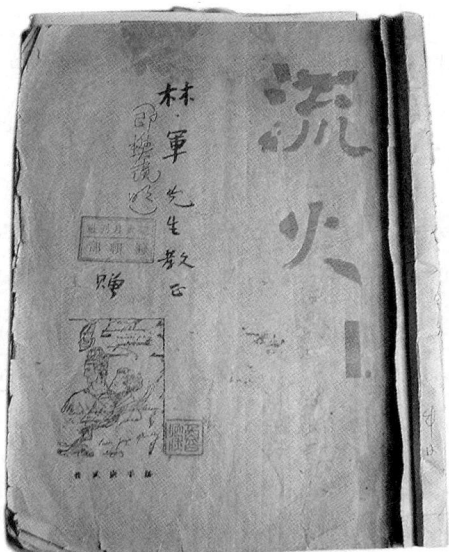

这是牛汉与寿孝鹤编的杂志《流火》第1集第1期，1945年3月出版于西安，八路军驻西安办事处看过稿子并提供资助。封面由牛汉设计，"流火"是何绍基的字，从西安碑林手拓。发刊词《人底道路》为牛汉执笔。第2期刚编就，即被国民党查禁。

感觉世界"，"没有伤疤和痛苦也就没有我的诗"。他还企望，自己和诗总是不歇地向梦游中看见的美妙远景奔跑，"直到像汗血马那样耗尽了汗血而死"……

这，就是诗人牛汉，诗里蒸腾着"汗血气"、被称为"汗血诗人"的牛汉！

八十年代以后，他的诗歌创作迎来了第二个高峰期。《悼念一棵枫树》和《华南虎》发表后，引起诗坛关注。诗集《温泉》1984年出版后获奖。他的诗还被翻译成英文、日文、德文、韩文，介绍到国外。九十年代的诗评界认为，牛汉是"当今创作力最为旺盛的代表性诗人"之一。

在一次诗歌讨论会上，一个曾是他的诗友的著名政治抒情诗人对他说："牛汉，你的诗里的'我'，是'小我'，我的诗里的'我'，是'大我'。"牛汉当即回答道："你的'大我'空空洞洞，我的'小我'是有血有肉的。"当一首又一首清晰地刻着人格烙印的诗章,从笔底涌出的时候,他的生命和精神世界,也越发显得质朴、纯粹、圣洁而恢廓。

"诗在拯救我的同时,也找到了它自己的一个真身。"牛汉如是说。

在度过了战乱、流亡、饥饿、迫害、囚禁之后,在经历了种地、建房、养猪、拉车、宰牛的劳改岁月之后,在苦难的锤砧的击打下,他的人与诗,都日益成熟起来,愈加沉实而美丽。然而,他心依然年轻,血还是那样燥热,骨头仍旧那样坚硬,生命力依旧强悍、蛮野、饱满。

他还是那个十八九岁就写下长诗《鄂尔多斯草原》的抒情诗人,只是更加结实、坚韧和深沉。

他的诗里,有痛苦,有愤怒,有觉醒,有精神的追寻和魂灵的叩问,有深邃、崇高的境象与诗思,唯独没有丝毫奴隶哲学和庸人的气息。他的文字,是拒绝庸俗、抵抗堕落、超越苦难、"不甘幻灭"的诗性记录。

艾青曾对牛汉说:"你可真是一头牛,有角的牛!"也许是因为看到牛汉诗中出现了一些桀骜不驯的带有杀气的意象,其中隐潜着的近似复仇的情绪,让艾青感到了不安吧?

早在西北大学读书时,同学们就亲昵地称他"大汉"。牛汉的确是一条真正的汉子,个性鲜明,脾气倔强,极有血性。

1965年11月26日,在北京市第二中级人民法院(位于天安门南侧旧棋盘街)审判胡风的大会上,他敢于公开为胡风辩诬。这次审判,通知他和绿原、徐放、谢韬、阎望、芦甸等人,出庭作胡风"反革命罪行"的"见证人"。事前,高检院的一个女干部专门找他谈话,和他打招呼,让他实事求是地揭发、检举胡风,分给他的题目是"胡风是怎样把我拉下水的"。

在法院的接待室里,他见到了绿原等几位友人,互相点了点头,算是打过招呼,然后就各自呆坐着,等候被传唤出庭"作证"。轮到牛汉了,他被一个法警带进一个庄严肃穆的大厅里,中间有室内篮球场那么大,周围是一层一层地高上去的座席。迎面一个人，孤零零地站立在中央，这只能是胡风。周扬、刘白羽、邵荃麟等文艺界的首脑人物，则端坐在座席上，有说有笑。

四周大海怒涛般的眼睛，几乎要将他淹没。他看到，胡风明显消瘦了，赭红色的脸，略有些发暗；身穿一件棕色中式棉袄，出奇的肥大，几乎长及膝盖，两只手一直不自然地拢在袖口里，显然是被铐着的。胡风的这种形象，使他感到陌生和异样。

胡风侧过脸来，看了他一眼，他们有一瞬的对视。胡风神情冷漠。这种冷漠的神情，在被打成"右派分子"以后的雪峰的脸上，牛汉也曾经看到过。这冷漠里，隐藏着强烈的自尊，还有难以觉察的轻蔑。

他本来应当照着经过审定的发言稿讲，可说到了最后，他又加了几句："1953年9月，胡风攻击党的领导，说他们对文艺界的几位领导偏听偏信，这是胡风唯一一次攻击党的言词。"

主审者大声问道："是唯一的一次吗？"他回答："我只听到这一次。"主审者喝令他停止发言，并立即退出法庭。

牛汉的脾气，的确是很执拗的。

丁玲创办、他担任执行主编的大型文学杂志《中国》，被作协某些领导强行停刊以后，一个作协的头头见到牛汉，振振有词地说，此事他也是不得已。牛汉当即气不打一处来，说："我不谅解！我不谅解！"当时，主持作协工作的是党组书记唐达成，牛汉虽然也认为唐"人还是不错的"，但是在《中国》停刊问题上，他表示对唐"不能原谅，我永远不会原谅"。

1999年人文社评选"百年百种优秀中国文学图书"，在一次初选会上，我发言说自己作"知青"时，读过郭小川的《致青年公民》和《向困难进军》，印象很深。牛汉马上接着说道：

"说老实话，我不喜欢！他写这些诗的时候，我们正在受难！"

　　2006年10月2日上午前往八里庄北里拜访牛汉先生,他坐在书房的椅子上查找资料时,我按动快门,拍下了这张弥漫着他的个性气息的照片他总是这样，在表达意见和看法的时候，心里想什么嘴上就说什么，直来直去，态度鲜明，听者也觉得爽利、痛快。他决不像我们这样活得窝窝囊囊、唯唯诺诺、怯懦卑微，说话先要瞧着别人的脸色，想着对方喜不喜欢听，听了舒服不舒服，总想拐弯抹角、吞吞吐吐地把话说得圆融、圆通、圆滑。

在一个令人无法忘怀的特殊时期，我曾陷入一场精神危机之中，极度颓唐、苦闷、消沉。牛汉察觉了，每次见面，都关切地问我最近在干什么。我回答："我在混……"

他马上严肃起来，盯着我，认真地说："我可不混！"

我立刻感到羞赧、愧疚，低下头，不敢看他的眼睛。我明白他是希望我振作起来，尽快摆脱这种精神状态，努力读书，写文章，搞研究，做有意义的事。十多年来，每当懈怠、疲懒、灰心的时候，便想起他的话语和目光，不禁添增了坚韧、振拔的勇气和信念。

2003年9月11日上午，人文社在中国现代文学馆举行"冯雪峰诞辰一百周年纪念会"。牛汉上台发言时，先是长长地叹了一口气："唉——"接着说："雪峰这个人啊！"沉默了一会儿，又继续讲道：

"雪峰最看重、最欣赏'诗人'这个称号，他曾经说'诗人'、'诗人'，'诗'和'人'是血肉相连、不可分开的。雪峰自己，确实无愧于'诗人'这个称号。我很尊重他，也很怀念他。"

他又回忆起"文革"坐"牛棚"时，和雪峰住在一起的情形，说雪峰的习惯是每天睡得很晚，常常都是过了12点才睡，所以，夜里他们两个人经常聊天。雪峰曾经谈到毛泽东对鲁迅的看法，认为毛实际上是反对鲁迅精神的。那么，毛为什么在延安时把鲁迅抬得那么高，称他是"现代中国的圣人"、"文化革命的旗手"呢？因为，毛当时需要一个众望所归的人物，来团结国统区的作家、知识分子和文化人。这样的人，只能是鲁迅。

实际上,这不是对鲁迅精神的认同,而是对鲁迅的一种利用。

牛汉还提到,郭沫若五十年代初不是说过,鲁迅如果现在还活着,也得好好学习,改造思想,然后,根据他的表现,分配工作吗?

"庾信文章老更成,凌云健笔意纵横。"晚年,牛汉的诗和文章越写越好,很多篇什我都非常喜欢。1999年10月中旬,北京秋意渐深,我到八里庄北里他的寓所去看望他。

进了书房,尚未落座,就对他说:"牛汉老师哎,我特喜欢您的那首诗《酷夏,一个人在北京自言自语》啊。"

没料到他听了特兴奋,马上转过身去,从书架上,顺手取下一册《牛汉诗选》,翻开,大声读了起来:

> 北京城没有自己的云自己的雷
> 云都是从远方飘来的
> 雷究竟藏在哪一片云里
> 谁也无法知道
> 不信,你喊叫一声雷
> 雷才不答理你呢
>
> 北京城自己不会下雨
> 雨是从远方的云带来的
> 你以为当头那一朵云能变成雨
> 唉,那朵云朝下面望望又飘走了
>
> 下不下雨我做不了主

打不打雷我做不了主
但是听到远远的天边有雷响雷动也痛快
望见远远的天边有电光一明一灭
呆滞的眼神也会快活地明亮一下
雨下到别处也好
北京城至少能沾到一点凉气

我也和他一起,放声诵读着。读完,两个人快意地互视,开怀大笑。

2005年10月5日写于北窗下

2010年4月26日修订

舒芜:"碧空楼"中有"天问"

有一次,担任《新文学史料》主编的牛汉先生,专程去拜访舒芜,我也随同前往,有幸结识了他。我并不在《新文学史料》编辑部工作,又没有组稿的任务,跟着去,纯粹是出于好奇,只是想见见这位在中国现当代文学史、思想史上,曾一度大名鼎鼎的风云人物。

舒芜1979年秋离开人文社,调到《中国社会科学》杂志社工作,当时已经退休。他住的是皂君庙社科院宿舍的一套单元房,客厅的家具很简单,而且很旧,但西墙上悬挂着的书斋名"碧空楼",却很显眼,是程千帆先生所书,东墙上的一个条幅,则是在台湾大学任教的台静农先生的墨宝,1948年书写的陈子龙诗寄赠舒芜的。诗云:

> 端居日夜望风雷,郁郁长云掩不开。
> 青草自生扬子宅,黄金初谢郭隗台。
> 豹姿常隐何曾变,龙性难驯正可哀。
> 闭户厌闻天下事,壮心犹得几徘徊。

舒芜的书房"碧空楼"（程千帆书）

舒芜请牛汉和我在沙发上落座，吩咐保姆沏上茶，自己就坐在南窗下书桌前的一把旧藤椅上。他们是老朋友，坐下来之后，就聊起来，谈笑风生。我坐在一边，只是静静地听。

牛汉说话声音大，笑声也大，舒芜要小得多。记得牛汉希望舒芜给《新文学史料》写关于他一生经历的回忆文章，似乎就是后来发表于该刊1997年第2期的长文《〈回归五四〉后序》。

1993年，舒芜的《周作人的是非功过》在人文社出版时，我有幸做责任编辑。在书里，他以"以愤火照出他的战绩"的情感态度，对周作人在现代文学史、现代思想文化史上的作用和地位，文化心态，自我论和宽容论，妇女论，以及"五四"之后的变化，对鲁迅的攻击与附逆投敌等，都进行了历史、客观的评价与科学、透辟的论述。对周作人的散文艺术的解读和阐释，尤见功力，是具有独创性的。

在这本书中，舒芜充分显示出一个研究者深厚的学养、深邃的眼光、精湛的造诣、敏锐的艺术感受力和细腻的审美鉴赏力。

边审稿，边体味，感触良深，不时击案叹赏。舒芜则总是很客气，来信一再说"十分感谢您的费心审阅"，"此稿前后费您的心不少，十分感谢"。发稿后，他再三叮嘱我，一定要自己看二校样。

书出版后，他写来一信，并把发现的错误单列了一张表，附在后面，说："真正错字只有两处，衍文一处，这是真正的错处；此外都只是字模横倒，漏了逗号，字体不正，不算大错。所以总的看来，校对质量要算好的。"又说，"也许还有未看出的，您如另有发现，请随时见告，为荷。"他还签名寄赠一册，扉页上写着"培元兄指正"，还郑重地钤上了他的印章。

后来，他又陆续送给我一些他的新著。我发现，每一次，当他拿到样书后，都要先通读一过，随手改正编校的错误。他赠我的那些书，或在书上直接把错误改过来，或寄来一份"勘误表"。

记得送《舒芜文学评论选》时，他特意告诉我，"太平天国"的"国"字，里边应该是"王"，而不是"玉"，书里全部印错了，改不胜改。一查《辞海》，果然是"王"。

舒芜1922年7月2日出生于安徽桐城县城内勺园方宅——出了"姚门四弟子"之一的方东树、号称"鲁洪方"的一个名门之家。父亲方孝岳是著名学者，著有《中国文学批评》、《中国散文概论》等专著。他的九姑方令孺是"新月派"女诗人，堂兄方玮德是"新月派"后起之秀。

舒芜自幼在家塾读书，十二岁那年春天，插入桐城县中心小学六年级下学期，同年秋，即以第一名的成绩考入著名的桐城中学。只读到高中二年级，就开始做中小学国文教师，直至大学国文系教授。

他小时候曾梦想像曾祖父方宗诚那样，当个有名的理学家，谈"心"，谈"性"，谈"敬"，谈"诚"，立下个宗旨，自成一家之学。刚过二十岁，他就

舒芜的祖父方守敦(后左一)与诸孙于桐城故家合影,后右一为舒芜立志对中国的整个文化问题重新清理一番,写一部《现代中国民主文化论》,"来发展马克思主义哲学,来给个性解放的要求,奠定一套历史哲学的基础"。

四十年代初,在四川江津过着流亡生活的舒芜,结识了"七月派"著名小说家路翎,并通过路翎结识了"七月派"领袖、著名文艺理论家胡风。当时舒芜在研究墨子,已写了《墨经字义疏证》等文章。

胡风在信里告诉他,"今天的思想工作,是广义的启蒙运动。"这使他明确了当时要"做什么"。胡风认为,较之纯学术的文章,更需要的是"社会评论",和"不用术语而能深入生活中的意识形态的解剖"。这使他明确了"怎么做"。

胡风对他寄予了很大的期望,还建议他写一本哲学入门的小册子,来代替艾思奇的《大众哲学》。这使他非常感奋。

1943年冬,舒芜与住在他家里的路翎朝夕相处,常常一起谈论他们共同关心的思想文化和文学问题。

一天,他们又凭栏纵谈。路翎忽然神情郑重地问他:

"你说,中国现在最需要什么?"

舒芜答不出,就回问路翎。路翎明确而肯定地说:

"需要个性解放。"

这句话,一下子点醒了舒芜,使他脑子里原来那些不太清楚的想法,顿时明晰起来。他想来想去,觉得的确一切都可以归纳为个性解放。特别是"国统区"进步知识分子的思想问题,马克思主义如何进一步发展的问题,解决的关键,都在于个性解放。

通过胡风的介绍,他还认识了在重庆的中共文化人陈家康和乔冠华。陈是中共驻重庆办事处的工作人员、周恩来的秘书,对他写的墨子研究文章《释无久》颇为欣赏。乔是中共主办的《群众》杂志的主编。

舒芜的第一本书《挂剑集》，此书由编者胡风列入"七月文丛"第1辑，（上海）海燕书店1947年5月出版

　　不久，陈、乔二人因分别发表《唯物论与唯"唯物的思想"论》《论生活态度与现实主义》，在党内整风中受到批评。舒芜对认同他的墨子研究的陈家康很有好感，为了声援他们，写下了长文《论主观》。在文中，他表示反对"机械教条主义"，大声疾呼"容许一切新的探索和追求"，并主张在探索和追求中"充分发扬""主观作用"。

　　此文初稿完成后，给路翎看过，他提了书面意见，第二稿吸收他的意见很多。定稿后，舒芜把这篇两万多字的文章寄给了胡风。

　　1945年1月，胡风在其主编的《希望》杂志创刊号上发表了这篇文章，并在"编后记"中指出，作者提出了"一个使中华民族求新生的斗争会受到影响的问题"。

　　此文一出，立即引起了中共中央南方局文委的不满，很快在"国统区"的左翼文艺阵营内部，引起了一场激烈的思想文化论战。舒芜亦由此声名鹊起。

　　毛泽东的秘书胡乔木，后来到重庆，曾两次专门约他谈话，批评他的

1945年,舒芜与台静农(前左一)、罗志甫(前右一)、柴德赓(后右一)合影于四川江津白沙

《论主观》,以及稍后发表的宣扬"强烈的"、"战斗的"、"彻底的个性解放"的《论中庸》,是"唯心论"。舒芜不服,两个人辩论得面红耳赤,无果而终。

1953年4月,正在广西南宁中学担任校长职务的舒芜,经中宣部文艺处副处长林默涵介绍,被冯雪峰调入人文社二编室(古代文学编辑室)做编辑。尽管广西方面不愿意放他走,自治区委宣传部部长还找他谈话,挽留他,许之以自治区人民政府文委秘书长、自治区出版社社长和自治区文联副主席等职务,但都被他谢绝了,他一心想到首都北京去工作。

当时人文社的二编室,人才济济,常常是"文酒之会,以谈为乐",大家轮流做东。除了下馆子,就是以打油诗互赠。

舒芜首唱赠张友鸾诗云:"伤风晨上值,淋雨夜归家。白日常寻梦,晴窗偶种瓜。传闻夸鹿马,相见话桑麻。□□□□□,□□□□查。"副总编辑兼二编室主任聂绀弩也参加唱和,并用此韵嘲张,第三句云:"文章王卖瓜。"张笑纳,不以为忤,而对末联"错自由他错,谁将字典查",张

则笑着抗议道："这可是领导在考核工作呀！"聂连忙改为"一字难分处，康熙百遍查"，之后问："这行了吧？"

诗酒酬唱，文采风流，那时二编室的风气，于此可见一斑。

舒芜堪称人文社学者型编辑的一个代表。既能编，又能写，编书的过程，往往也是研究的过程。他编的一些书前，都有他自己撰写的学术水平很高的前言。如《李白诗选》、《中国近代文论选》、《康有为诗文选》等。陈迩冬编的《韩愈诗选》，也是请他做的序。

1955年4、5月间，《人民日报》记者叶遥从舒芜手里拿走了胡风历年来写给他的一百多封书信。之后，舒芜又奉中宣部文艺处处长林默涵之命，写了《关于胡风小集团的一些材料》（《人民日报》发表时，改题为《关于胡风反党集团的一些材料》)。

中宣部副部长周扬看过后，认为这些信很重要，即于5月9日呈送给最高领导人毛泽东。

于是，这些私人通信，加上了经毛泽东改写的一言九鼎的"编者按语"，被当作确凿无疑的"胡风反党集团"的"罪证"，在党报《人民日报》上公诸天下。由此，酿成了被历史学家称为"共和国第一冤案"的举世震惊的"胡风反革命集团"案。

新中国最大的一起文字狱，就这样发生了。

在"肃反"运动中，舒芜虽未被当做"胡风分子"追究，但却被判定为"拥护反革命分子聂绀弩搞独立王国"。他被视为二编室这个"独立王国"的"左丞"（"右相"为二编室小说戏曲组组长张友鸾）。

尽管从1956年起，他担任了二编室副主任，但在1957年的反右风暴中，他却又成了"舒（舒芜）、张（张友鸾）、顾（顾学颉）、李（李易）右派小集团"的头子，被打成了"右派分子"，撤销编审职称和编辑室副主任职务，由编辑五级降为编辑八级。

1946年4月,国立女子师范学院国文系一年级师生合影,前排左二台静农、左三舒芜

　　一天,舒芜上班,在楼梯上与张友鸾相遇,两个人一起默默地往上走,旁边没有别人,张友鸾向舒芜微微一笑,随口吟道:

　　"无言独上西楼。"

　　166号楼两家出版社各一半,人文社在西,人民社在东。此时此刻,张友鸾还是这样妙语如珠,舒芜不禁感慨系之。

　　1960年,他调入社内新成立的编译所,总算是过了几年安生日子。1964年冬,他和出版社的另外五个人,被下放到山东沂蒙山区的沂源县劳动,第二年6月返回北京。但是很快,"文革"的疾风骤雨就劈头盖脸地砸下来。他被当做"牛鬼蛇神"关进"牛棚",早晚向毛主席"请罪",无事找事地干体力劳动,定期写思想汇报,不断地写外调材料……

　　他的妻子陈沅芷,在北京市第25中学当教师,被"红卫兵小将"当做"反革命"揪斗后,又关进学校教室里,捆起来毒打。还让她站到摞起来

1953年，舒芜全家合影，前排左起舒芜、长女方非、母亲马君宛、长子方朋，后排左起妻子陈沅芷、次女方林、小保姆

的两张桌子上面，进行批斗，然后把桌推翻，把她从高处摔下来。等舒芜和儿子方朋赶到那里，见妻子已尸横在地，嘴角带着一片血迹。送到火葬场，收费火葬后，却说是"反革命分子畏罪自杀，骨灰不许领"。

一个深夜，老家安徽来的"红卫兵"，加上街道上的一些人，一起抄了他的家，大衣柜、留声机、收音机等稍微值钱一点的东西，均被洗劫一空。大人孩子连一件过冬的衣服也没有了，只好向亲友东要一件西讨一件，才熬过了那个凄冷的冬天。

妻子的骨灰下落不明。后来在"干校"，他写了悼念亡妻的诗，其中有句云："永夜有人闻独鹤，十年无地筑孤坟。"

1969年中秋节的前一天，舒芜离开北京，被发配到湖北咸宁向阳湖"五七"干校劳动改造。1975年初才回京，先是在校对科干了两年，1977年

才重返古编室。度过了十年风雨沧桑，他已经五十五岁，两鬓斑白了。

前几年，在撰写关于鲁迅与周作人文化人格比较的文章时，我发现，二十世纪三十年代中后期，鲁迅对士大夫的思想和美学进行了深刻的剖析和痛切的批判，于是对此产生了兴趣，便继续检寻、研读有关文献资料。舒芜的周作人研究，及其关于古典文学的有些论述，使我获益匪浅。

他1948年写的《王维散论》，简直就是打开中国士大夫的思想和美学之谜的一把钥匙。文中说，王维的《酬张少府》中的两句诗"晚年惟好静，万事不关心"，道出了他的"全部秘密"，"王维在中国文学史上，恐怕要算最完全最高妙地实现了'温柔敦厚'的诗教的唯一的诗人，他的诗作乃是中庸主义的最美好的花朵"。我从中深受启发，于是致函舒芜求教，还谈到了对杜甫诗和忠君思想的一点感受和理解，谈到了对士大夫在"道"与"君"之间的尴尬处境及其精神限度的看法。

舒芜回信说："古代士大夫，大概都有'忠君'思想，没有例外。当时，事实上君、民、国三者不可分，观念上也就难以截然分开。区别只能看发展，看成分，看比重。庸俗士大夫，年轻时'致君泽民'，后来越来越抛掉民，只记得君，只着眼于自己的利益。杜甫那样的'穷年忧黎元'，就算难得的。但是，这也是用'同情之理解'的观点来看而已，并不是放弃我们的批评。"

在另一封信中，他说："我觉得您研究士大夫，是很不容易的事业。难就难在，陈寅恪那样的末代旧式士大夫之后，从胡适开始，士大夫以新的形式出现，现在大家狂捧的许多名人，都是这个新式士大夫系列。只有研究这些现实的士大夫，才有现实意义，而这是要挨大骂的。"

看了舒芜的信，放弃了拟议中的研究计划，集中一段时间，翻阅了一些古代作家的诗文，以及鲁迅提倡读的野史笔记。那结果，是写了一篇

1982年，舒芜（右）到劲松
小区看望聂绀弩（左）时两人
合影

开罪了"大文人"的文章《也谈鲁迅的"骂人"及"施鲁之争"》，以及《深冬
杂识》、《大人物的"艳福"》、《甲申感旧》、《在"静穆"与"热烈"之间》等几
个近乎杂感的短文。

也就在那个时候，又看到了舒芜1982年出版的谈《红楼梦》的《说梦
录》，一下子就被吸引住，几乎手不释卷地读完了。与一般崇议宏论、高
头讲章式的"红学"著作不同，《说梦录》是一种"谈话风"，文字亲切、平
易，举重若轻。题目的择取，也颇费了一番斟酌和思量，由一般人往往易
于忽略处入手，显示了作者的独到匠心。

全书贯穿了鲁迅关于《红楼梦》的一系列精辟的论述，文字背后闪耀
着五四新文化的光辉。而"哀妇人而代为之言"的现代观念，更是这本专
著的一个格外突出的精神亮点。开篇即鲜明提出，《红楼梦》"写的是以
宝黛钗这个悲剧为线索而贯串起来的整个青年女性的悲剧"，并加以深
入阐发，真可谓提纲挈领、笼盖全书。

1974年，舒芜写作《说梦录》时期摄于崇文门外豆谷胡同"天问楼"外

难怪聂绀弩激赏地称为"说极精，实为独特之见"，"是红学的最大空前突破"。还以诗相赠曰："红学几家红，楼天一问中。鼙晴追妙可，猿鹤悯沙虫。肉眼无情眼，舒公即宝公。女清男子浊，此意更谁通。"

这么好的读《红楼梦》的启蒙书、入门书，为什么不能尽快重新出版呢？

《红楼梦》是一部中国最伟大的经典小说，在中国其读者群恐怕是最庞大的，无书能比。然而，并不是每个读者都能看出其中的妙处、好处、幽微处、高明处和深刻处。这就需要好的启蒙书、入门书，引领读者更准确、深入、细腻、既知其然又知其所以然地去阅读、鉴赏、品咂、理解、分析，从而真正进入绚丽、神奇、迷人的"红楼"艺术世界。《说梦录》当之无愧地属于这样的书。

舒芜说他谈的，就是"《红楼梦》的普通读者的正常理解和健康感受中最基本的东西，是鲁迅所肯定的真理，也是平平常常的常识"。而这，

恰恰是普通读者所最需要的。这既是一部精神层次很高和学术含量深厚的研究专著,又是一本写给普通读者的导读书。通过它,读者读《红楼梦》,可以读得更明白、有趣和有益,进而增长知识、陶冶性情、滋润灵魂、升华精神。

当即给舒芜打电话。他说这本书1982年后没再印,并表示愿意授权人文社重出此书。我向他建议,新版一定要配图。为什么呢?因为忽然想起了三十多年前,第一次看《红楼梦》的旧事。

在那个所有的图书几乎都被作为"封、资、修"的垃圾和毒草批判、查抄和封存的时代,在那个无书可读而又正值读书欲望最强烈的岁月,在那个有书就读、不管是《形形色色的案件》《红色保险箱》,还是《烈火金刚》《战火中的青春》《铁道游击队》,只要是书翻开来就读的年龄段,无意之中,我居然幸运地从同学那里,借到了与所有看过的小说皆迥然不同的、伟大的《红楼梦》!

纸是灰黑色的。书前有一些图。那种人物绣像的图,不是严格写实的,似真似幻,别有韵味,非常适合一个十四五岁的少年关于《红楼梦》人物的一种想象。书中的那些词语,什么"鲜花着锦,烈火烹油",什么"忽喇喇如大厦倾,昏惨惨似灯将尽","好一似食尽鸟投林,落了片白茫茫大地真干净",什么"花儿落了结个大倭瓜";那些人事,什么警幻仙子、跛足道人呀,什么风月鉴、馒头庵呀,什么"还泪"、"须眉浊物"、"金陵十二钗"呀……真是又新异、又奇妙、又神秘、又有趣、又深奥、又迷人。

林妹妹、宝哥哥、宝姐姐这些人,不可能是实有之人,而是生活在"大观园"里的人物,是"太虚幻境"里的人物,是作者天马行空般的想象力、虚构力的产物。他们的一颦一笑、忧乐悲欢,连同书前的人物绣像所发散出的那种特有的神情、风致、格调,一起深深地镌刻在脑子里,构成了我首次阅读《红楼梦》的懵懵懂懂、蒙蒙胧胧、斑驳迷离的印象,至今

1946年，舒芜（左）与
表兄马茂元合影于合肥

不忘。

舒芜很赞成配图，说《红楼梦》的插图很多，以清人改琦的为最好。我有点将信将疑，"难道我看的那种，是改琦的吗？"一边想着，一边漫应之曰："找找看吧。"接着，开始寻索少年时读过的那个版本的《红楼梦》，捡拾自己童蒙时代幼稚、纷杂、缥缈、美好的文学梦。

终于，在古代文学编辑室的图书资料中发现了，是五十年代人文社出的一种版本。何等惊喜而又亲切、温馨啊！沉睡了几十个春秋的少年记忆，霎时间，全都闪电般地复活了。捧着书的手，微微地颤抖起来……

又立即借到了改琦的《红楼梦图咏》，马上与舒芜商定，五十幅图全部采用。最后，《说梦录》改名为《红楼说梦》，于2004年5月出版。首印八千册，很快售罄，又加印了八千册，不久又印了一万册。

1992年，社里出版了周作人翻译的《卢奇安对话集》，舒芜曾托我代购。2004年初，社里出版了英国作家劳伦斯的《查特莱夫人的情人》，他又嘱我帮他买一本。

他喜读书，写作亦勤，晚年尤其如此。他乐于接受新事物，2000年

1973年冬,舒芜(中)为处理父亲后事到广州,与刘峻(左)、李少荪合影于广州起义烈士陵园

七十八岁时"换笔",开始用电脑写作。迄今为止,他的近二十种著作(不包括八卷本《舒芜集》),绝大多数是六十岁以后写的。

与那种埋头牖下、皓首穷经的纯粹的学问家不同,舒芜深受以"新文学的最高峰鲁迅"为代表的五四新文学的影响和熏陶。他是一位具有理论家气质、有思想追求、有理想抱负的学者,始终热心于政治,关注社会现实,"关心着民生国计、世道人心"(舒芜语)。他所从事的文学艺术、思想理论以及编辑工作,形成了与此密切相关、融合着自己的人生血肉和鲜活社会感受的个性特征。

他说,自己投入精力最大的,是《红楼梦》研究和周作人研究。朱正认为,舒芜大约是周作人之后,对妇女的命运、苦难、地位和权利,思考得最多,也写得最多的作者。

我觉得,他关于中国古代思想、文化、文学的杂感、漫谈和随笔,闪现着"五四"文化精神的批判锋芒,也极有价值。

早在抗战之前,他就确立了鲜明的"反儒学,尤反理学;尊'五四',尤尊鲁迅"的思想立场。他晚年的文字,又明确地回到了这一思想支点。这是舒芜著述中十分宝贵的精神财富。

晚年,舒芜在长文《〈回归五四〉后序》中,回顾了自己一生的坎坷和沉浮,清理与反思了自己一生反复曲折的思想迁变。

1949 年 10 月 1 日,在满目疮痍、民怨沸腾的国民党统治的废墟上,红色的新中国诞生了。中国共产党在军事上、政治上取得的巨大胜利,征服了、赢得了一直追求进步、向往民主自由的舒芜的心,使他心悦诚服地在各个方面服膺并接受共产党的领导。

在工作中,舒芜感到,"毛泽东思想真已浸透了整个革命的队伍,随时随处看得到毛泽东思想的化身"。他还觉得,"政治上工作上被信任被需要被理解的地位","比什么都重要";《论主观》这一大公案迟早要公诸讨论,"最好是自己早点提出来,运用毛泽东思想来解决"。

他开始对自己原来宣扬的"个性解放"发生了怀疑,并意识到,学习毛泽东思想改造小资产阶级思想,就是"用集体主义反对个人主义"。在对文艺界和文艺问题的看法上,他和胡风、路翎等师友的分歧也越来越明显。

1951 年 10 月 20 日,他写下了《批判罗曼罗兰式的英雄主义》,公开向自己写《论主观》有所本的罗曼·罗兰的"新英雄主义"告别。实际上,批判罗曼·罗兰,也就意味着自我批判。他把此文寄给了在武汉《长江日报》文艺组做副组长的"七月派"诗人绿原。绿原看出了他的改过自新之意,两个人见面时,就此争论了一番。

11 月 9 日,舒芜写了一首诗,赠给绿原:"相逢先一辩,不是为罗兰;化日光天里,前宵梦影残;奔腾随万马,惆怅恋朱栏;任重乾坤大,还须眼界宽。"

经过思虑和考量,他决定公开表态,在思想上彻底与胡风、路翎他们分道扬镳。

终于,1952年5月中旬,他写出了检讨文章《从头学习〈在延安文艺座谈会上的讲话〉》,明确承认《论主观》所宣扬的个性解放,是反马克思主义的。此文5月25日在《长江日报》发表后,《人民日报》很快于6月8日进行了转载,中宣部副部长胡乔木撰写了编者按语,称存在着一个"以胡风为首的文艺上的小集团"。

尽管舒芜对这一提法感到吃惊,但是,事情仍然继续沿着谁也无法逆料的轨迹发展。《人民日报》来信约稿,要他接着写一篇较详细的检讨和批评文章。1952年6月22日,他写了《致路翎的公开信》,文中接受了《人民日报》按语中"小集团"的提法,说:"我们的错误思想,使我们在文艺活动上形成一个排斥一切的小集团,发展着恶劣的宗派主义。"

从1952年9月6日到12月27日,中共中央宣传部在东总布胡同,先后召开了四次座谈会,对胡风进行批判和"帮助"。舒芜亦应邀出席。会后,林默涵和何其芳分别把他们在会上的发言,整理成《胡风的反马克思主义的文艺思想》和《现实主义的路,还是反现实主义的路?》,于1953年1至2月公开发表。

1954年7月,胡风写出《关于解放以来的文艺实践情况的报告》(即著名的"三十万言书"),上书中共中央。这一年10月,即发生了所谓《文艺报》"压制小人物"的《红楼梦》研究的事件。12月8日,周扬在全国文联、作协主席团扩大会议上,做了《我们必须战斗》的讲话,胡风再次成为重点批判对象。

1955年1月,中共中央建议将"三十万言书"在《文艺报》上刊发,进行公开讨论。看了周扬的《我们必须战斗》,胡风"不能不意识到问题的严重性"。11日,他写了《我的自我批评》,检讨自己违反马克思主义和毛泽东的文艺方针,长期拒绝思想改造的"严重错误"。

14日,他找到周扬,当面承认错误,要求收回"三十万言书",或修改后再发表。周扬不同意。胡风又要求发表时附上他写的《我的声明》。第二天,周扬致函中宣部部长陆定一,并转呈毛泽东,建议不发表胡风的声明,说那样会"在读者群众中造成一个他已承认错误的印象","于我们不利"。

毛泽东当天即在此信上做出批示,说"这样的声明不能登载","应对胡风的资产阶级唯心论反党反人民的文艺思想进行彻底的批判"。

为贯彻毛泽东的这一批示,21日,中宣部向中央报送了《关于开展批判胡风思想的报告》。26日,中共中央批转了这个报告。一场公开批判胡风文艺思想的政治运动,就这样更大规模地展开了。

这一年3、4月间,《人民日报》文艺组记者叶遥,带着领导交办的找人写"胡风的宗派主义"的文章的任务,先拜访了已调到中宣部国际宣传

舒芜在"碧空楼",摄于
1997年10月27日

处工作的绿原。绿原表示,"水平有限","给党报写稿,写不了"。她又找路翎,未果,转而找到舒芜。舒芜答应了,似乎还说曾有写这个题目的考虑。因而,也就有了前文所述的"拿信"事件。

在《〈回归五四〉后序》中,舒芜沉痛地表示,由我的《关于胡风的宗派主义》,一改再改三改而成了《关于胡风反革命集团的一些材料》,"虽非我始料所及,但是它导致了那样一大冤狱,那么多人受到迫害,妻离子散,家破人亡,乃至失智发狂,各式惨死,其中包括我青年时期几乎全部的好友,特别是一贯挈我掖我教我望我的胡风,我对他们的苦难,有我应负的一份责任"。

正如林贤治先生所言,舒芜晚年的那些与"五四"文化精神相契合的文字著述,具有一种"精神救赎"的性质。

在第四届全国文代会上,他见到了受尽磨难之后总算是活了下来的路翎。他握着这个曾是他年轻时候最要好的朋友的手,激动地说:

舒芜的另一个室名"天问楼",程千帆壬戌夏所书

"路翎,我是舒芜,我是方管!"

"哦、哦——"路翎只是含糊不清地应答着,两眼发直、发呆、发愣,一句完整的话也说不出来。而这双大眼睛,二十多年前,曾经是多么炯炯有神啊!

看着眼前满头白发的老友,看着眼睛已经失去了昔日的神采的路翎,舒芜感慨不已,唏嘘不已,别有一番滋味在心头。

后来,听说恢复写作的路翎,只能写一点谈自己如何在街道扫地之类的文字,已经不复是当年和他一起住在重庆中央政治学校教职员宿舍时,写作长篇小说《财主底儿女们》的那个才华横溢的路翎了。舒芜愈加伤感和悲凉。

在二十世纪中国,舒芜是一位饱经沧桑、历尽劫难的知识分子。

新中国成立之初,在思想上相信马克思主义,在政治上拥护中国共产党领导的舒芜,完全赞成对知识分子的思想改造运动。他认为,不但自己的思想需要改造,而且还有权利、也有义务帮助友人进行改造。他在《〈回归五四〉后序》一文中,对自己后半生所走的道路,做了这样的概括:

> 解放后三十年,我走了一条"改造路":先是以改造者的身份,去

改造别人；后来是在"次革命"的地位上自我改造，以求成为"最革命"；结果是被置于反革命的地位。

如今，与他有关的那些噩梦般的往事，那些恩怨情仇，随着岁月的流逝，似乎正如烟尘一般，渐渐地消散了，并终将湮没于历史的深渊。几次和他见面，都觉得他是一个谦和的、蔼然可亲的老人。但是，在外表的平和、平淡和平静中，似乎仍能感受到，他内心的波澜并没有完全止息。

走过了悲剧性的人生之后，在回首惨痛的前尘往事的时候，他难道能够无动于衷？在痛定之后，他怎么可能没有"抉心自食，欲知本味"的创痛？

他的室名，先叫"天问楼"，后称"碧空楼"。他的一本1999年出版的文集，书名是《我思，谁在？》。书前题记有云："我思了，我在么？在的是我还是别的人？"

在这当中，我以为，可以看到一点舒芜的心灵的消息。

2005年11月16日于北窗下

2010年4月26日修改

韦君宜：折翅的歌唱

　　刚进人文社那会儿，还有食堂，吃午饭时，能看见社长韦君宜，手里拿着餐具，也和大家一起排队买饭。从没听有人称她"韦社长"，而是都叫"韦老太"。

　　1986年3月，我参加了冯雪峰纪念会及学术讨论会的筹备和秘书工作。开幕式和闭幕式等一些重要活动，韦老太都出席了，还讲了话。她戴着白边眼镜，个子不高，稍有些胖，简直就像个能干的老外婆；话虽不多，但很干脆，绝不拖泥带水，透着那么一份精爽干练。

　　那时对她并不了解，不知道当年她是清华大学哲学系的高才生，得到过冯友兰先生的赏识；不知道她曾经满腔热血投身"一二·九"运动，十九岁就入了党，之后又去了延安；也不知道她是五十年代首都文化界的"四才女"之一……

　　不久，韦君宜就离休了。后来，听说她在参加一次会议期间，突发脑溢血，导致右侧身体瘫痪，从此长期缠绵于病榻。再后来，便陆续读到了她的《露沙的路》、《我对年轻人说》和《思痛录》，《思痛录》尤使我对她这个来自延安的老革命刮目相看。又找到她以前的《老干部别传》和《海上

1982年,韦君宜(右)陪同丁玲参观人文社书籍封面插图展览

繁华梦》等小说、散文集来看,才较多地了解了她的不寻常的人生,也理解了她青春时代的信念、理想和追求,更理解了她的爱、恨与痛,她的血泪、伤心与悔疚。

在韦君宜献身革命的履历中,有一点很突出:她出生于一个生活优裕的富贵之家,从日本留学归来的父亲,做过北洋政府交通部的技术官员和铁路局局长。她从小聪慧好学,又受到了良好的家庭和学校教育,1934年秋同时考取了北京大学、清华大学和燕京大学三所名校。父亲对她寄予厚望,打算送她赴美国自费留学。

然而,"华北之大,已经放不下一张平静的课桌了!"那场发生在1935年冬天的轰轰烈烈的"一二·九"运动,彻底地改变了一切。她由于参加救亡运动而常常缺课,冯友兰先生教授的"中国哲学史"考试,她不及格,需要补考。考前,她仔细读了冯先生的专著《中国哲学史》,结果考得很好,冯先生给她打了九十五分的高分。

但是,年仅十八岁的她,终于还是没有能够继续好好读书,而是"怀抱着纯洁的理想和信念而赴汤蹈火,视死如归",义无反顾地踏上了一条由爱国通向革命的人生之路:从清华园走到了延安。

1936年初，她参加了北平学生救国联合会组织的平津学生"南下扩大宣传团"，下乡宣传抗日。回校不久，她就加入了中国共产主义青年团，不久转为中国共产党员。1936年暑假，她曾前往山西参加革命组织"牺盟会"。在拯救民族危亡的火热斗争中，先后在《大公报》《国闻周报》《清华周刊》上，发表诗歌、散文和小说等作品。七七卢沟桥事变爆发后，她回到天津家中，不久即离家南下，同时赋七律诗一首以明志，题为《别天津》：

> 斩断柔情剩壮心，木兰此去即从军。
> 早因多难论高义，已到艰危敢爱身。
> 如此山河非吾土，伤兹父老竟谁民。
> 愿将一片胸头血，洒作神州万树春。

到武汉后，她暂在武汉大学借读。这一年底，她和大妹莲一跑到湖北黄安七里坪，参加中共湖北省委举办的抗日青年训练班。从此，她把自己原来的姓名"魏蓁一"改为"韦君宜"，"君宜"二字，出自《诗经·小雅·裳裳者华》中的诗句："左之右之，君子宜之"。

训练班结束后，她先后被派往襄阳和宜昌开展抗日救亡工作。到了宜昌，和她接关系的，是中共宜昌地区工委书记孙世实。孙是清华大学十一级中文系学生，曾任"北平学联"常委。在朝夕相处的工作中，两个人相爱了。

1938年夏秋之交，他们俩被调回武汉。母亲带着父亲的亲笔信，专程从北平经香港到武汉来看她。父亲在信里恳切地希望她先回家，然后送她赴美国自费留学。韦君宜没有回家。在中华民族生死存亡的历史关头，她把个人的学业、前程抛在身后，选择了留在国内投身抗战。

10月，武汉大撤退开始了。她和孙世实决定撤退到宜昌后结婚。

幼年韦君宜(右一)与弟
弟妹妹合影

但是,孙世实为了照顾一个生病的同志,没能和她同船撤离。直到武汉陷落后,孙世实才乘船撤退。路上遭遇日军飞机轰炸,他为了救护战友,不幸遇难。

得知噩耗的韦君宜,心痛欲裂。她哭了一场又一场,恨不能立即哭死。她无法想象"失去他而活着",她不止一次地想自杀,计划自杀,甚至买了毒药。过了几个星期,她才从"哀痛至极"中,逐渐解脱出来,长歌当哭,写下了感人至深的《牺牲者的自白》一文:

　　……在民族的献祭台前,有人走上来,说:"我献出金钱。"有人说:"我献出珠宝。"有人说:"我献出笔墨。"有人说:"我献出劳力。"我将上台大声宣布:"我献出了我的爱人!"

1935年的韦君宜，时已考入清华大学

她后来说:"我为什么抛弃了学业和舒适的生活来革命呢? 是为了在革命队伍里可以做官发财吗? 当然不是,是认为这里有真理,有可以救中国的真理! 值得为此抛掉个人的一切。"

　　1980年,她为这篇文章做"补白"时写道,我活到了他为之付出了年轻生命的"将来","光明、理想、爱情、牺牲、残酷、愚昧、民族、国家、命运……这一切复杂的交织,小孙全没有想到。这个'将来'的面貌,他没有想到。"

　　韦君宜也没有想到。1949年她作为"新社会的代表者"重返北京以后,她曾经舍弃一切、奋不顾身投奔的"革命",仍在无休止地继续。

　　尽管在当年延安的"抢救运动"中,她和丈夫杨述都受到过深深的伤害,毁家纾难的杨述被打成了"国民党特务",他们的第一个女儿不幸夭亡,她也落下一身病,但是,毛泽东1945年在中央党校举手道了个歉之后,他们就"全都原谅了,而且全都忘记了"。

　　五六十年代,韦君宜又经历了一场接着一场、更加漫长的严酷无情的精神磨难和脱胎换骨的思想改造。

　　由于"对'组织上'的深信不疑"的态度,"以信仰来代替自己的思想","以上级的思想为思想",使她也一度成了"以整人为正确、为'党的利益'"的"整人者"。甚至对在"镇反"、"肃反"中受到冤屈的自己的舅父和丈夫的堂兄,她或者吓得"连忙划清界限",或者"相信不疑",而采取了"冷淡"的态度,后来她自责地称之为"打击迫害的态度"。

　　北平解放以后,她做过共青团中央宣传部副部长兼《中国青年》杂志总编辑,1954年她又从北京市委文委副书记的职位上,调到中国作家协会,担任《文艺学习》主编。她说,那时候开起会来,"说一是一,说二是二"的周扬,"怎么说我就跟着怎么说"。党报上忽然宣布胡风是"反革命集团",她也"写了文章,批判胡风,以为自己这样做是听党的话,紧跟

这是韦君宜在延安穿过的上衣和裤子,她珍藏了半个多世纪,又郑重地留给了女儿杨团保存

周扬"。

后来越搞越大,发展到整丁玲、陈企霞,他们都成了反党的"右派";再后来,冯雪峰也成了"右派";与陈企霞一起办刊物的编辑,都一概网罗在内;然后丁玲的秘书也算进去;再以后是和丁、陈、冯毫无关系,和她一样真正听党的话,老解放区出身的秦兆阳;还有年轻的"少年布尔什维克"王蒙,陈企霞教过的学生徐光耀……

韦君宜目瞪口呆,震惊不已,也困惑不已。

她做了《文艺学习》这个对广大青年读者进行文学教育,普及文学知识的刊物的主编后,一开始是很强调文艺的政治教育意义和社会效果的,但后来受到了非主流文艺思潮的影响,"也变得有点'非正统'起来"。

1956年4月下旬,听了赫鲁晓夫在苏共二十大所作的秘密报告的传达,当天晚上,她流着泪,问她的助手、《文艺学习》的编委黄秋耘:"你认为今天听到的,是事实吗?是真的还是假的?"

1957年第5期《文艺学习》，此期发表了萧洛霍夫的小说《一个人的遭遇》（草婴译），以及杜黎均的《谈"一个人的遭遇"的创作特色》一文

此事对她的震动极大。她万万没有想到，在共产党内部会出这种事情。

黄秋耘向她建议，在刊物上转载萧洛霍夫的小说《一个人的遭遇》。开始她不同意，说"这个东西是反苏反共的"。主张文学家、艺术家"不要在人民的疾苦面前闭上眼睛"的黄秋耘努力说服她："苏联人民难道都是欢乐的吗？没有痛苦？有痛苦，作为作家，写一写人民的痛苦，是应该的。"

从青少年时代就追求自由、民主、民族独立和人民幸福的韦君宜，终于决定转载这篇小说，在同一期上还发表了肯定这篇作品的评论文章。

她还接受黄的建议，连续三期在《文艺学习》上组织讨论王蒙的小说《组织部新来的青年人》。1957年第5期，又刊发了刘绍棠提出毛泽东文艺思想应该随着时代的发展而发展的《我对当前文艺问题的一些浅见》。

在1957年4月和6月的两次作协党组会议上，她对秦兆阳由于修改

1956年第12期《文艺学习》。自此期始,《文艺学习》连续四期开辟"关于《组织部新来的青年人》的讨论"专栏,共刊发了刘绍棠、从维熙、邵燕祥、秦兆阳、刘宾雁、康濯、艾芜等人的二十五篇观点不同的文章,展开了热烈的讨论。在当时的文艺刊物中,怕是只此一家吧。

王蒙的小说挨批表示同情,还指出1956年对丁玲、陈企霞的处理是错误的。《文艺报》的社论批评了黄秋耘谴责教条主义的措词尖锐的《刺在哪里?》(刊发于1957年第6期《文艺学习》)后,她6月29日找到担任作协党组副书记的诗人郭小川,哭了一场。在7月2日的作协党组会上,她发言认为,《文艺报》社论对黄秋耘和刘绍棠的批评是过火的。她还为《文艺学习》编辑部的一个干部李兴华被划成"右派"一事,和作协机关领导反右派运动的核心小组组长刘白羽,大吵了好几次。

然而,以雷霆万钧之势开展起来的作协的反右派运动,很快也把矛头对准了韦君宜。她由原来的"紧跟派",一下子跌到了"右派的边缘"。

8月17日,在《文艺学习》编辑部会议上,她被迫做了被认为是"很不深刻"的检讨。她写的"不属于口口声声歌功颂德的小文章",也被认为是"坏文章"。

从10月17日到11月23日,作协党组连续开了七八次会,对她进行批判,后两次把她和黄秋耘一起批。10月24日上午的韦君宜思想批判会,郭小川最后一个发言,讲了一个多小时,谈得比较尖锐。他在日记里写道:"对于韦君宜那种自以为是,不这样批评一下也不行。"

随后,作协书记处决定停办《文艺学习》这份受到青年读者欢迎,印数从1954年4月创刊时的十二万份,一直增加到近四十万份的杂志,其主要"罪状"是组织讨论《组织部新来的青年人》,以及发表黄秋耘和刘绍棠的文章等"严重右倾错误"。

从1958年1月起,正式宣布《文艺学习》与《人民文学》合并的决定,《文艺学习》宣告停刊。韦君宜的名字进入了《人民文学》编委会,名为副主编,列于陈白尘之后、葛洛之前,但实际上她并没有参与《人民文学》的编委会的工作。

由于在延安工作时的老领导胡乔木出面干预,韦君宜虽然逃脱了被划为"右派"的厄运,但是,她耳闻目睹了一幕幕悲剧、惨剧在自己身边的发生和上演。

《北京日报》的青年记者戚学毅,自己并没有什么问题,只是因为好友刘宾雁被打成了"右派",他不愿意违心地批判、揭发他,就在批判会正进行之时,从五楼上纵身跳了下去,当即身亡。他死前的几天,还对韦君宜说过:"我读过黄秋耘那篇《锈损了灵魂的悲剧》(刊于《文艺报》1956年第13期——引者注),我可不愿意自己的灵魂受到锈损,带着锈损了的灵魂而活下去是没有意思的。"

戚学毅的死,使韦君宜痛苦不堪、痛心不止。她想不明白:"为什么非要把一个有正义感的年轻人迫上死路不可哪? 我看这样搞运动不怎么对吧?"

她写了一首七律《一九五七年有感》,真实地记录了内心的惶惑和痛苦,诗云:"抱影清宵辗转时,秋寒猎猎已难支。朱颜绿鬓缘谁尽,卧雪含

此为人文社的美术编辑
王荣宪为韦君宜所绘的画像，
她很喜欢，装在镜框里，挂在
卧室床头墙上

冰不可思。宁惜一身甘粉碎，每怀天下欲成痴。人生所苦心难死，碎向
君前知未知。"

作协的反右派斗争大获全胜。侥幸没划为"右派"的韦君宜，由于
"没有站稳立场，犯了较严重的右倾错误"，受到了"党内严重警告处分"，
被撤消了作协党组成员职务，取消了中共中央直属机关党代表身份，然
后，已被宣布担任《人民文学》副主编的她，并未上任，即奉命去河北怀来
农村劳动锻炼。

1959年初她回到北京，又以《人民文学》副主编的身份，到长辛店二
七机车车辆厂参加厂史的编写。1960年调入作家出版社，年底作家社
并入人文社，1961年4月，她被任命为副社长兼副总编辑。

经过了"下去又上来，上来又下去"的反反复复的折腾，"经历了无数
的酸辛和惨苦"，她已成了在政治风暴中一只心灵上伤痕累累的"惊弓之
鸟"，变得寡言少语，胆小怕事，遇事不敢决断。

《林海雪原》的作者曲波新写了一部长篇小说《桥隆飚》,在人文社出版,第一版五万册都印好了,但随韦君宜从作协系统到人文社来做编辑的某人,却以此书主人公不服从共产党的领导,作品有损于党的形象为由,主张必须销毁。他找到韦君宜面陈利害。此人虽文化水平不算高,但在部队待过,政治嗅觉极敏锐,颇有些能量,近乎一个"隐性领导"。据说,韦君宜有点怕他。

无奈之下,韦君宜只好找来主抓生产经营的副社长许觉民商量。许觉民看完小说后,认为并无大碍,书里所写民间抗日武装被收编,正表明其首领桥隆飚接受了党的领导,至于其后部队时有越轨行为发生,倒是反映了民间武装要成为真正的八路军,尚须经过教育和引导,这恰恰是小说的真实性之所在。

不料,那个"隐性领导"仍然固执己见,声嘶力竭地声称此书非销毁不可。韦君宜思量再三,做出决定,将五万册书销毁了事。人文社出版《桥隆飚》,已经是"文革"结束后的1979年了。

其实,此类事以前已发生过一次。作家杨朔的散文集《非洲游记》印好后,"隐性领导"非说封面上画的飞禽走兽,是对非洲人民的侮辱,必须撕去,重新设计。许觉民不同意他的危言耸听,认为不必返工,为此,两个人争论起来。握有决定权的韦君宜,最终向那个"隐性领导"让了步。

曾于八九十年代担任人文社社长兼总编辑的陈早春,觉得"她是个谜":"既是个女强人,又是个弱女子;一方面有冷眼向洋看世界的豪迈,另方面又有打落牙齿和血吞的懦弱;她任情而又拘礼,简傲而又谦卑;她是个热水瓶,内胆是热的,外壳是冷的;她对自己的事业和命运是坚韧不拔地执著抗争的,但最终的拼命一击,也只能算是铅刀一割;她有雄才大略,但不能挥斥方遒;她狷介而随俗,敏捷而愚钝。"

1969年韦君宜去"干校"前,与丈夫杨述,儿子杨都(左一)、杨飞(右一)在天安门广场留影王蒙在回忆里谈到,"文革"中韦君宜去过新疆,他到旅馆拜访她,"她是一句寒暄的话也没有,似乎不认识我。她吓坏了,她其实是不敢与我交谈"。到了1976年,王蒙的妻子到北京探亲,受丈夫之托去看望韦君宜,"君宜也是一句话也没有"。

　　王蒙说,她"是一个讲原则讲纪律极听话而且恪守职责的人",她从不虚与委蛇,从不打太极拳,没有废话,没有客套,没有解释更没有讨好表功,确实做到了无私,不承认私人关系,不讲人情世故,不会两面行事,需要划清界限就真划,不打折扣,不分人前人后。

　　然而,这一切,韦君宜所经历的一切,最终都没有毁灭她感受别人的苦难和自己的伤痛的心性,没有彻底摧毁她深入地探根究源的反思能力。"文革"恰似炼狱一样,把她的这种能力和本性唤醒了。

　　她说过,"'文革'救了我",我从中"死里逃生"。经过十年"文革"的"洗礼","她的灵魂清洗干净了"。这场民族大劫难,使韦君宜的灵魂得到了救赎,精神发生了蜕变。

　　由"死"而"生",她是怎么"活"过来的?

　　1966年8月,正在河南安阳农村担任"四清"工作团团长的韦君宜,被召回北京。走进人文社楼道里,满墙皆是矛头指向她的大字报。紧接着,"造反派"把她弄进了社会主义学院,集中学习批斗。"造反派"逼迫她自己记录对她的"揭发批判",她拿起笔,写下的第一句话是:"亲爱的党啊,你难道不要你的女儿了吗?"

　　不久,"造反派"又把她揪回社里批斗、游楼。她一下车就两腿发软,几乎瘫倒在地上,两个空军女战士从两旁架着她,连拉带拽地游完了楼。此后,便神志不清。

　　别人问她话,她答不上来,只是直愣愣地瞪着对方;抄起一个铝锅扣在头上,说要去游街;又将厕所里用过的卫生纸捡起叠好,说是交代材料;而且语无伦次,不会说话了,成天对着伟大领袖像傻笑;既不认识家人,也不知道自己是谁;还拿着一幅领袖坐像边哭边说:"毛主席不要我了,不要我了!"

女儿的同学,率先冲到她家里来抄家。接着,机关干部、本院居民、街道闲杂人员,谁都可以到家里来乱抄一通。一切能砸碎的东西都砸碎了,粮食里被掺进了玻璃碴……从她家抄走的油画等艺术品,被送到了钓鱼台"中央文革领导小组"驻地。

她的丈夫杨述,当年在清华曾是一个"浪漫的、激情的、多才的少年",在"一二·九"运动中,是与蒋南翔并称的核心人物。他对党忠贞不贰,真正做到了党怎么说,他就怎么想、怎么做。但是,他这个北京市委主管高等院校工作的副书记,却一夜之间,成了"三家村的黑干将",被抓走,囚禁起来,剃了阴阳头,还被"造反派"用一寸粗的铁棍子,打折了肋骨,在地上到处爬。

他们的一个儿子也成了"狗崽子",被侮辱,被追打,在外边流浪了一

《露莎的路》手稿

韦君宜小说《露莎的路》,封面设计王荣宪,人民文学出版社1994年6月出版。作者在写于1993年7月的《后记》中说:"这本书是早就想写,也早就可以写的。……写的时候,已经是脑溢血发作过,半身不遂……谁病到这样还写小说呢?但是我得写。一天写一点点……用了过去写两个长篇的劲,写了这十来万字。"

夜,之后,精神完全失常了。

同样也已精神失常的韦君宜,一病三年,在老保姆赵婆婆的细心看护和照料下,逐渐恢复,直至1969年去湖北咸宁向阳湖"五七"干校前,仍未彻底痊愈。

她去干校之前,全家曾在天安门广场合影,给我们留下了那个政治疯狂时代她的真实影像。照片上,矮小的韦君宜,短袖衫皱皱巴巴,右侧衣襟下垂,领口朝一边裂歪着,嘴角紧抿,"瘦得像人架子",简直让人不敢相信,这就是昔日的那个清华才女。

韦老太终于熬过了十年"文革"。1973年,她和严文井回到社里主持工作。

"新时期"开始后,她虽心有余悸,但依然宵衣旰食,忘我地工作。1979年,她和严文井一起,决定以人文社的名义,在北京召开中长篇小说创作座谈会。为了开好这个对刚刚起步的新时期文学的发展产生了很大影响的会议,她"奔走最勤、操心最多"。还分头去请胡耀邦、茅盾和周扬,到会讲话,与作家们进行交流。

为了解决"文革"十年造成的"书荒",她又和严文井拍板决策,集中重印了中外文学名著近五十种,在社会上引起了极大反响,被誉为"新时期文学出版复业"的先声。她大力支持大型文学期刊《当代》的创刊,《新文学史料》季刊也在她的主持下面世;作家王蒙、张洁、莫应丰、冯骥才、谌容、竹林、张曼菱等人,都得到过她的热情关怀和切实帮助,在人文社出版了他们的重要作品。

韦君宜担任总编辑的人文社,成了众所瞩目的思想解放澎湃激流中的一朵翻腾奔涌的浪花。

她在延安《中国青年》杂志作编辑时,杂志社的社长是胡乔木。1953年,中央组织部门打算把她调到新创建的工科大学去做领导干部。她觉得自己胜任不了,于是去找胡乔木,胡让她到中国作家协会去。她的编辑生涯,就是这样开始的。

"新时期"刚开始的时候,胡乔木肯定了在她主持下,人文社编辑出版的正面描写"文革"的长篇小说《将军吟》(莫应丰著),又支持这部有争议的作品获得了"茅盾文学奖"。可是后来,却听说胡乔木对于描写"文革"的悲惨场面的作品,又并不赞成了,说"那已经过去了,应该向前看"。

韦君宜内心里并不同意老上级的这种看法。在后来思想界、文艺界发生的不同意见的争论中,胡乔木发表的某些观点和文章,她也无法认同。对这位老领导,她越来越疏远了,很少再去找他。

她病倒之后,胡乔木几次到家里看望她,韦君宜从没和他谈及有关争论。"我怀念着当年的胡乔木",胡去世后,她在《胡乔木零忆》一文中这样写道。

韦君宜1938年日记

　　与她一起工作过的老同事,提起她的时候,不止一个人说,在路上或公共汽车上,碰到了韦老太,上前主动打招呼,她却视而不见,毫无反应,仿佛故意不理人似的。就那么自己一个人,目中无人地自说自话,只见嘴唇在动,并不出声。说着,说着,忽然无言地笑了,可是倏忽之间,笑容就又立即消失了,只有上下唇兀自在翕动不止……

　　她似乎有一个完全属于自己的、隐秘的、深藏不露的精神世界,而且完全生活于、沉溺于其中,别人根本无法窥探其中的堂奥。

　　有一次,中国妇联在人民大会堂接待外国女贵宾,指定几位女代表前去陪客,韦君宜也是其中之一。她忙完工作,回到家,打开箱子,抓了一件针织白底蓝花绸的旗袍,又套上一件软料子西式白外衣,就匆匆走了。到达指定的接待厅后,妇联主席康克清看了她一眼,摇着头说:"你怎么穿了一件破衣服来会客人?"

韦君宜低头一看,糟了,外衣左边底下口袋,撕了一个口子。她连忙将外衣脱掉。康克清又看了看她的胸前,说道:"旗袍也是破的。"

她再看,天啊,旗袍胸部的针织花纹,有一处开线了,该缝补却没缝补。韦君宜窘得满脸通红。几位妇联干部急忙找了一件白网线外衣,给她套上,才算是救了驾。

韦君宜不拘礼节,似乎也不大懂人情世故。家里来了客人,她既不让座,也不沏茶。有时候,社里的编辑去她家里谈稿子,谈晚了她也会留下吃饭,但并不显得特别热情,似乎吃饭就是吃饭,一副公事公办的样子。

走路不抬头,上身前倾,走得大步流星,她永远是匆匆忙忙、风风火火。

她工作效率极高,审稿速度特快。操着一口京片子,和作者谈稿子时,从来不讲理论,而是单刀直入,一语破的,问题抓得极准。比如她会说,你写的这个女人不对劲儿,根本不像女人,如何如何;作者听了,不得不佩服。

在社里,她还主持了"编辑月会"。亲自请专家来讲,也请老编辑讲,请业务骨干讲。更多的时候,是她自己上台主讲。主要讲如何组稿,如何加工修改书稿,如何提高业务水平。这种每月一次的"编辑月会",受到了编辑部门,尤其是年轻编辑们的欢迎。

在倾心投入文学编辑出版事业的同时,韦君宜自己也开始了执著、坚韧、深刻的精神涅槃。

在与她有类似经历的人都纷纷抚摸伤痕、倾诉冤屈、表白心迹之时,她写下的,却是记忆苦难、清洁灵魂、叩问人性、呼唤良知、重塑人格的作品,如中短篇小说《清醒》、《洗礼》、《招魂》、《旧梦难温》,散文《当代人的悲剧》、《负疚》、《抹不去的记忆》,都显示出了与众不同的独异之色。

韦君宜著《思痛录》,封面设计王晖,北京十月文艺出版社1998年5月出版

在有人主张"向前看"的时候,韦君宜偏偏忘不了"五七"干校的岁月,忘不了"我们在这里被驱赶、被改造,使我们悲痛,又使我们深深铭刻在心的向阳湖",忘不了十个完全无罪而又葬身于此的人。她写下《抹不去的记忆》一文,追忆并祭奠了这十个死于干校的冤魂。她还写了《编辑的忏悔》,记下了"文革"后期她回到社里,做编辑,组稿,审稿,出书,如何按照军宣队的政治要求,动尽脑筋,帮助、引导作者写阶级斗争,写"走资派",把知识分子写成坏蛋。提起这些她称之为"可痛可恨的捏造"和"无耻的罗织诬陷"的做法,她写道:"我清夜扪心,能不惭愧、不忏悔吗?"

到了《露沙的路》和《思痛录》,更是字字血泪,篇篇歌哭,堪称泣血椎心之文、灵魂再生之作。

她的很多文字,都带有精神自传的性质。愧疚,沉痛,觉醒,追问,反思,于其中一以贯之,真实感人地记录了她的极为可贵的精神复活之旅。她过去的困惑、迷惘与痛苦,源于一个文化官员的党性与其心灵深

这是1986年韦君宜脑溢血后，在病床上写下的字，从中可以看出她最怀念的是在清华园的岁月

处知识分子的良知的矛盾和冲突。上述作品表明，在巨大的思想冲突和剧烈的内心痛苦中，她开始了由文化官员向知识分子的艰难复归历程。

与鲁迅说的那种无信仰、无特操的"做戏的虚无党"迥然不同，韦君宜是二十世纪中国知识界一位罕见的认真、执著、纯粹、坚贞、勇毅的女性知识者。由于认真、执著、纯粹、坚贞和勇毅，遂坚定地献身理想，热烈地拥抱信仰，奋不顾身地投入革命；一朝幻灭，也便格外痛楚；醒觉之后，又分外决绝。

无论是自己一个人，还是在大庭广众之中，韦君宜常常旁若无人地自言自语，晚年尤甚。亲历了那么多磨难，受到了那么多难以忍受的伤害，她心中不知淤积了多少疑问和痛苦。所有往事，她都无法忘却，难以释怀。日久天长，就这样不停地咀嚼，不息地思考，反复地追索，痛定思痛，"疾痛则呼天"。

1985年下半年，我们的社长韦老太，坚决要求离任回家。在社里为她举行的全社员工参加的告别会议上，她哽咽着，不停地擦着眼泪，说：

"……这里是个联合国，我指挥不了人，人人都可以指挥我，上面的，

下面的……到这里来，不要想当官，我在这里的官是最大的，当我这样的官，有什么意思？……我一辈子为人作嫁衣裳，解甲归田，也得为自己准备几件装殓的寿衣了……"

从此，她再也没有踏进过166号人文社的大门。

她伤心，她痛心，所有的苦楚伤痛，都沉淀为清醒而明晰的理性，推动她进行追踪溯源的冷峻思考。

实际上，韦君宜的"思痛"，早已开始。在延安，丈夫杨述和她被"抢救"之后，她就写过一首未完成的新诗《家》，倾诉"在家里"／"我们却成了外人"的委屈和哀伤，以及"家呀（让我再呼唤这一声！）／我们对得住你／你愧对了我们"的愤懑不平。她那时痛苦地感到，"我那一片纯真被摧毁了！"

1943年审干结束后，韦君宜还写过一首旧体诗《在绥德》："小院徐行曳破衫，风回犹似旧罗纨。十年豪气凭谁尽，补衲文章付笑谈。自忏误吾唯识字，何似当初学纺棉。隙院月明光似水，不知身在几何年。"

1973年，他们全家离散七年后终于团聚。从此至1976年，只要一有时间，几乎每天吃过晚饭，都要拉上窗帘，关掉明亮的电灯，一家人围坐在光线微弱的台灯前，各自都把长期淤积埋藏在内心深处的郁闷、苦痛和困惑，说出来一起讨论。这种被韦君宜称为"家庭政治小组会"的探讨，每每要持续到10点钟才结束。家庭成员内部这种形式的诘问、怀疑与论辩，犹如地下涌动的一股潜流，实际上开启了中国民间对"文革"这场伟大领袖以神圣名义发动的祸国殃民的政治运动的反思。韦君宜写《思痛录》的念头，也许就萌发于此时吧。

1980年，她为杨述写了一篇悼文《当代人的悲剧》。"我要写的不是我个人的悲痛，那是次要的。我要写的是一个人。"她这样写道，这个人在十年浩劫中间受了苦，挨了打，这还算是大家共同的经历，而且他的经

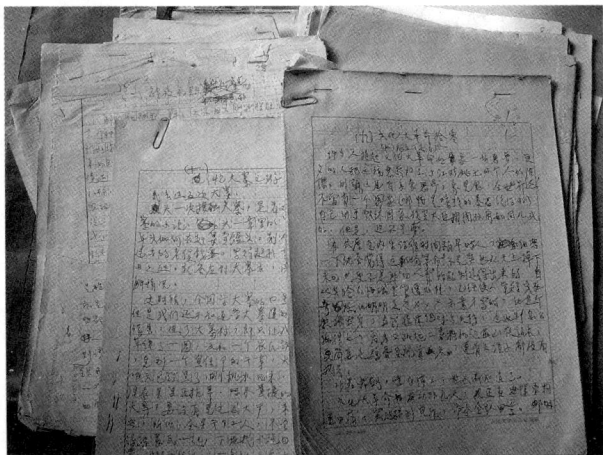
《思痛录》手稿

历比较起来还不能算是最苦的。"他最感到痛苦的",还是人家拿他的信仰——对党和对马列主义、对领袖的信仰,当作耍猴儿的戏具,一再耍弄。这种残酷的游戏,终于逼使他对自己这"宗教式的信仰"发生了疑问。这疑问,是"付出了心灵中最苦痛的代价"换来的。

从那时起,韦君宜就在无休止地思索、不断地叩问:"我们这时代",为什么会发生这种"人间悲剧",而且发生得这么多?

到了写《思痛录》,她的反思比以前更加深化、更加深刻,也更加悲怆了。在一个广阔的大时代背景上,她不但反思了自己的一生,反思了自己的革命生涯,而且也反思了近一个世纪以来中国的历史。

在"缘起"中,她说:"十多年来,我一直在痛苦地回忆、反思,思索我们这一整代人所做出的一切,所牺牲和所得所失的一切";"真正使我感到痛苦的,是一生中所经历的历次政治运动给我们的党、国家造成的难以挽回的灾难";"我既是受害者,又是害人者"。

她还写道,"参加革命就准备好了牺牲一切,但是没想到要牺牲的还有自己的良心";"我时时面临是否还要做一个正直的人的选择。这使我

1991年，韦君宜在病床上
接受《中国青年》杂志社记者
采访

对于'革命'的伤心远过于为个人命运的伤心"。

读了这些话，谁能不被强烈地震撼，不为之动容，而做深长的省思呢？在变了味、发了霉的"革命"与人性和良知之间，她毫不犹豫地选择了后者。

韦君宜自1986年4月因脑溢血偏瘫后，1987年又右臂摔伤骨折，1989年再患脑血栓，1991年骨盆又震裂……

就在这接二连三、难以承受的病痛打击和折磨下，在右手的神经已经坏死的情况下，她以超常的意志和巨大的精神力量，依然坚韧地练习写字，依然坚持下地走路，依然坚持继续写作。令人难以置信地是，就在病床上，用左手，她写完了晚年最重要的作品《露沙的路》和《思痛录》。

一个身体疾患如此严重的女性,并没有被病魔击垮,反而在生命的最后时刻,赢得了具有胆识、良知和智慧的健全人格。不能不说,这是生命的奇迹,更是精神生命的神迹。

1997年12月,在协和医院的病床上,韦君宜过了八十岁生日。她已在医院度过了三个年头。身体不能动,嘴不能说,只靠鼻饲摄取食物,大小便都只能在床上。

诗人邵燕祥写了《贺韦君宜八秩大寿病中》诗送给她:"洗过征尘洗脑筋,焚坑岁月劫余人。已是痛定犹思痛,曾是身危不顾身。大梦方醒缠重病,苍天若醉厄斯文。居然一事堪欣慰,赢得衰年史笔真。"

韦君宜的《思痛录》,已成为二十世纪中国知识分子精神史中的一块具有标志性的界碑、一个不可代替的文化标本。多少人为之震撼,亦为之沉痛。作家宗璞认为,《思痛录》的可贵之处就在于,韦君宜"说过假话,但她愧悔,她挣扎着要说真话"。

2002年2月1日,李慎之参加韦君宜追悼会时,在签名簿上写下了一句话:"《思痛录》挽回了一代中国知识分子的尊严。《思痛录》证明了中国知识分子的良知并没有泯灭。总有一天,中国人将以从《思痛录》中汲取到的力量打开通向民主的大门!"

在"付出了心灵中最痛苦的代价"以后,从苦难中刚毅地站立起来的韦君宜,一点一点把奴性从自己的血液里挤出去,恢复了独立思考的能力,达到了她所能达到的理性深度,进而获得了一个纯洁而高贵的魂灵。

2002年1月,韦老太生命的最后时刻来到了。

20日上午,10点,杨团赶到医院,打开录音机,给母亲播放刚刚录好的抗日歌曲。当《毕业歌》、《五月的鲜花》响起来时,韦老太睁大了眼睛,激动得一个劲儿地看着女儿,竟然忘了嘴里还插着管子,似乎下巴动了起来,像要和女儿说话。

《松花江上》、《长城谣》、《渔光曲》等歌曲的旋律，回荡在病房里，韦老太眼睛里噙满了泪水；放《到敌人的后方去》、《黄河大合唱》时，她的精神显得异常振奋；《二月里来》的第一个乐段刚刚响起，她几乎是要从床上一跃而起，脸上露出卧床多年几乎从未有过的欣喜；在《延安颂》的悠扬的歌声中，她先是脸部动了一下，眼皮眨了一下，接着，仿佛陷入了沉思。

26日，中午，12点33分钟，韦老太心脏的跳动，终于停止了。

杨团含着热泪，继续播放母亲爱听的那些歌曲，送她走向地母的怀抱，走向那个去了就再也无法回来的世界……

在这一年将尽的深夜里，独坐在灯下，翻阅韦君宜蘸着血泪、用生命写就的书，感受着她的爱与痛、诚与愤、思与忧，一个意象，忽然闪电般地掠过脑际：

——一只折断翅膀的鸟！

一只在折断翅膀之后，仍坚忍地平复创伤，不屈地挣扎挺起，终于冲天而飞、振翮翱翔，以暗哑的喉咙，发出高亢、嘹亮、激越的歌唱的鸟！

这不是张爱玲写的绣在紫缎屏风上，年深月久，羽毛暗了、霉了，叫虫子蛀了，死在上边的鸟；也不是鲁迅说的长期关在笼子里，麻痹了翅膀，即使打开笼子，也飞不起来了的鸟；而是艾青《我爱这土地》诗中的那只鸟——

假如我是一只鸟，
我也应该用嘶哑的喉咙歌唱：
这被暴风雨所打击着的土地，
这永远汹涌着我们的悲愤的河流，

这无止息地吹刮着的激怒的风，

和那来自林间的无比温柔的黎明……

——然后我死了，

连羽毛也腐烂在这土地里面。

朦胧中，好像看见我们的韦老太，眼里噙着泪花，在向人们诉说：

"我心里的痛苦会达到最深度。我从少年起立志参加革命，立志变革旧世界，难道是为了这个？"

"这是一部血泪凝成的历史……希望这种悲剧在中国不再发生。"

从高远深邃的夜空，又仿佛传来了一个自由、美丽、高贵的精灵的歌声，高亢，嘹亮，而激越……

2005年12月18日于北窗下

2010年3月18日修订

秦兆阳：何直文章惊海内

　　大型文学杂志《当代》编辑部，在现代文学编辑室的楼下。我刚到人文社时，《当代》主编是秦兆阳。我曾问一个老编辑："这个秦兆阳，就是当年写《现实主义——广阔的道路》，署名'何直'的那个秦兆阳吗？"他反问道："那还有错吗？"

　　1986年4月16日，人文社在北京饭店举行庆祝建社三十五周年暨"人民文学奖"颁奖大会，秦兆阳也出席了。他是获奖者，获奖作品是1984年在人文社出版的长篇小说《大地》。他坐在台上，人瘦瘦的，头发花白，带着深色镜框的眼镜。只远远地看过他这么一次，此前此后，楼上楼下，竟未谋面。

　　1985年秦兆阳离休后，不再担任副总编辑职务，虽仍然是《当代》主编，但很少到社里来，就再也没有和他见面的机缘了。

　　在友人和同事的印象里，秦兆阳"瘦长身躯，一脸深沉、凝重、寡言；常爱侧身枯坐于不显眼的地方，不惯或不肯在人前抛头露面"。他"性格内向，郁郁寡欢，难得有快乐的时候"。

　　有人注意到，在社里的一次业务性会议上，他"动作颇拘谨"，"抽着秦兆阳上个世纪80年代末在北京北池子2号家中书房里。墙上挂着他自己的字画,旁边放着他做的根雕。他毕业于延安鲁艺美术系第一期,多才多艺,于书画、根雕、篆刻艺术造诣颇深。

烟,很留心地听着别人的议论,目光随着发言人的转移而转移,而他自己却迟迟不讲话"。在1979年人文社召开的中长篇小说创作座谈会上,他也发了言,"声音徐缓,温厚谦和,没有文人堆中常见的慷慨激昂之词"。

1980年1月,他和几位作家去云南和海南岛访问。一路上,他总是以一个姿势坐在汽车的前座上,默默地吸烟,两眼专注地凝视着窗外,别人的欢声笑语,根本引不起他的一点兴趣。

虽然,他在1979年第三次全国作家代表大会上被选为书记处书记,但他不参加作协书记处会议,也没出席过人文社的党委会,从不参与社里的行政事务。给他专门准备的社领导办公室,他只去了两次就再也不去了。挪威奥斯陆大学曾请他去讲学,他婉言辞谢了。有一次作协安排他到意大利访问,他执意不去,此后出国的事他不再与闻。

就是这个在众人眼里性格内敛、寡言少语、面容清癯的秦兆阳，在五十年代那个多事之秋，曾经在中国文坛上掀起了一场轩然大波，成了一个万众瞩目的人物。

1916年他出生于湖北黄冈一个贫寒的乡村知识分子家庭，从小性格就很倔强，因此乡亲们给他起了个绰号"板大先生"。他说自己有"呆气"、"板气"，"又硬、又呆、又傻、又怪"，"傲视一切富有的人和势利眼的人，傲视金钱，甚至傲视一切的人情礼俗"，"对失败和挫折基本不后悔"。

在《人民文学》编辑部工作时，他的书桌上有一字幅，写着"毁誉不计，荣辱自安"八个字。书房里挂着他自己书写的一副对联："犹有豪情似旧时，花开花落岂由之。"这正是他的人格和襟怀的写照。

《大地》的责任编辑彭沁阳告诉我："秦兆阳人很质朴，不喜欢虚的浮的花的不实在的东西；和他在一起，心情特放松，他愿意听你讲话；别看他平常沉默寡言，其实内心特别有激情，只要看到好稿子，一下子就会激动起来，不管不顾的。"

一次，一个作者的稿子他刚看了一半，就兴奋不已地给编辑部同事打电话，请作者马上到他家去谈谈。有时，他给作者写信，一写就是三四十页。看到了一篇好稿子，发现了一个新作者，对他来说，是最愉快的事情。他说过，自己"太爱激动"，"爱思索爱放炮"，并认为这种性格，和自己一生的遭遇命运多少是大有关系的。他后来的遭际，似乎给那句名言"性格即命运"提供了一个注脚。

1949年，他担任了刚刚创刊的《人民文学》编辑部小说组组长。1955年反胡风时，《文艺报》进行改组，他被调去担任常务编委。当时，《人民文学》的主编严文井，由于在1954年3月号的杂志上刊登了路翎的短篇小说《洼地上的"战役"》，受到了批评，情绪低落，想撂挑子不干了。

作者绘朝内 166 号（二）

秦兆阳长篇小说《大地》，
作者本人设计封面，书名亦为
自己题写，此书人民文学出版
社1984年6月出版

作协党组副书记刘白羽找到萧殷，请他到《人民文学》做副主编，但萧殷
一心想搞创作，没有同意。刘转而又找秦兆阳，让他来干。秦兆阳答
应了。

被任命为《人民文学》副主编的秦兆阳，1955年11月，从《文艺报》又
回到《人民文学》杂志，似乎注定了他与《人民文学》有割不断的纠结。这
真是历史的复杂和吊诡。

不久，人们便对这位主持编务的三十九岁的副主编刮目相看了。

在编务会上，他以一贯的平和语调，却不无豪迈和激情地宣称：要把
《人民文学》办成像19世纪俄罗斯的《祖国纪事》和《现代人》那样的一流
的文学杂志；编辑要有自己的理论主张；编辑部要有共同的明确的思想
倾向；要不断地推出新人新作……从1956年5月号起，设立了"创作谈"
等新栏目，还亲自撰写"编者的话"（后改为"编后记"），一步一步地朝着
既定的目标前进。

1937年6月秦兆阳毕业
于武昌乡村师范学校,此为毕
业证照

　　据说,他曾对编辑部同事表示,"如果办一个可以由自己作主的刊物,我可以再干十年二十年,甚至当一辈子编辑……"还说过:"我若是别林斯基,你们就都是杜勃罗留波夫。"

　　1956年秋天,他起草了一份锐意革新的《〈人民文学〉改进计划要点》,共十八条,其中第一条是"在文艺思想上,以现实主义为宗旨;但在发表作品上,应注意兼收其他流派有现实性和积极意义的好的作品",而没有只尊奉"社会主义现实主义";第四条是"提倡严正地正视现实,勇敢地干预生活,以及对艺术的创造性的追求",明确提出了"正视现实"、"干预生活"的主张。秦兆阳本打算在《人民文学》杂志上刊发这个雄心勃勃的计划,作家协会也曾印发出来,以供人们研究。然而,上述文艺思想和创作主张,并未得到作协领导的首肯和支持,刊发出来的想法也被制止了。

但是,主持编务的秦兆阳,仍然在实际编辑工作中,殚精竭虑地思考筹划刊物的改进问题,努力落实改进计划的思路。为了得到作家们的帮助和支持,在北京举行了数次作家座谈会。还委派了几个编辑,到各地访问作家、征求意见、组稿。这一年的《人民文学》,连续刊发了《在桥梁工地上》、《本报内部消息》(刘宾雁著),《爬在旗杆上的人》(耿简即柳溪著),《组织部新来的青年人》(王蒙著),《不要在人民的疾苦面前闭上眼睛》(秋耘即黄秋耘著)等受到广泛关注和引起热烈反响的创作和批评作品。杂志的印数一年内由十几万份增加到近二十万份。他主持编务的这一年多,被认为是《人民文学》最好的时期之一。

1957年的《人民文学》,继续锐意改进。7月号推出了"革新特大号",发表了李国文的《改选》、宗璞的《红豆》等小说,穆旦《诗七首》等诗歌,沈从文《跑龙套》、端木蕻良《传说》、汪曾祺《星期天》等散文,果然面貌一新。而此时,对"右派分子"的反击战役,已经发出了动员令。

"文艺为政治服务"的口号给创作带来的消极后果,早已引起秦兆阳的不满。1953年6月,他就把自己在《人民文学》上发表的分析小说创作中公式化、概念化倾向的八篇文章,结集为《论公式化概念化》一书出版。

1956年5月26日,中共中央宣传部部长陆定一在中南海怀仁堂,代表中共中央向知识界的两千名代表发表谈话,提出了"百花齐放,百家争鸣"的方针。6月上中旬,作家协会党组两次开会,研究如何贯彻"双百方针",要求作协所属刊物带头鸣放。

在会上,秦兆阳发言说:"作协的刊物不宜草率应付,应该善于提出像样的学术问题。但要找人带头写这样的文章,很难。关于文学创作问题,我多年来积累了一些想法,想写,却不敢。"

刘白羽听了,很高兴地说:"写嘛,写出来大家看看。"

"重大政策出台了,作协不能没有声音,没有反映,"与会的中宣部文

1956年夏，已担任《人民文学》常务副主编的秦兆阳，在小羊宜宾胡同《人民文学》编辑部门前，与主编严文井合影

艺处处长林默涵也说道,并认为"这是对主席的态度问题"。

对写文章鸣放的事,秦兆阳很慎重,没有马上动笔,而是在会后邀请《人民文学》的编委葛洛、何其芳、吴组缃、张天翼、严文井,专门进行了一次讨论。他们聚在何其芳家里,就此谈得很热烈。秦兆阳主要谈了"社会主义现实主义"创作方法,以及"文艺为政治服务"方针在文学创作中造成的种种弊端。何其芳讲到"文艺为政治服务"问题解决不好,对贯彻"双百方针"非常不利。严文井提到艺术规律问题、现实主义问题,很值得思考研究。

编委们的看法,使秦兆阳鼓足了勇气,最终下了决心。冯雪峰1956年11月在文学期刊编辑会议上的讲话,也给了他很大启发。冯尖锐地提出:"苏联文学的根本问题是教条主义",苏联文学与俄罗斯文学相比,缺乏后者的伟大的人道主义精神。还指出:"历史上伟大的作家们促进现实,批判现实的精神,我们丢了";"我们的文学变成软弱无能","没有很好地反映今天的现实";"生活中的某些问题,作家是看到了,但不敢讲话,思想有顾虑";"文艺作品表面歌颂,不去反映新的困难"。

在小羊宜宾3号的一间斗室里,秦兆阳冒着炎热,挥汗如雨,赶写出了几万字的《现实主义——广阔的道路》的草稿。

先请另一位副主编葛洛看过,提了意见。经润色加工,题目改成了《解除教条主义的束缚》。后在编辑部内传阅,征求大家的意见。秦兆阳接受了一位编辑的建议,文题仍叫《现实主义——广阔的道路》,副题为"对于现实主义的再认识"。

文章又呈送周扬、刘白羽等人阅示,他们看后,并未明确表示赞成或者反对。7、8月间,秦兆阳专程去北戴河,对此文做最后的推敲、斟酌。之后,署名"何直",在9月号的《人民文学》上刊出。

这是一篇声讨教条主义的檄文,对当时被奉为金科玉律的"社会主

1956年9月号《人民文学》发表了秦兆阳的名文《现实主义——广阔的道路》，由此引发了他的政治灾难。同期还刊发了王蒙的小说《组织部新来的青年人》。

义现实主义"的创作方法，尖锐、大胆、针锋相对地提出了质疑。文章剖析了"社会主义现实主义"的定义的"不够科学"和"不合理性"，及其对文学创作造成的严重危害，认为"现实主义文学必须首先有一个标准"，那就是"它所达到的艺术性和真实性，以及在此基础上所表现的思想性的高度"，"现实主义文学的思想性和倾向性，是生存于它的真实性和艺术性的血肉之中的"。

周勃在第12期《长江文艺》上，发表了题为《论现实主义及其在社会主义时代的发展》的文章，呼应秦兆阳对"社会主义现实主义"的质疑。

而《文艺报》主编张光年在第24期《文艺报》上，发表了《社会主义现实主义存在着、发展着》一文，对秦兆阳及周勃进行了批评，认为他们的观点是"取消社会主义现实主义"，而取消社会主义现实主义，"就是取消当代进步人类的一个最先进的文艺思潮"。

1952年,在北京东总布胡同22号院子里,与家人及外甥女合影,妻子张克怀里抱着女儿晓晴和燕子

对于这样的批评,秦兆阳觉得无法接受。没想到自己响应党的号召,贯彻"双百方针"写了篇文章,却引起这么大反响,竟被当成了政治性的问题。他感到,心里像是压上了一块大石头。

1957年1月,秦兆阳请假离开了《人民文学》编辑部。他想集中一段时间,好好学学哲学,深入思考一番,以回答和反驳《现实主义——广阔的道路》的批评者提出的问题。

在一次会上,他对周扬说:"社会主义现实主义定义,作为一个学术问题,难道不能讨论吗?我希望能将我的想法反映给毛主席,听听他老人家的意见。"周扬安慰他:"秦兆阳,你不要紧张嘛!"

3月6日,中国共产党全国宣传工作会议开幕了。会议开始之后的第三天,毛泽东邀集文艺界部分代表座谈。周扬发言说:"秦兆阳用何直的名字,写了一篇《现实主义——广阔的道路》,有人批评他反对社会主

秦兆阳著《论公式化概念化》，收入八篇论文，人民文学出版社1953年6月出版

义现实主义，他很紧张。"

毛泽东说："社会主义现实主义这个问题，这次会议一时不能搞清楚，不能做结论，也用不着紧张，可以研究讨论。"秦兆阳很快就从周扬那里知道了毛的意见，一颗悬着的心，这才放了下来。

秦兆阳一直主张，编辑不但要审稿、选稿、编发稿件，还要动手改稿。有些稿子，就是他亲手改出来的。著名作家周立波发现以后，颇感意外："嗨呀，原来秦兆阳就是这样工作的啊!"《组织部新来的青年人》发表前，就经过了他认真、细致的修改和加工。

中宣部编印的内部刊物《宣教动态》上，刊登了关于《人民文学》编辑部修改王蒙这篇小说的报道，想不到，毛泽东看了之后，大为震怒，说这是"缺德"、"损阴功"，主张要进行公开批评。顿时，秦兆阳又紧张起来。周扬则认为，共产党员总是经常受批评的，受到批评就有情绪，这是一种"小资产阶级的软弱"。

4月16日上午，作家协会书记处召开会议，初步决定以《人民文学》

发表编辑部讨论会记录的方式,将编辑部修改王蒙小说之事公布。4月21日上午,作协党组又开会研究此事究竟如何处理。4月30日和5月6日,作协书记处召开了文学期刊编辑工作座谈会,认为对《组织部新来的青年人》的修改是"错误的",在会上作为重点进行了讨论。秦兆阳专门准备了一个发言稿,会前经担任作协党组副书记的诗人郭小川审阅过。

会议认为,秦兆阳对小说文本的修改,强化了作品中的缺点和错误。作者王蒙在会上发言说,修改使小说更精练、更完整了,但也使"不健康情绪更加明确了"。

秦兆阳从三个方面,检讨了修改的问题:删去了原稿结尾时林震多少有些觉悟,意识到仅凭个人的力量是不行的一段文字;原稿并未明确区委书记是好是坏,赵慧文说过他是个"可尊敬的同志",他最后还派通讯员三次去找林震,修改中删去这些文字之后,此人便有可能给人以官僚主义者的印象;修改后,林震和赵慧文的爱情关系明确了。

对于秦兆阳的修改加工,王蒙在发言中虽然也表示了某种肯定,但从整体上他是不满意的。他说,原来他是想写林震和赵慧文两个人交往过程中,"感情的轻微的困惑与迅速的自制",但是,经过编者增补的若干文字和结尾的大段描写,"就'明确'成了悲剧式的爱情了"。他还希望编辑在处理稿子时,多几分社会主义同志态度,少几分商人气、江湖气。

张光年在稍后写的《应当老实些》(署名"言直",载于1958年第3期《文艺报》)一文中,指责秦兆阳的修改,"帮助渲染了林震的小资产阶级情感","删去了原稿中隐约透露出来的那个区委会的一线光明","重行改写了这篇小说的结尾,尤其突出了林震对党组织的悲观绝望的情绪……从而强调了这篇小说的消极方面"。

近半个世纪后,王蒙在自传第一部《半生多事》中写道:"我的原稿头一段是这样写的:'三月,天上落下的似雨似雪……',我以'天上落下的'

1956年，秦兆阳为妻子张
克所做头部侧面剪影

作主语，省略了落下的'东西'二字，我喜欢这样的造句。发表出来改成了'天上落下了似雨似雪的东西'。我不明白，为什么改得这样不文学。"

结果，1957年5月9日的《人民日报》，以《〈人民文学〉编辑部对〈组织部新来的青年人〉原稿的修改情况》为题，将这篇小说的修改详情公之于众。秦兆阳的压力更大了。他在写给刘宾雁的一封信里说："我感到威胁最大而且最烦恼的，不是文艺界，而是报社，包括《青年报》(笔者按：即《中国青年报》)、《人民日报》，……他们是真正的权力机关和舆论的体现者……在他们面前，谁有中流砥柱的力量？"

4月间，由于秦兆阳不赞成"不要立场，不要头脑清醒，对名人来稿一律照登"的"鸣放"原则，被当做教条主义批评了十来天，一气之下，他请假去了北戴河。

时间刚进5月，北戴河尚无游人。他住在作家协会的一幢小楼里，孤零零一个人，寂寞而又郁闷。每天，除了到海滩上散步，观潮，望日出，看海浪拍击礁石，就是关在屋子里，读书，写小说。

在京城里，5月14日，刘白羽对郭小川说，秦兆阳认为这次揭露《人

解放初期，风华正茂的秦兆阳和妻子张克摄于北京

民文学》事件，是周扬为了过关，所以首先拿《人民文学》做牺牲品。刘忿忿地说："这完全是诛心之论。"

此刻的首都文艺界，正在紧锣密鼓地对所谓"丁(玲)陈(企霞)反党集团"进行批判斗争，作协党组副书记邵荃麟专门致函秦兆阳，希望作协党组成员的他回京。他两度复信，对周扬、刘白羽等人进行了直言不讳的批评，明确表示反对"宗派主义"的"明争暗斗"，拒绝回去参加这种伤害同志、破坏团结的"斗争"，说"我个人在这一斗争中不属于任何一派，我对任何一派都有意见，如果不是为了党的利益，我是不会提这些意见的"。

"识时务者为俊杰。"不识时务的、狷介的秦兆阳，是一个有原则的人。在是非面前，他的态度是鲜明的。他不可能放弃自己的做人原则和党性原则，而去做一个"识时务"的聪明人和政治投机者。

然而，就是这两封信，给他种下了"极大的祸根"。过了一段时间，

《现实主义——广阔的道路》一文，突然被抛了出来，当做文艺界"右派"的典型言论，进行重点批判。这步棋，是秦兆阳所始料未及的。

日渐成为思想文化界整人、打人的一根"棍子"的姚文元，在1957年9月号《人民文学》上发表了副题为"同何直、周勃辩论"的文章：《社会主义现实主义的文学是无产阶级革命时代的新文学》。这似乎是一个信号，一场对秦兆阳的批判拉开了序幕。

接下去的《人民文学》10月号，专门设了一个栏目，发表三篇文章：李希凡《从"本报内部消息"开始的一段创作上的逆流》、孙秉富《批判"人民文学"七月号上的几株毒草》、本刊编辑部《这是什么样的"创新"？》。李文批评《人民文学》"近年来从理论到实际编辑工作都提倡和宣扬了所谓'干预生活'、'揭露生活阴暗面'的创作，为创作上出现的一股'反党的逆流'起了'推波助澜'的作用"；孙文批评"当全国人民向资产阶级右派展开猛烈反击的时候"，《人民文学》"却通过七月号向读者推荐了大量的毒草和莠草"；《这是什么样的"创新"？》是对二百六十余封读者来信的整理综述，这些来信"严正谴责了本刊七月号所表现的背离社会主义文艺路线的倾向"。

栏目前的《编者的话》，不但表示对上述批评和意见的接受，而且还特别指出，"错误的产生"决不是从7月号才开始，早在去年9月号上就已头篇的地位，发表了"具有明显而严重的修正主义观点，发表之后立即在全国文艺界产生了消极影响，引起了某些文艺思想上的混乱"的何直的论文《现实主义——广阔的道路》。

过了半年，《人民文学》的3月号又辟了栏题为"秦兆阳思想批判"的专栏，刊发李希凡的《评何直在文艺批评上的修正主义观点》、樵渔的《秦兆阳眼中的农村》。

紧接着，4月号又专设栏目，发表四篇批秦文章：张光年《好一个"改进计划"!》、左随《谈"毁誉"》、朱寨《秦兆阳的身手》、常础《秦兆阳的前言与后语》。《谈"毁誉"》还披露了一个细节,对《组织部新来的青年人》的修改挨批之后,秦兆阳在自己的屋里贴了一张纸条,写了一段"毁誉不计"的话,并抓住这一点大做文章,讥嘲秦兆阳"又毁又誉","毁人自誉","'自誉'的时候多",还说他在一些青年人面前"自比为别林斯基"云云。

5月号又有专栏,刊载的是艾芜《评"沉默"》、贾霁的《所谓"灵魂"的"挖掘"》。——可谓铺天盖地、连篇累牍,堪称一场思想讨伐、理论批判的大"围剿"。

1958年1月至7月,作协连续召开秦兆阳批判会,长达半年之久。还印发了三辑《秦兆阳言论》,以供批判。这场喧嚣一时的大批判,以刘白羽在作协党组扩大会议上做总结性的发言《秦兆阳的破产》而告落幕。

刘白羽给秦兆阳戴上一顶"彻头彻尾的现代修正主义者"的大帽子,说与秦兆阳之间的分歧与斗争"是一场根本不可调和的斗争"。他还大上其纲地质问秦兆阳道:"你向党、向社会主义发动的攻击,不是资产阶级在最后崩溃时的疯狂反扑又是什么?"刘白羽这篇文章,后来登载于这一年9月号的《人民文学》上。

1958年5月3日,《人民日报》发表林默涵的《现实主义,还是修正主义?》一文,认为《现实主义——广阔的道路》"在反对教条主义的幌子下,攻击文学上的马克思主义的根本原则",是"一个系统的修正主义的文艺纲领","不仅是为了反对社会主义文学,而且是为了反对社会主义制度",作者是这一时期"大风浪中出现的一个最有系统的文艺理论上的修正主义者"。

姚文元则又在1958年第3期《文学研究》上,发表了批判调门更高的《驳秦兆阳为资产阶级政治服务的理论》,甚至说"秦兆阳的'理论'和国际修正主义者是一只裤筒里的货色","他实际上是国际修正主义的'传

1964年8月底秦兆阳摄于北京颐和园十七孔桥头,其时他已摘掉"右派"帽子,正在创作长篇小说《两辈人》(后改名为《大地》),从柳州回京住了几个月

声筒',帝国主义在文艺领域的代理人"。

《人民文学》从1957年12月号起,副主编一栏,陈白尘替换了秦兆阳,葛洛仍然保留着;主编则由原为编委的张天翼,取代了严文井;编委新增加了四名:袁水拍、周立波、赵树理、艾芜;不见了原编委何其芳。

从此,秦兆阳从这个他为之奋斗奉献、呕心沥血的国字号的文学杂志编辑部,彻底消失了。

英雄失路,报国无门,可叹也夫!

1958年4月12日下午,作协党组开会做出决定,把秦兆阳补划为"资产阶级右派分子"。

在7月25日宣布他被开除党籍的前两天,刘白羽告诉他,他的结论材料已经交上去了,大概很快就会批下来。意思显然是,让他不要再抱

幻想了。

秦兆阳如五雷轰顶,如坠万丈深渊。

晚上,他躺在床上,望着深不可测的漆黑的夜,一夜不曾合眼。天不亮,他就悄悄起了床,穿上衣服,像游魂一样出了门,身不由己地在附近的胡同里游荡。

天色蒙蒙发亮的时候,他竟然鬼使神差地走到了刘白羽家的门外。

他站了一会儿,才抬起手来,敲了敲门。

"谁?"好半天,屋里才问了一声。

"我。"

里边半天没有动静。他在房檐下坐了下来,等着里边的人,屁股下的石阶,又凉又湿。

又过了好一会儿,屋里传出了起床声:窸窸窣窣的穿衣声、穿拖鞋声、刘和夫人的说话声。之后,门终于打开了一条缝,刘的半个高大的身子露出来,说了一句:

"你,还能为人民服务嘛!"

秦兆阳的心,猛地沉了下去,浑身发冷,几乎颤抖起来,泪水一下子涌出来。他转身就走,突然,有一只手,死死地抓住了他的胳膊。

"我……发现床上没有人,就……赶紧出来,悄悄地,跟着你……你是想最后再求他吗? 死了心吧! 没指望了!"

是他的妻子,理解他、心疼他、牵挂他的妻子。

夫妻俩一起走出院子,站在寂静无声的胡同里,抱头痛哭……

秦兆阳被戴上了一顶那个年代知识分子特有的"荆冠",有如"心被摘掉了! 灵魂无依了!""老胃病犯了,身体垮了,精神溃了"。

绝望中,他想起了马雅可夫斯基悼叶赛宁的诗:"死,容易;/活着,/困难。"他咀嚼着,体味着,又在后面续写了两句:"只有直面困难,/才是

90年代初,秦兆阳在北京北池子2号家中

真正的勇敢!"

几个月后,他从首善之区,被发配到唐代大文豪柳宗元的贬谪之地柳州的一个机械厂,开始了他的劳动改造生涯。从此以后,在近二十年的岁月里,女儿秦晴没有在父亲的脸上看到过笑容。

1961年冬,他被摘去"右派"帽子,但没有恢复党籍。为此,他不知痛哭过多少回。他这个自称是"不断地用痛苦对自己进行精神折磨的脆弱的人",一直哭到1979年被"改正"。但泪水似乎并没有稀释他的痛苦,有两三回,竟然哭出了严重的眼病!

摘帽后,他也曾想北上回京,但又很犹豫。1991年10月28日,在接受陈徒手关于郭小川1959年挨整情况的访谈时,他说,郭小川有一次找我谈话,说"你在信中为丁玲说话,闯了大祸";"作协太黑暗了,弄得乱七八糟,我一想起这些事就难受"。他担心自己和当年整他的某些人难以共事,一旦归去,会落得个"冠盖满京华,斯人独憔悴"的凄惨境地,还不如留下来。

于是,他决定留在广西,把妻子从京城接来,在偏远的柳州安家落户。儿女们则留在北京。

不久,他暗暗发下宏愿,要写一部萧洛霍夫的《静静的顿河》那样的巨著,就悄悄地闷着头写起小说来。这就是着力挖掘和描写贫苦农民的革命力量,充满了慷慨悲歌的英雄主义精神和理想主义气息,长达四十余万字的长篇小说《不平的平原》。后来,又曾改题为《两辈人》。出版时,书名定为《大地》。

直到1979年3月,他的"右派"问题彻底"改正"之后,他才得以重返阔别了二十年的北京。他不愿意再回到让他伤心、痛心、寒心的作协。他做《人民文学》副主编时挂名主编的严文井,已从干校回人文社主持工作,他和韦君宜都欢迎秦兆阳到人文社来。这样,秦兆阳就到了人文社,担任刚刚创刊的《当代》杂志主编,第二年又担任了副总编辑。

在他这位众望所归的主编的率领下,《当代》杂志形成了"严肃、深刻、尖锐、厚重"的风格,成为二十多年来中国大陆最具影响力的大型文学期刊之一,刊发了《芙蓉镇》、《活动变人形》、《古船》、《白鹿原》等一系列"新时期"文学名著。古华的小说《芙蓉镇》原名《遥远的山镇》,作者后来改为《芙蓉姐》,《当代》发表时,由秦兆阳定为《芙蓉镇》。

秦兆阳是很早就参加了中国共产党领导的革命,从延安和解放区走进新中国的文艺工作者,始终怀有一种系于国家、民族的忧患意识,始终怀有强烈的政治责任感和社会使命感。他是把自己的编辑工作,主持《人民文学》和《当代》杂志的工作,当做一项与国家和民族的命运紧密相连、不可或缺的事业,来对待、来追求的。

这是秦兆阳的一个鲜明特点,也是和他经历类似的那代人的共同点。

他还像在《人民文学》工作时一样，在家里读书、写作、看稿子，经常接待年轻作者，给新作者写信，谈修改意见，有些稿子仍然亲自动手修改。直至去世的前一天，他还让女儿为他读《当代》上的文章……

他这一生所写的理论批评文章、长中短篇小说和散文，加起来已有数百万字。还留下了十几本战地笔记，是抗战时期他在北平、天津、保定三角地带，从事游击战争时随手记下的，非常珍贵。

但他不喜欢别人称他是"作家"，说如果一个人非要有个头衔的话，"我倒觉得'衔'我以'编辑'二字更为恰当"。他是以自己干了一辈子编辑工作为自豪的。他把自己的包括看稿、改稿、退稿、编稿、谈稿、约稿在内的工作，称为"磨稿"，并有诗叹云：

> 磨稿亿万言，
> 多少悲欢泪。
> 休云编者痴，
> 我识其中味。

1994年10月的一天，正在编辑室的北窗下伏案看稿，忽然听到了秦兆阳不幸病逝的消息，放下笔，黯然久之。

他1938年就奔赴延安，先后进入陕北公学分校和鲁迅艺术学院美术系学习，后到华北联大美术系任教，四十年代在冀中前线从事异常艰苦的革命文艺工作；五十年代主持《人民文学》的工作，"新时期"以来又执掌《当代》的帅印。作为一个文学编辑，他在半个世纪的生命旅程中，与当代中国文坛的两个极具影响力的文学刊物都命运攸关。

我走了一辈子路,深知走路之难。

　　我做了一辈子事,深知做事之难。

　　晚年,秦兆阳在一篇散文中,发出了这样的浩叹。

　　他一生的荣辱、悲喜与沉浮,简直折射着一部波诡云谲的中国当代
文学史。

　　想到此,不禁喟然叹息:一个文学时代,"果戈理到中国也要苦闷的
时代"(陈白尘语),随着秦兆阳的辞世,也许永远地消逝了。

2006年1月21日于北窗下

2010年4月26日修订

严文井:"一切都终归于没有"

1983年10月,严文井从社长职位上卸任,所以,我1984年底到人文社后,一直没有见过这位以童话和散文创作享誉文坛的老社长。

十多年之后,终于有了一个机会:为了撰写一本关于延安鲁迅艺术学院的书,1996年2月27日晚,我专程到红庙北里他的寓所去访问他。

严文井把我迎进门,我跟着他,走进客厅旁边的一间屋子。这是个长条形的小房间,充其量不过十平米,一床一桌已经够拥挤了,床边又堆着书,还有满满当当的书架,更显得狭窄局促杂乱。他没有在放着沙发的客厅,而是在这个过于狭小的卧室兼书房,接待我的来访。

眼前的他,已不是在延安文艺座谈会与会者,和毛泽东、朱德等中共中央领导人的合影上,所看到的那个满头黑发的鲁艺文学系教员了,而是一位有着所谓"苏格拉底式的谢顶"、长着又圆又大的额头的地地道道的"童话爷爷"。

记得在《〈严文井散文选〉前言》里,他说过这样一句话:"有位老上司过去曾批评我这个人好用怀疑的眼光看人。"我就问他,"这个老上司,是周扬吗?"

晚年严文井肖像

"当然是他喽。"他的回答中有那么一点不易察觉的弦外之音。

他回忆说:"抗战胜利后离开延安时,周扬问我对鲁艺有什么意见,我说就是抢救运动不太好,不应该那么搞。周扬竟然很吃惊,说你还有意见!意思是你又没有被'抢救',你有什么意见?"

五十年代初,他又成了周扬的部下。他奉命起草的某些公文,周扬常常是不满意的。因为他既不善于揣摩上司的意图而投其所好,又不能完全放弃自己的想法。他也因此没有得到赏识和信赖而被提拔重用。

穿着深蓝色中山装的严文井,衣襟上有明显的油渍,肩上散落着头皮屑。一只黑白猫不时地在我们俩周围蹑来蹑去,在他身上爬上爬下。他任凭这只猫不断地在身上腻,偶尔耐心地和它说两句话,非常亲昵,没有一点厌烦,就像猫是他所溺爱的一个孩子。

他的宽大的额头里,似乎承载着太多的往事、旧事、故事,但是,他并不愿意多谈、长谈、深谈。他说话的语调,带有一丝不经意流露出来的嘲讽的意味。即使是他的幽默里,也含有一种淡淡的苦涩的味道。从他日渐衰老的身体里,从他那外人无法窥视的心灵深处,好像发散出一股"曾经沧海"的倦怠、疲累和淡然、漠然的气息,蕴藏着一种意欲摆脱而又无法超然、想置诸脑后而又不能完全释怀的东西。

担任过人文社副社长的许觉民,曾劝他写一点回忆录,他不肯,说"不好写"。韦君宜出版了《思痛录》之后,社里的一些老同事多次建议他像韦君宜一样,写写自己的经历。他却说:"那时我在延安,韦君宜在绥德,延安的事情,她知道得并不多嘛。"

延安的事情,包括在鲁艺的事情,以及后来在作协、在人文社的事情,严文井都是亲历者,所知甚多,但他却没有留下一部血肉丰满的回忆录,就走完了悲欢忧乐、跌宕起伏的沧桑人生,很多人认为实在是一桩憾事。这究竟是什么原因呢?仅仅是因为"不好写"吗?

1986年,严文井到日本作家水上勉家中做客

由于他的夫人身体欠安,我的访谈匆匆结束了。隔了两天,我又去了一次,情况和第一次大致相仿。于是不免有些失望:那个在同事们口碑里讲话漂亮,谈吐幽默,很少八股调,官气没有压倒文气,充满智慧的社长严文井,哪儿去啦?

怀着这一份迷惑、好奇和诘问,我开始细读他的散文、童话、小说,以及他2005年7月20日逝世以后人们所写的一些悼念文章,试图探寻他的复杂的人生履历与深邃的精神世界。

"如果我父亲严奇安,我母亲朱芷馨当年对各自配偶的选择稍稍有一点变化,世界上根本就不会有我这么一个人。"在《未完成的畸形小传》中,严文井曾以他所特有的幽默这样写道。他1915年10月15日生于武

昌。从小学三年级起,接连阅读了《西游记》、《镜花缘》、《老残游记》、《儒林外史》、《红楼梦》等中国古代长篇小说。上初一时,读了鲁迅的《呐喊》等新文学作品。高中时代接触了安徒生的童话,被其中强烈、优美的诗意所感动。高二的时候,有了写作的冲动,以"青蔓"为笔名,将一组短文寄给《武汉日报》的副刊"鹦鹉洲"。

没过几天,文章就发表了,编者还专门登了一则启事:欢迎"青蔓先生""源源赐稿"云云。他接着向《武汉日报》以及其他报纸不断地投稿,不到半年就俨然成了一个"青年作者"。他把大量时间花在写作上,学习成绩因而下降了。1934年夏高中毕业后,报考了几个大学都没考上。在北平图书馆工作的堂兄,帮他在馆里找了一份月薪二十五元的职业,1935年春天,他只身一人来到了古老的富于魅力的北平。

在北平他没有朋友,业余时间也没有什么活动,甚至连颐和园都没去过,只是沉湎于自己的文学梦之中,一门心思读外国文学名著。不久,他又写起了散文,寄了几篇给他钦佩的《大公报》"文艺"副刊主编沈从文。沈没有采用他的稿子,但也没退稿,而是给他回了一封短信,批评他写得太多太快,劝他文章写好后,要多修改几遍,不要急于寄出。

"多修改几遍,"从此就成了他终身遵守的写作准则。后来,他总是说,自己是沈从文的学生。

这些署名"严文井"的文章,先后在萧乾主编的《大公报》"文艺"副刊和凌叔华主编的《武汉日报》"文艺"副刊上发表出来。之后,萧乾又把他的文章介绍给主编《文季月刊》的靳以。靳以在上海良友出版公司主编的一套散文丛书中,收入了严文井的《山寺暮》,1937年春出版。

由于萧乾的介绍,他认识了刘祖春、黄照、杨刚和张桂等人。他后来去延安,就是受到了杨刚和张桂的一些影响。他成了京派作家群中的新人,一两个月就参加一次沈从文在北海或中山公园,邀约年轻作者们参

父亲四十岁时，全家合影，右一为严文井

1936年严文井在北平

加的聚会,和大家一起喝茶、交谈。

后来,他干脆辞去了北平图书馆的职业,想从事"专业写作"。可是没过几个月,卢沟桥的枪炮声就响起来了,他的"职业作家"的生涯,于是匆匆画上了句号。

1937年7月14日,他匆匆离开北平,于8月份回到了武汉家中。他改变了原来"对政治冷淡"的态度,11月初秘密离家,和一群武汉大学的学生一起,前往延安。第二年5月进入延安抗日军政大学学习,7月加入中国共产党,10月到陕甘宁边区文化协会文艺小组从事创作,年底调入鲁艺文学系任教。

严文井是从延安那片黄色圣土,走进新中国红色大门的作家,但他和一般的解放区作家似乎又有所不同。从京派作家的大本营北平登上文坛,曾经追求华丽文风的他,在桥儿沟鲁艺的东山窑洞里,动手写起了童话和寓言,从1940年到1941年,一口气写了好几篇。

那时,他的第一个孩子就要降生了,身边又不乏像他一样快要做父亲的同事,他想把自己写的童话和寓言作为最美好、最珍贵的礼物,献给即将出生的、未来的新中国的小主人们。

这些作品里有讽刺,也有朦胧的幻想和热烈的情感。有的还在以何其芳为首的窑洞文艺沙龙里朗诵过。延安文艺座谈会以后,这些怕是也被视为"小资产阶级情调"了吧? 他发表在《解放日报》上的短篇小说《罗于同志的散步》和《一个钉子》,不是被批评为写"身边琐事","有招致离开现实主义以及阶级意识形态论的危险"吗?

1945年8月抗战胜利以后,严文井参加了"东北文艺工作团",经过长途跋涉,9月到达东北。年底担任《东北日报》副总编辑兼副刊部主任,亲历了东北地区天翻地覆的历史大变革。在广阔的松辽平原的黑土地上,他留下了自己的足迹,若干乌黑的头发,和一个闪着光亮的梦。那是他青春年华的一个美好的部分。

1951年春他奉命调到北京,任中共中央宣传部文艺处副处长。由于他不擅长起草红头文件,从1952年年底起就调离了中宣部,去筹建作协。他先后担任作协党组副书记、《人民文学》主编等职务。1961年又以作协书记处书记的身份,兼任人文社社长、总编辑职务。几乎文艺界所有重大的历史事件和严酷的政治运动,他都是参与者、目击者和见证者。

在童话集《南南和胡子伯伯》的后记中,他感慨不已地写道:"十八年时间,写了十九篇这样的作品,平均一年写一篇多一点,真是太少!"为什么写得这么少呢? 因为"基本上都是在打杂","名为文学工作者,实则除少量八股文外很难有真正的创作","我这个'作家'大半辈子都不是在搞写作,而是在做杂七杂八的工作"。

作为一个作家,由于长期置身于作协的权力中心,不得不遵命写一

严文井的第一本散文集《山寺暮》,此书责任编辑靳以,上海良友图书印刷公司1937年6月出版

些"大批判文章",后来又写了大量的"思想汇报"、"自我检查"、"交待材料","文革"结束时,"还保留了足足一木箱"。

《文艺报》1958年第2期辟出"再批判"专栏,发表了六篇批判文章:林默涵《王实味的〈野百合花〉》、王子野《种瓜得瓜,种豆得豆——重读〈三八节有感〉》、张光年《莎菲女士在延安——谈丁玲的小说〈在医院中〉》、马铁丁《斥〈论同志之'爱'与'耐'〉》、严文井《罗烽的"短剑"指向哪里?——重读〈还是杂文的时代〉》、冯至《驳艾青的〈了解作家,尊重作家〉》。

"编者按语"把《野百合花》、《三八节有感》等作品,定性为"反党反人民"。"'奇文共欣赏,疑义相与析',许多人想读这一批'奇文'。我们把这些东西搜集起来全部重读一遍,果然有些奇处。奇就奇在以革命者的姿态写反革命的文章。""谢谢丁玲、王实味等人的劳作,毒草成了肥料,他们成了我国广大人民的教员。他们确能教育人民懂得我们的敌人是如

何工作的。鼻子塞了的开通起来，天真烂漫、世事不知的青年人或老年人迅速知道了许多世事。"据说，"按语"中的这两段话，是党和国家的最高领袖毛泽东亲笔加上的。

"再批判"的"编者按语"及六篇批判文章，在《文艺报》的发表，简直就像在文艺界"反右派"运动中投放了集束炸弹，其作用和影响可以想见。

除写了《罗烽的"短剑"指向哪里？》之外，严文井又在这一年第7期《文艺报》上，与公木联名发表了《萧军思想再批判》。文章之前的"编者按"，把萧军称为"浑身流氓气息的地主资产阶级的代言人"。当年9月号《人民文学》上，还刊载了严文井的《评"本报内部消息"》。

"文革"结束后，在回首往事的时候，严文井说自己"时常做一些蠢事"，"做过荒唐的事情，错误的事情"，大约指的就是此类"奉旨批判"吧。

但是，据说他并不是那种在权力中心如鱼得水、左右逢源的人。他从不趋炎附势，故意整人，更不会以整人为乐。做表态性批判发言时，也从未疾言厉色。在一次批斗丁玲的会上，别人的发言都是政治性批判，言辞激烈，火药味浓得很。轮到他发言了，却突然冒出一句"陈明配不上丁玲"来，引来哄堂大笑。

1962年9月，毛泽东提出，阶级斗争要年年月月天天讲。阶级斗争的弦，一下子又绷紧了。在作协的一次会议上，他不得不做了一番检讨：

> 春天，我看见一个穿红衣的少女骑着自行车从林荫道上过来，我感受到一种诗意和美……安排上半年工作时，我估摸大概没有什么事了，可以干点正事了……

这样的"检讨"，怎么能通过呢？果然，不久即遭到批判，说他"鼓吹

1945年8月31日，东北文艺工作团出发前一天合影于延安，二排右三为严文井

阶级斗争熄灭论"，还给他戴了两顶帽子："闲适派文人"、"资产阶级老爷"。

"文革"中他成了"走资派"，接连登台示众，挂了黑牌，罚了跪，跪粗沙子和玻璃碴，被强制低头弯腰，认罪。他后来说："长时间的低头弯腰是一种高难度的技巧动作。"

他习惯了说"我有罪"，甚至还想说"我根本就不配出生到这个世界上来"。只是由于胆小，才没敢说。

作协"革委会"的武装力量"红卫兵"抄了他的家。一群戴着红袖章的彪形大汉，叫喊着冲了进来。字画、图书等等被他们当做"四旧"，用被单、床单捆了六七个大包，席卷而去。又顺手牵羊，拿走了他妻子的衣服、头巾、新毛巾、肥皂和牙膏，以及几双新袜子……

在设于中国文联大楼四层的作协"牛棚"，他被勒令打扫厕所两年半之久。其间，大楼被来京搞"革命大串联"的造反派占了几个月，他不但

严文井读报
时,他的爱猫欢欢
安详地趴在沙发上
伴读

要擦掉造反派们在厕所墙上、马桶间门上涂写的那些挑起性欲的淫猥的文字和图画,而且,厕所有时堵了,还要把手伸进抽水马桶里去掏,掏出了月经纸,还掏出过死婴……

在弄得一身脏臭的同时,他也由此看到了一点"革命"、"造反"的真相。

三年后的1969年,他被发配到湖北咸宁"五七"干校,驾辕拉大车,拉粮,拉煤,干重体力活。

有一次,许觉民在路上挑着担子,正巧看见严文井拉车下坡。那一段路坡度很陡,严文井驾着大车,从高处奔驰而下,到了坡底,全凭体力和手劲,才把车刹住,万一刹不住车,后果不堪设想。许觉民看得惊心动魄。

过后,许问他,倘若失手,又将如何?

严文井笑笑说:"不妨事的,有人以为我干不了这,我偏要干给他看看,这是难不倒我的,倒是拉一车,歇下来困得很,倘有口白酒喝喝,可以解乏,可惜没有。"

后来,提起那段连童话也几乎遭到禁止的岁月,他说,那简直"是一个漫长的噩梦,醒来时也还摆不脱惊悸"。

对于"左"的祸害和遗毒,严文井有着锥心刺骨、痛彻肺腑的经历与感受。他也曾经"左"过,在"左"的潮流中,亦不免随波逐澜。他的胞弟,当年跟随他一起奔赴延安,在"抢救运动"中被无端地怀疑为"国民党特务",交给了在"鲁艺"教书的长兄来"教育"、"挽救"。严文井对不肯违心承认自己是"特务"的胞弟说:"党有党纪,家有家法",还挥起了拳头来教训他。之后,他的胞弟被逼自杀,所幸未死,但落下了精神疾患。严文井为此而痛悔终生、罪疚终生。

"神话时代已经结束",从漫长噩梦中终于醒来的严文井说,"我们可以不再向老龙磕头了"。还说,他二十二岁的时候,"几乎是一个怀疑派;经过了漫长的不怀疑的岁月之后,我重又感到了'怀疑'的一定价值,我把'怀疑'当作认真分辨和深入思考的同义语"。他对幸福的理解就是,"一个一个疑问相继得到解答"。

不仅如此,他的文章里还充满了自省和自我剖析:"我这个人又柔弱又刚强,是二者的矛盾统一体";"我的失察是由于我身上那种没有去掉的阿Q精神造成的";"我从来不想害人,我的灵魂是软弱的,与人为善的。我也做过错事,如今想起是很愧悔难受的"。

他说,"我听了一辈子训斥","我的过失已经不可挽回",希望读者能从他的文字中,读出这些悔恨,代他弥补。

他还画了一幅自画像"严文井自剖",郑重地钤上了自己的印章,复印了好多张,分赠给同事和朋友。这幅自画像意味深长,嘴和脸都扭曲了,实际上是他内心痛苦的一种抒发,也可以说是他和同时代知识分子的一幅特殊的精神肖像。

在致小说《爸爸爸》的作者韩少功的信中，他写道："你描画的这个白痴现在一直在威吓我，令我不断反省我是不是一个上了年纪的丙崽"，还说要"警惕我自己"。

怀疑、自省之外，他的作品里还多了自嘲："我这个人太世故"；"我这个人很笨，也不太风雅……有点像《儒林外史》中的马二先生"；"我是个没有出息的作家"。他还说自己"没有才气"，"胆小，老怕说错话"，是"一个丑老鸭"，是"一只又干又皱的小小的苹果"。

只有睿智的人，才喜欢自嘲，也敢于自嘲。自嘲，恐怕也是拥有反思能力的一个标志。而在严文井的自嘲中，似乎还可以品咂出一丝苦味来。与同时代的作家相比，这一点格外突出。

1973年，严文井从"干校"返回北京，担任人文社临时党委书记，重新主持工作。在极"左"思潮仍甚嚣尘上的严峻局势下，他和韦君宜率领全社员工，在异常艰难中，克服重重阻力，逐渐恢复了编辑出版业务。一年以后，人文社的出书品种，便从二十七个迅速增加到一百二十三个。

1979年，在他和韦君宜的领导下，人文社在京召开了中长篇小说创作座谈会，几十个当时最活跃的小说作家出席了会议，胡耀邦、茅盾、周扬也莅临讲话。这次会议促进了作家的思想解放，对"新时期"文学创作产生了积极而深刻的影响。人文社成了文学界解放思想、繁荣创作的一个重镇。

1980年4月，人文社筹备编辑出版儿童文学刊物《朝花》，他对参与筹办的屠岸说："不要老是灌输'阶级教育'了……应该对少年儿童讲讲人性和人道主义。人道主义的旗帜为什么奉送给资产阶级？"

八十年代之后，中国文坛出现了新的格局、新的手法和新的气象。对于一些受到欧美现代主义、拉美魔幻现实主义文学影响的作家作品，

严文井在东总布胡同
46号家中书房里

有人茫然，有人忧虑，有人反对，更有甚者，还和阶级斗争挂上了钩，恨不得食肉寝皮。严文井却持一种欢迎态度。他爱读王蒙的作品，也爱读残雪的小说，觉得很新鲜，无论手法、结构还是语言，他都能接受。

他对许觉民表示，不知为什么，有人看了这样的作品就反对，还视为洪水猛兽，他们不懂得，文学艺术没有流派，是永远也不会发达的。许笑着对他说："你要是当起文艺的领导来，文艺一定会活泼了。"他说："那不行，我还得照别人说的话去说，不过，我个人的爱好，别人却无法来剥夺。"

1980年夏，他读了王蒙的被认为是在"搞现代派"的"实验小说"《海的梦》，立即致函作者，肯定和赞赏这篇具有浓郁诗意的作品，表示支持王蒙的创新。而写此信，是冒了"被侧目的危险"的，有人劝告他"何必表这样的态"。

对于引起很大争论的所谓"朦胧诗"，他认为，不能一概否定。他说"意识流"不是什么新玩意儿，所以他赞成作家写人物的内心独白。1982年，他写了《美，在变动中》一文，为文学创新，为尝试新的更好的艺术表

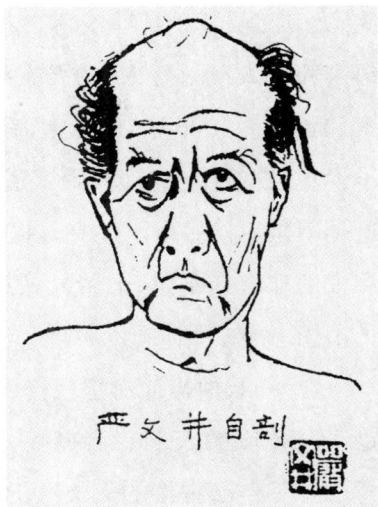

严文井自画像，意味深长，发人深思

现方式的合理性、必要性，进行辩护。他指出："大家都来探索，辨别，总比几个人的武断要强得多。"

严文井对文学创新的敏感、热情与期待，吸引了很多在文坛、诗坛十分活跃的年轻作家和诗人，汇集在他的身边。他们都刚刚在传统和成见的力量还很强大的文学界崭露头角，特别需要前辈作家的宽容、理解与支持。在他们眼里，能够阅读英语文学原著的严文井，是一个慈和而智慧的"文学保姆"。

他在东总布胡同的家，成了小说家李陀、陈建功、郑万隆等人经常光顾的"沙龙"。北岛、顾城、欧阳江河、杨炼、芒克等青年诗人，也是这里的常客。杨炼办理出国手续遇到了困难，还得到过他的帮助。

1985年8月，严文井在《文艺报》公开发表了致韩少功的信《我是不是个上了年纪的丙崽？》，热情地肯定和支持青年一代的小说创作和艺术思索。不料，此事被上边当做"资产阶级自由化"的表现，点了名。

然而，声称"听了一辈子训斥，也不喜欢任何人在作品里继续训斥我，尤其接受不了那些浅薄之辈引用自己并未读懂的中外圣人的只言片语来吓唬人或讨好人"的严文井，仍然继续关注和支持对小说艺术的探索和创新。1986年，他为上海文艺出版社、香港三联书店出版的《探索小说集》撰写了序言，其中写道："近几年，小说又发达起来了，我不知道这是不是一件好事。还有人提出了'探索'和'创新'种种说法，大有异端邪说的味道。不过，上帝既然恩赐了我们各自一个脑袋，各人也都不妨稍稍想一想。"

有一回，他当面对担任作协领导职务的人说："很多我们当年犯过的错误，你们还在犯！"说者痛心，听者亦不免有些惊心。

对于自己主持的人文社的工作，严文井并不是事必躬亲，而是相当超脱的。他放权、放手、放心地让部下和同事去干，是一种近乎"无为而治"的工作作风。

经了风雨、见了世面几十年之后，他对人，对人性，对人生的虚妄，对人的局限性和悲剧性，对政治，对历史，对政治的凶险，对历史的荒诞，认识得更深刻了、更透彻了。

他似乎获得了一种心智的澄明，有了一种大彻大悟，但又依然有深深的惶惑。他的幽默里，就有这惶惑在。

他写过一个年轻人，"他渴望美，却看见了丑，只有从丑恶与丑恶之间的缝隙中看到一些美。他感到困惑"。我觉得他写的，似乎就是他自己。

五十年代初严文井进京后，在被称为"大酱缸"的东总布胡同46号作协宿舍，住了很长时间。几番雨打风吹，他看到一些"高级作家"荣升当官了，一些"机灵人""弄巧成巧"或弄巧成拙地离开了，一些作家被放逐了，一些作家死去了。他了解当年"大酱缸"里的一贯行情，他熟悉那些风云人物，但没有写过他们，却怀着柔和的心，描写了从山西山沟沟里走出来，住进这里以后并不自在的"乡巴佬"作家赵树理。

他写了这位早已在全国大名鼎鼎的"土头土脑的老赵"，由于儿子没能分到上重点小学"育才小学"的名额而自打耳光、放声哭泣的自我发泄；写出了与一般都是三十年代在上海或北京熏陶过的可以称之为"洋"的有来历的"官儿们"相比，"老赵"在"大酱缸"里算不上个老儿的"二等公民"的地位。

这些发生在著名乡土作家赵树理身上的小故事，与时代的潮流相比，既不浪漫，也没有诗意，太鸡毛蒜皮、不值一提了。然而，它的真实性和严酷性，是令人战栗的。严文井就是这样，把某些被宏大历史叙事无意忽略或遮蔽了的真相，不动声色地赤裸裸地揭示给了人们。

读了这篇《赵树理在北京的胡同里》，先是略感意外，继而深长叹息，心酸不止。

去年的一天，和牛汉先生谈起严文井。他说："新时期以来，严文井可以说是大彻大悟。1980年《新文学史料》发了《从文自传》，那会儿有些人对沈从文还有偏见。楼适夷就不大以为然，说'我是《史料》顾问，为什么不征求一下我的意见哪？'严文井给我打来电话说，'发得好！'1989年周扬去世后，我到八宝山参加了追悼会，消息第二天见报了，严文井看到后给我打电话，说，'牛汉，你不应该去。周扬这个人，不可信。'我就对他说，'他不是忏悔了吗？不是当众流过泪吗？'严文井说，'他在延安就这样，善于表演，今天对你流泪，明天就可能整你。'"

当年在鲁艺，周扬对他是有"知遇之恩"的。但经过反胡风、整丁陈反党集团等等运动之后，他对"周扬整人的那套东西"，越来越不以为然，越来越反感。

他曾经想好好写写周扬，据说，甚至已经开了这样一个头："我怕你，我讨过你的好，但我不算你喜欢的前列干部，因为我是一个笨蛋……"但是，他又觉得，要写就不能含糊，得按照自己的看法、想法来写，但这样就可能永远也写不出来，写了又有什么用呢？

后来，在一篇题为《心债》（1997.8）的文章里，严文井提到，他欠周扬一篇文章，没有"公正地"既说说他的"好话"，也说说他的"缺点"。

> 权力左右的局势为十年。
> 智慧和机灵左右局势约为百年。
> 被真理左右的局势是永恒的，无论看起来是怎样变幻不定。

——他曾在笔记里写下了这样的看法。但又觉得，现实"难于把握"，"我的现实观也许是荒诞的"。他说自己"是乐观的"，是一种"悲观里的乐观"。

1996年5月22日，对到家里看望他的屠岸，他谈了很多，从五十年代后期在《人民文学》杂志，到'文革'中的见闻，还有自己的经历——

"……我算是副部级干部。'文革'前担任过作协党组副书记。后来，这个副部级没有了。作协不管。没有人承认。无所谓。一旦走了，骨头变成灰，风一吹，飘得无影无踪，那个副部级能在空中飘洒几时？哈哈！"

他边说，边用右手比划着，好像风正在吹着空中的骨灰。说到最后，他兀自笑了起来。

八十年代初，严文井以《散花》为题，写过一组寓言，颇为引人注目。虽然篇幅短小，但极精练，极耐人寻味。比如：

胆小的老兔子临终时要做一件勇敢的事，就是讲心里话。他小心翼翼地对小兔子讲狼是我们的敌人。随后又问："狼在不在附近？"

老虎暴虐，狼和兔子都抱怨，不敢说。老虎死了，兔子向狼去说老虎的暴虐，狼又不让。狼用老虎的皮蒙在身上，在百兽中更暴虐。

狗打架，打败了的狗找猫出气。

从这些内涵复杂深邃的寓言里，可以看到，在中国文学界，从噩梦中醒来的严文井，是属于较早走出思想禁锢和精神牢狱的那一部分人。他的理性开始成熟起来，从而具有了一种穿透力。《散花》既闪耀着文学的智性之光，又凝聚着高度的人生哲理和政治智慧。

虽然离休以后，他赋闲在家，深居简出，但头脑从未停止过思考。他的思考既是深刻的，又具有某种与众不同的超越性。有一次，他和来访的陈四益聊着聊着，突然激动起来，声音也提高了几度，大声说：

20世纪60年代，北京新鲜胡同小学少先队员听严文井朗诵自己的童话作品，《中国少年报》记者何秉洁摄

"人家总以为我是一个有思想的人，我也自以为不是一个人云亦云的人。但是，细想起来，我算有思想吗？我真的有自己的思想吗？没有，我没有自己的思想。"

他的女儿欣久，小时候有一回不肯吃饭，他一时生气，粗暴地打了她。女儿满脸泪水，哽咽着说："爸爸，我吃不下!"这可怜的模样和声音，一直烙印在他的心里，不断地折磨着他的良知，使他疚悔了很久。

很多年之后，他看到一群孩子为了取乐，残忍地打死了一窝小猫；又想起"文革"初期，一些十三四岁、戴着"红卫兵"袖章的女学生，凶狠地打死了不少女教师的往事，内心受到了极大的刺激。

他觉得，同情心，恻隐之心，是人性的重要元素。那一群为取乐而虐杀小猫的孩子，如果这种性情继续发展下去，他们很可能会变成残酷的人、残忍的人、残暴的人。如果他们当了支部书记或厂长之类，那将是非常可怕的!

因此他认为，要引导孩子们既要勇敢，又要富有同情心。要教育孩子们懂得，恃强凌弱，欺负幼小，是最可耻的!

八十岁的时候，他为自己几十年前的粗暴，郑重地向女儿道了一个歉。女儿对他说："我早已忘了。"

严文井是一个感情细腻，想象力丰富，文字精致、幽默、考究、充满诗意与音乐感的童话和散文作家。

我不知道自己能不能冒充一个作家。从十七岁到现在，五十多年都在干杂事，包括斗人和挨斗。我的作品很少，每种挑一本，加起来不到一公斤重，还比不上一棵大白菜。

1963年中国作家代表团访问日本,左一巴金,右一马烽,右二许觉民,右三严文井,右四冰心

我要在到达我的终点前多懂得一点真相,多听见一些真诚的声音。我不怕给自己难堪。

我本来就很贫乏,干过许多错事。

但我的心是柔和的,不久前我还看见了归来的燕子。

真正的人正在多起来。他们具有仁慈而宽恕的心,他们有眼泪,但不为自己哭。

这只是从他的一本书里,随意捡拾出来的两段普普通通的文字,写得多么优美,多么幽默,多么睿智和诗意!这样漂亮的文字,宛如草原上烂漫地绽放着的野花,在他的作品里俯拾即是。

他特别喜爱音乐,既爱听京剧,又经常独自欣赏西方古典音乐唱片,尤其喜欢听贝多芬、莫扎特、"老柴"、莫索尔斯基和花腔女高音。

和老友萧乾在一起时,他们谈得最多的,不是国事,不是文学,也不

是张三李四,而是音乐。萧乾谈贝多芬、德彪西,他谈"老柴"和莫索尔斯基。萧乾对音乐的喜爱,是他最欣赏的。他看到过沈从文听音乐的时候泪流满面。他有一个观点:"真正喜爱音乐,打心里欣赏音乐的人都是好人。"

他喜欢猫,养过各种各样的猫,还养过一个"猫家庭",猫"丁"兴旺的时候,大小猫共达七口之多。他给爱猫"欢欢"开鱼罐头,自己泡方便面。他还喜欢养花,喝酒,下围棋。

柔和,是他最爱用的一个词。"我的心是柔和的";"妻看着我,目光逐渐转向柔和";"别看他有时皱眉,他的心却很柔和";"我们的心很柔和,还要继续保持柔和"……我想:柔和,正是他与妻子、孩子、小猫在一起时的心境,也是他写童话时的心境,他听音乐时的心境,他慢慢吸着烟沉思时的心境。

这个从小就爱幻想,偏爱幻想事物和幻想故事,爱美,爱琢磨,喜欢观察,喜欢编故事,富有好奇心,单恋过一个连面都没见过的姑娘(她是个女高音,在北平大鹁鸽胡同,他每天黄昏听她练声)的童话、散文作家,对人,对小动物,对这个世界,在内心里,是充满了柔和、温存、细腻、浪漫的美好情感的。

有一颗柔和的心,体验了人生,体验了世界,去过苏联、埃及、波兰、日本、印尼等十几个国家的严文井,已经永远离开了这个他"爱过、恨过、希望过、失望过"的世界,在他喜欢的舒伯特的小夜曲声中,飘然远行。

据说,家里所设的灵堂,只摆着七八个花圈,显得寥落而又寂寞。但对于已在远行的路上的严文井来说,一切皆无所谓了,"一切都终归于没有",他自己这样说过的。

同事和朋友们曾多次劝他,尽快编辑自己的作品全集,他答曰"不急"。

有人问："你还等什么?"他答道:

"按照天文学、地质学、哲学的预测,地球是终归要毁灭的。在地球毁灭前夕,人类要做星球移民。在这次大移民中,人类的文学瑰宝,如莎士比亚的戏剧,托尔斯泰的小说,李白、杜甫的诗,曹雪芹的《红楼梦》……将会随同人类一起转移。但是不会轮到《严文井全集》。我急什么?"

严文井晚年常看佛经,最喜读《金刚经》。不但自己读,还推荐给别人读。他多次把《金刚经》中下面的这四句偈语抄写下来,送给朋友和来访者:

> 一切有为法,
> 如梦幻泡影,
> 如露亦如电,
> 应作如是观。

2006年2月5日于北窗下

2010年7月29日增补

绿原:诗之花在炼狱里怒放

是又一名哥伦布对海洋的祈祷
是折翅苍鹰对悬崖的追求
是最难溶化的信念的一撮沉淀
是最难实现的志愿的一层蒸馏

原来只知道绿原是"七月派"诗人,但没读过他的诗。直到1986年3月,参加全国第一届冯雪峰学术讨论会,师兄王富仁在提交的论文《冯雪峰与无产阶级革命文学运动》开头,征引了绿原这节诗,才发现:他的诗,原来写得这么好!

绿原以《炽热,纯青,肃穆,高洁》为题,也写了一篇研究冯雪峰诗歌创作的论文,对雪峰诗风的概括非常深刻精到,是诗人对诗人"心有灵犀"的体悟和解读,一般研究者恐怕是难以做到的。那时,绿原还在人文社工作,大约会议结束后不久,他就从副总编辑岗位上离任了。

我找到他和牛汉编的"七月派"诗人的选集《白色花》,以及他自己的诗集《人之诗》来读。《白色花》选了他九首诗,第一首是写于1940年12月

中华人民共和国成
立初期,绿原(左)和曾
卓在武汉合影

的《憎恨》,语言清新,意境朦胧:"不问群花是怎样请红雀欢呼着繁星开
了,/不问月光是怎样敲着我的窗,/不问风和野火是怎样向远夜唱起歌
……//好久好久,/这日子/没有诗。"怀着青春的浪漫和柔情的年轻诗
人,在这首诗的最后,表达了自己的愿望:"不是要写诗,/是要写一部革
命史呵。"

　　这是他刚开始写诗的"童话时期"的典型诗篇,其中有新鲜的意象,
亦不乏稚嫩的"童音"。"有一天,/这世界太平了:/人会飞……"(《小时
候》)天真烂漫,纯然是一派孩童口吻。在短诗《愿》(1943)中,他写道:
"愿诗与现实互相溶解"。果然,到了抗日战争后期和解放战争时期,他
开始写起了热烈拥抱现实的政治抒情诗。

　　那时的国民党统治区,处在一个濒于崩溃和趋于疯狂的时刻,犹如
一座"失火的森林":济慈的夜莺和雪莱的云雀早已飞走了,也见不到布
莱克的虎和里尔克的豹,只剩下"一匹受伤的狼,当深夜在旷野中嗥叫,
惨伤里夹杂着愤怒和悲哀"。年轻的诗人绿原,由于无法忍受现实生活
的沉重压迫而发出了激切的控诉,因为与社会现实的丑恶和罪恶进行血
肉搏斗而喊出了猛烈的呼号和诅咒。

绿原、牛汉编《白色花》
（二十人集），封面设计牛汉之
子史果，人民文学出版社1981
年8月出版

在《给天真的乐观主义者们》一诗中，他激愤地写道："大街上，警察推销着一个国家的命运……"他还痛苦地质问："呼吸在战争下面的中国人民，有多少个愉快，有多少个凄惶？""在中国，谁能快乐而自由？"长长的直白的诗句，急骤的节奏和粗悍的语言，痛愤、激烈而又焦躁的情绪，就像滚滚而来的泥石流，排山倒海，汹涌澎湃，势不可挡，有一种与黑暗、邪恶和朽腐的现实同归于尽的精神气概。

类似的诗，还有《破坏》、《终点，又是一个起点》、《咦，美国！》、《悲愤的人们》、《复仇的哲学》、《伽利略在真理面前》、《轭》、《你是谁？》，等等。其中有一些，曾经在北平、上海、武汉、重庆等地青年学生举行的规模不同的集会上，被反复朗诵过，对国统区反内战、反饥饿、反压迫的学生运动起到了激励、鼓舞和号召作用。

1948年，他写的《一个什么在诞生》，简直就是对即将诞生的新中国的预祝和期待。1949年初，他写了《中国，一九四九年》，欢呼1949年的春天，预感到从此开始，中国将进入一个新的历史时代。

1949年5月,胡风对绿原说:"你所欢呼的时代来了,希望我们的朋友都有礼物献给这个时代。"1949年底,绿原又写了《从一九四九年算起》,抒发迈入"幸福年代底进口"、"新纪元底大门"的激情和喜悦。胡风则写下了长达三千多行的著名长篇抒情诗《时间开始了》。

对于绿原来说,选择了诗,就是选择了一种人生;写诗,成了他的一种生活方式。在《诗与真》(1948)一诗中,他写道:"在人生的课堂 / 我选择了诗";"人必须用诗找寻理性的光 / 人必须用诗通过丑恶的桥梁 / 人必须用诗开拓生活的荒野 / 人必须用诗战胜人类的虎狼 / 人必须同诗一路勇往直前 / 即使中途不断受伤"。

正如他在这首诗里所说,"我和诗从没有共过欢乐 / 我和它却长久共着患难"。到了革命胜利以后的五十年代,绿原竟然和他的诗友们一起,为了诗,而受难了。

1980年,他与牛汉合编了一部"七月派"诗人的选集,对于书名《白色花》,他专门做了解释,说是借用了诗人阿垅《无题》诗中的一节:

> 要开作一枝白色花——
> 因为我要这样宣告,我们无罪,然后我们凋谢。

他在《白色花》序言里写道:"作者们愿意借用这个素净的名称,来纪念过去的一段遭遇:我们曾经为诗而受难,然而我们无罪!"

阿垅的这首《无题》诗,写于1944年9月9日。十年之后,"七月派"的诗人们便全部成了"胡风反革命集团"的成员,身陷囹圄。真是一语成谶!包括绿原在内的"七月派"诗人的悲剧命运,不幸被阿垅的诗句言中了。

1953年初,武汉的《长江日报》停刊。在报社担任文艺组副组长的

1947年秋,路翎(前左一)与友人阿垅(前右一)、冀汸(前右二)、化铁(后左一)等在南京栖霞山

绿原,调进北京,到中共中央宣传部国际宣传处工作。

1955年的5月13日,《人民日报》发表了舒芜的《关于胡风反党集团的一些材料》,编者按语指出:"路翎应该得到胡风更多的密信,我们希望他交出来。剥去假面,揭露真相,帮助政府彻底弄清胡风及其反党集团的全部情况,从此做个真正的人,是胡风及胡风派每一个人的出路。"

这个经党和国家的领袖毛泽东修改的按语,犹如晴天霹雳,震动着绿原的心,也摇撼了、改变了他和朋友们的命运。

吃过晚饭,住在东城细管胡同的路翎,来到住在天安门附近石碑胡同的绿原家。路翎在中国青年艺术剧院工作,是著名的小说家,友人阿垅称他为"勤奋的天才"。他和绿原都是胡风主编的《七月》杂志的作者,又都参加过胡风撰写的"三十万言书"(即《关于解放以来的文艺实践情况的报告》)的起草、讨论和修改。

由于家里地方窄小,孩子吵闹,他们离开家,一起向天安门广场走

1951年,绿原(左)和胡风(中)、冯白鲁在武汉合影

去。在昏黄的路灯下,两个人迎着徐徐吹来的春风,慢慢地走着,交谈着。

春天即将过去,马路上行人无多,车辆也极稀少,一切都显得安宁而正常。事情到底严重到何种程度,内心深处都有些忐忑不安的绿原和路翎,也许,仍然没有、也不可能察觉到。

这个古都的暮春之夜,在他们看来,与以往的夜晚相比,并无什么不同。然而,一场巨大的灾难,对于路翎来说几乎是灭顶之灾,正在向他们的头上压下来。

隐没在街市远方的天际线下面,一团团浓密的乌云,正缓缓地向上涌动。

路翎胸有成竹地对他说:"明天我就交信,什么都可以交出去。我不相信,有什么不可以摆在光天化日之下来谈的。"接着又有些沮丧地说:"我简直跑不赢。刚想通了'小资产阶级',接着是'资产阶级'!刚想通了'反马克思主义',今天又来了'反党'!说不定还会变成'反革命'的!"

绿原觉得,路翎似乎并不相信会被戴上"反革命"的帽子。他们约定,

第二天就把信交出去，没有什么不能公开的。然后，两个人匆匆告别。

没想到，这一别就是二十多年。

第二天，绿原向中宣部领导交出了历年来胡风写给他的所有信件，之后被停职反省，奉命回家写交待材料。17日，部里来电话，叫他带着交待材料去谈话。和他谈话的，是中宣部常务副部长张际春，在座的还有林默涵等人。张宣布对绿原实行"隔离反省"。又说："不忙检讨，先讲事实，把事实讲清楚再说。"

从这一天起，绿原就在风景如画的中南海里，完全丧失了人身自由。他被关在不久前去世的中宣部副部长凯丰的办公室里，由中央警卫局的两个人看守着。

他所做的，只是低头认罪，坦白交待。他抱着周内、月内、年内"可能解决问题"的幻想，开始了没有结果的"交罪认罪"的过程。就像那个推巨石上山的西绪弗斯一样，推上去，又滚了下来，再推上去，再滚下来，他似乎不知道何时能够完结。

这位1948年就加入了中国共产党的诗人，这位讴歌过中南海里"伟大的心脏"的诗人，赞美过睡梦中幸福宁静的北京的诗人，这位把革命比作"快乐的火焰"，在诗中唱着"烧吧，火焰，快乐的火焰，/我们把心投给你，/我们把血浇给你，/让我们成为你的一部分吧"的诗人，自此，便喑哑了歌喉，"心灵和诗一起逃亡了"。

1954年，在写给妻子的《小小十年》一诗里他曾写道："别让花香鸟语迷住我们/别让小桥流水绊住我们/别让贫贱的风霜打蔫了我们/别让苦难的雷电拆散了我们"。时间仅仅过了一年，"苦难的雷电"就把他们拆散了。

7月，他被押送到西单大磨盘院的中宣部宿舍，单身监禁在一间空屋里。公安部来人审讯他的所谓"胡风反革命集团"，以及"中美合作所"

绿原的第一本诗集《童
话》,由胡风编入"七月诗丛"
第1辑,(桂林)南天出版社
1942年12月出版

问题。一次上厕所,看见地上有一张《人民日报》——他已有个把月没看报、没听广播了,对外界的政治气候一无所知——便把报纸捡起来,浏览之后,发现上面有一篇著名学者钱××写的批判胡风的文章。

读着、读着,他忽然发现了这样一句:"……想不到胡风集团藏有美蒋特务。"谁是"美蒋特务"? 他想起1944年在复旦大学外文系读书时,曾和其他同学一起,被征调到来华参加抗日远征军的美军中去当译员。受训期间,因未集体参加国民党,被认为"有思想问题",又被改调到"中美合作所",后经胡风帮助才脱了身。

莫非当时写给胡风的信里,谈及此事的文字,产生了这样天大的误会?

他当即通过看守,请求和公安部的审讯员谈话。审讯员反问他:"你知道这是说的你? 胡风集团每个人的政治历史你都清楚?"后来又直截了当地问道:"你什么时候从那里出来的?"

"我根本就没有到'那里'去过!"绿原坚定地回答,随后又情绪激动

1985年,绿原(左)与邹荻帆(右)、曾卓在武汉黄鹤楼

地补了一句,"要凭那封信把我打成特务,我死不瞑目!"

审讯员呵斥道:"是就是,不是就不是。不准对组织发誓!"

1944年5月13日,绿原在一封给胡风的信中写道:"我已被调至中美合作所工作,地点在瓷器口,十五号就到差;航委会不去了。"只是由于信中的这么一段话,他就被当做了在臭名昭著的重庆"中美合作所"效过力的"美蒋特务"。

在公布关于"胡风反革命集团"的第三批材料时,《人民日报》所加的编者按语指出:"'中美合作所'就是'中美特种技术合作所'的简称,这是美帝国主义和蒋介石国民党合办的由美国替美国自己也替蒋介石国民党训练和派遣特务并进行恐怖活动的阴森黑暗的特务机关,以残酷拷打和屠杀共产党员和进步分子而著名。谁能够把绿原'调至'这个特务机关去呢?特务机关能够'调'谁去工作呢?这是不言而喻的了。……可是,一九四八年初他就由另一个胡风骨干分子曾卓介绍为共产党员,打入了地

下党的组织。后来绿原突然潜逃。武汉解放时又突然回到武汉,与曾卓一起自称是'共产党',接收'大刚报'。一九五〇年再度钻进党来。"

仅仅根据十年前的一封信,就做出以上罔顾事实、无中生有的判定,很明显,是为了人为地加重"胡风反革命集团"的"罪行"。

1939年,在湖北恩施"湖北联中"读书的绿原,开始向远在重庆的《七月》杂志投稿。三年后,他结识了杂志的主编胡风。此前,他的第一本诗集《童话》,已经由胡风编入"七月诗丛"第1辑出版。1944年5月,他得到把他由"航委会"改派到"中美合作所"的消息后,马上写信向胡风求助。

白天把信寄出后,晚上他就迫不及待地去见胡风。胡吓了一跳,说"这地方可去不得",并建议他立即逃离重庆(复旦大学当时在重庆),还给他写了一封信,让他去找小说家何剑薰。何于是介绍他到川北岳池的一个中学教英文。这就是他被当做"中美合作所美蒋特务"的由来。

1956年3月,绿原被转入东总布胡同。大约到了这一年的夏末秋初,"交罪认罪"的过程总算是告了一个段落。在审讯者的种种心理攻势下,他终于"交了罪又认了罪","承认了'反革命'",审讯者也就不再来了。然而,他每每午夜醒来,不能不心惊肉跳,难以重新入眠。

刚开始单身监禁时,他整天捏着手指呆呆地静坐着,脑袋里时而一片空白,时而思绪纷乱。但是,谁能强迫思想也静止不动呢?忽然,有两句诗闪现在脑海里:"我的心是个纸折的灯笼/里面燃起了一朵小小的风暴。"后来据此写成了《手语诗》。

在不足十平方米的囚室里,几乎每天,他都沿着对角线,走过来,再走过去,有时候停下来,或是蹲下身,低头看从土缝中爬出爬进的蚂蚁,或是抬起头,听由屋檐下飞向天空又飞回来的燕子的呢喃和翅膀拍击空气的声响。

日子一天一天挨过去。有一天,他站在窗前,看到囚室外的一株马

1984年,绿原(中)和艾青、高瑛夫妇在广东经济特区合影

缨花悄然开放了。僵冷的心底,冒出了一丝暖意。后来,在1959年写的诗《又一名哥伦布》中,他摄入了这个难忘的镜头。

他觉得,自己就是"也告别了亲人/告别了人民,甚至/告别了人类"的"又一名哥伦布"。"没有分秒,没有昼夜/没有星期,没有年月";"再没有声音,再没有颜色/再没有变化,再没有运动"。他"凝视着千变万化的天花板/漂流在时间的海洋上",仍然坚信"一定会发现一个新大陆"。

11月,他又被转入西城安福胡同,仍为单身监禁。安福胡同的这个四合院,由一个班解放军士兵看守,他们全部身着便衣。

有一次,突然传来看守的大声呵斥:"把他扣起来!"他仔细一听,还有一个沙哑、急促、并带着几分愤怒的声音:"我要你们给我去买!"

这声音是多么熟悉,原来是路翎,他也关在这里!后来,又渐渐知道,除了他和路翎,这里还关着徐放、谢韬、严望等几个"胡风分子"。

1998年，在马其顿举行的斯特鲁加国际诗歌节上，绿原被授予金杯奖

　　在关押期间，他们的房间经常调整。有一段时间，路翎就住在他的隔壁。他发觉，路翎不读书，也不写字，每天二十四小时，除了吃饭、解手、睡觉，就一直坐在靠墙的桌子旁哼哧着，像钟摆一样，单调而又不停歇地哼哧着，哼哧着。

　　初听时，绿原感到毛骨悚然，久而久之，他觉得，在"无限空间的永恒沉默"之中，这哼哧声，似乎是不可缺少的。

　　一天，绿原仿佛听到隔壁传来了叩墙声，很微弱，若有若无。过了一会儿，又响起来。他就试着回叩了一次。啊，那边的路翎好像是听到了。此后，这一对难友，每天就以这种独特的方式，"问好、交谈、聊天"，进行着"灵魂的交流"。

　　有一回，绿原和路翎正在进行着"交流"，忽然，隔壁轻微的叩墙声，变成了重重的"嘭"的一声。原来，路翎叩到后来，忍不住了，栗凿就变成

了愤怒的拳头。

院子里的看守立即冲进他的牢房,大声喝问:"怎么回事?怎么回事?"路翎似乎没有作声。之后,一切复归于平静。

突然有一天,隔壁的哼哧声变成了嚎叫,那是"一直不停的、频率不变的长嚎,那是一种含蓄着无限悲愤的无言的嚎叫,乍听令人心惊胆颤,听久了让人几乎变成石头"。

按照规定,关押在这里的几个人是不能见面的,上厕所的时间也要错开。但是,绿原有一回被带着上厕所,竟然迎面碰上了刚从厕所里出来的路翎。

暌别几年,路翎简直变了一个人:蓬头垢面,胡子拉碴,一脸怪笑,半举着双手,有如那个漂落到荒岛上的鲁滨孙。

路翎的精神,已经完全崩溃了。

1960年8月,听说看守他们的解放军要回部队去参加生产,于是,把他们这几个人转移到秦城监狱,继续关押。

到秦城监狱后,他和徐放、谢韬、严望被关在可以押送到大田去劳动的丙区。多年后才知道,路翎被关在距离丙区较远的乙区,那里管制更严格,只能在围墙内劳动,并经常受到一些老牌犯人的刁难和欺凌。

在秦城监狱,绿原再也没有见到路翎,因而并不了解他在大墙内的悲惨遭遇。

据说,离关押路翎的牢房比较近的囚犯,几乎每个夜晚,都能听到路翎发出的悠长的嚎叫:

"秦——始——皇——"

"嗷——嗷——嗷——我不(是)反革命——"

在深夜里,很多人常常都被这凄厉、悲惨、绝望的喊叫声惊醒。这叫喊声,就像在旷野里,一只受了伤的野狼的嗥叫……

绿原和罗惠:人生携手之
初,1944年于四川岳池

这无限悲愤的嚎叫,"乍听起来令人心惊胆战,听久了,则让人几乎
变成石头"。(绿原语)

度过了单身监禁初期最痛苦、最难以忍受的煎熬之后,绿原已经悟
出:绝不能像路翎那样,让苦难把自己给毁灭了,必须"自己救自己"!

"我不再发誓不再受任何誓言的约束不再沉溺于赌徒的谬误不再相
信任何概率不再指望任何救世主不再期待被救出去于是——大海是我
的——时间是我的——我自己是我的于是——我自由了!"在《自己救自
己》一诗中,他这样写道。

为了精神不至于崩溃,为了在汹涌而来的"时间洪水"中不至于沉
没,他决定通过读书学习,来度过没有尽头的囚禁岁月,来排遣无穷无尽
的忧伤和纷乱的思绪。他先托看守人员给妻子捎信,请她送来一箱自己
买了没来得及读或者没读完的外语书籍,有狄更斯全集、巴尔扎克和莫
泊桑英译作品集、杰克·伦敦著作的单行本、托尔斯泰《战争与和平》的英
译本,以及包括克鲁普斯卡娅《列宁回忆录》在内的几本俄文书。

半年多之后,他就把这些书看完了。他又想温习代数、几何等中学

1979 年，绿原（左）和夫人罗惠看望回到北京不久的胡风

课程，还曾想进一步研习过去学过的法语或者俄语。结果学起了从未沾过边的日语。学了一两个月，觉得日语太难学，只好放弃了。

他转而又想，自己之所以遭此厄运，皆在于文艺思想上的"反马克思主义"，何不好好学学德语，认真读几本马克思主义经典原著，弄明白自己究竟是怎样在"文艺与政治的歧途"失足的呢？

他给自己定了一张时间表，像茨威格小说《象棋的故事》中的主人公在狱中自学象棋一样，下定决心，抓紧每分每秒，自学德语。他又托看守人员告诉妻子，给他送来了一些工具书和读物，如德汉、德英词典，德英、德俄对照语法，德语、英语版马克思、恩格斯著作两卷集，以及多语版《和平民主报》。

就这样，一个人在囚室里，既无老师，又无同学，独自学起了德语。

转押到秦城监狱后，他们还经常和也关在这里的国民党战犯如黄维、沈醉等人一起，参加体力劳动。黄维在德国留过学，德文水平很高。绿原就向他请教，一张口念德语，黄维就笑了，说："你这个德语，大概都是从书本上看来的吧……"

1947年，年轻的诗友们相聚于武汉黄鹤楼，前左一邹荻帆，中为罗惠，右一冀汸，后左二曾卓，左三绿原

从1956年到1962年，身陷囹圄的绿原，默默地研修德语，长达六年之久。朝露夕岚，夏雨秋霜，有谁能知道，他一个人，在狭小逼仄的囚室里，在日复一日、年复一年、失去自由的生存和挣扎中，是以怎样的精神、怎样的毅力、怎样的耐性，咬住牙关坚持下来的？

经过持续不断、毫不懈怠的努力，不知不觉，绿原已经能借助词典，阅读《共产党宣言》和《费尔巴哈和德国古典哲学的终结》等比较艰深的德文原著了。他的这种巨大的意志力和韧性，不能不令人叹服。

出狱之后，他先后有《浮士德》、《里尔克诗选》、《黑格尔传》、《叔本华散文选》、《茨威格散文选》等多种翻译作品问世。他署名"刘半九"的译作——勃兰兑斯的《十九世纪文学主流》第二分册《德国的浪漫派》，我在北师大读书时，就买来认真阅读过。

歌德的诗剧《浮士德》，是一部韵体格律严谨的名著，向称难译。有

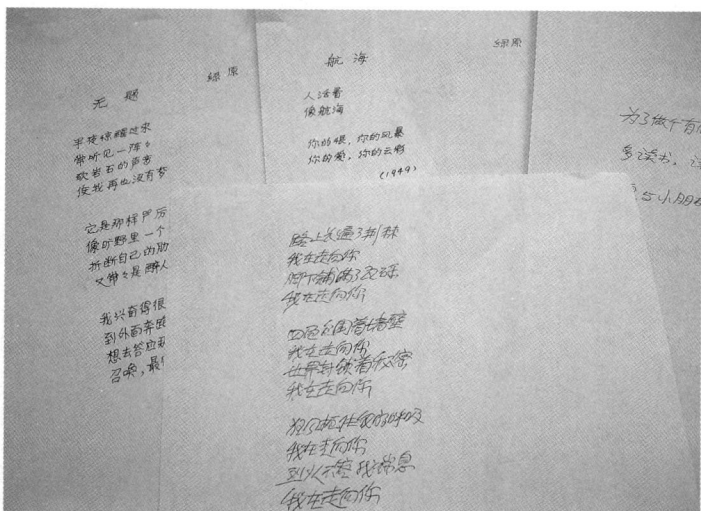

绿原诗稿

一个英译本，竟曾被讥为"将音乐译成语言"。周学普、郭沫若、梁宗岱、董问樵、钱春绮等人，都译过中译本。绿原不畏艰辛，继续加入了被他称为"奔向《浮士德》真谛的这场'接力赛'"中。为了更好地传达原著的意蕴，他大胆采用散文形式，只保留了一小部分韵体。他的这部《浮士德》新译本于1994年出版后，受到好评，还被教育部全国高等学校中文学科教学指导委员会，列入"高等学校中文系本科生专业阅读书目"之中。

1962年6月，公安部以"免予起诉"的审理结论，将绿原释放。一出狱，他就立即给中宣部写信。中宣部副部长林默涵约他谈话，安排他到人文社编译所工作。谈到在狱中自学德语时，林对他说："这几年隔离也有好处，学到了一门外语。要是在外面，像我们这样忙忙碌碌，那是很难学到什么的。"

到人文社编译所后，他的任务是接替冯雪峰编"五四"新诗目录，也翻译德语古典文论，还审读社外专家的译稿。他审读的第一部稿件是朱

80年代,"七月派"的朋友们相聚于北京,前排左起鲁藜、曾卓,后排左起徐放、杜谷、牛汉、冀汸、绿原、路翎

光潜翻译的莱辛的《拉奥孔》,朱虽译笔老练,但因年迈力衰,仍有不少顾及不到的误译。他用铅笔在原稿上一一改正后,写了一份请译者斟酌的处理意见,由社办转给负责推荐此稿的社科院外文所。外文所负责人冯至认为"意见相当中肯",还向出版社打听是谁提的意见。

这个在狱中自学德语的人,德语水平究竟如何呢?外文所把他译的文字古怪的让波尔的《美学入门》的一章,送给著名学者钱锺书审阅。钱看完后,写下了这样的评语:"译得很忠实,有些地方颇传神,只是'性'字太多。"

这一评语,使绿原在翻译界有如领了一张通行证。此后,他署名"刘半九"的译作,就频频出现在一些著名杂志上。

"文革"中,他的命运和冯雪峰、孟超、牛汉、舒芜们一样,关"牛棚",

绿原出狱后不久留影

上"干校",挨批斗,写检讨,写交待,劳动改造……

1974年底,"干校"的人都走空了,他才和社里的一个工人,奉命负责押运没有带走的公家的家具,最后离开湖北咸宁,回到北京。

绿原的遭遇,也殃及了家人:妻子罗惠1955年认定他不是"特务",在工人日报社遭到专案组人员的辱骂和殴打,1957年又被划为"右派",下放到工厂,从事重体力劳动多年;两个儿子在内蒙古插队多年,1977年恢复高考时参加考试,虽然成绩优良,却因父亲的所谓"胡风问题",被拒之于大学门外;小女儿作为"可教育好的子女",单身一人下放到青海牧区,也由于父亲的所谓政治问题,尝尽了人生的苦楚,最后只能拖着病弱之身,回到父母身边……

1979年1月,由死刑改判无期徒刑、身患精神分裂症的胡风,在四川恢复了自由。1980年3月,被允许回京治病。绿原知道消息后,给胡风写了一封信,很快就收到了胡7月1日在医院给他的回信。信中说:

　　看到信后更觉得你善于处理自己和家务。更佩服的是你把德文学好了。……包括你夫妇在内,生者如路翎,我的负疚心情是无法表达出来的。……你为路翎托一位同志从美国买回特效药来,这事使我很感动。你第一次去见路翎后,牛汉兄说我们这些活着的人要多去看看路翎,把他失去的魂召回来。你们这样关心一个战友的感情实在宝贵,使我也禁不住不胜感激。

绿原和妻子捧读此信,仿佛聆听空谷足音,禁不住热泪涌流。

"我跑到一个沼泽里,芦苇和污泥绊住了我,我跌倒了,我看见我的血流成了一个湖。"(《神曲·净界》)后来,绿原在一篇谈及胡风的文章中,提到了但丁的这句话。这段文字曾被胡风引用在他的《论现实主义的路》一书扉页上。

在另一篇文章里,他写道:"里尔克在他的《罗丹传》卷首,引用了爱默生的一句话:'英雄就是被置于中心而岿然不动的人。'胡风先生就是这样一个人。"

1979年,绿原被邀请出席第四届全国文代会,并恢复了写作的权利。1980年,中共中央下发了为"胡风反革命集团"案平反的第76号文件。年底,他写了《献给我的保护人》一诗。1982年,他出访了联邦德国。1984年,又参加了中国作协组织的"作家访问团",赴深圳、珠海经济特区参观、考察。

绿原说:"唯愿一切苦难都带来好处。"他的"逃亡"的"心灵和诗"又归来了,他找回了"失落的歌"。经过了二十多个春秋的摧折,他的诗并没有死亡,而是深埋在了心底,只是没有写出来发表而已。

他把在单独囚禁时和坐"牛棚"期间所写的,很偶然地留存在练习本上的诗抄出来,寄给报刊发表了。其中的《重读〈圣经〉——"牛棚"诗抄第n篇》(1970),宛若一朵开在地狱里的诗之花,震动了诗坛,也震撼了

1982年11月,胡风(前排中)八十寿辰,与前来祝寿的路翎(前左二)、绿原(后左一)、牛汉(后中)等友人合影

读者的心。

今天,耶稣不止钉一回十字架,

今天,彼拉多决不会为耶稣讲情,

今天,玛丽娅·马格黛莲注定永远蒙羞,

今天,犹大决不会想到自尽。

…………

"到了这里一切希望都要放弃。"

无论如何,人贵有一点精神。

我始终信奉无神论,

对我开恩的上帝——只能是人民。

绿原在《长江日报》编辑部

诗抒写出苦难处境中的极度绝望和痛苦，也记下了对苦难的抵抗和思考。诗人以人类文化历史为坐标，在广阔的时空一任诗思自由地飞舞。这是人的高贵的精神和灵魂对于苦难的超越。

诗人在另外一首诗《给你——》(1980)中写道："更多的眼泪是流不出来的／更多的血郁积在内伤的脏腑里／喟叹是一种早已扑灭的病毒／梦则是资产阶级的一种奢侈品。"生存如此惨苦，现实如此荒谬，诗人以清醒的理性和坚强的意志，来穿透它，超越它，战胜它。他的意志力量是常人难以企及的。

诗中还说："回忆不过是远了、暗了的暮霭／希望才是近了、亮了的晨光。"即使在最艰难的时光、在最灰暗的日子，诗人也没有放弃梦想，他总是用"坚信"的光，用"希望"的盾，来照耀生命，来抵拒孤独、痛苦和绝望。

绿原是一个学者型诗人，他的外国文学和外语背景，使他的诗融涵了相当多的西方文化元素。这不仅使他的诗显得绚丽多彩，而且丰富了、加强了他的艺术表现力。与此相关的是，他的诗还具有鲜明的哲理

书房里的绿原

1982年绿原（右一）访问上海诸友，右二何满子，右三贾植芳，右四耿庸，右五任敏，右六王戎

性。但正如他自己所说，"诗要思想，不完全是思想"。诗人常常是以意象来表现哲思的。"昂贵的诗意"，"痉挛的雨"，"心跳的路灯"，"水晶的梦"……从他的这些词语的组合上，也可以看出这个特点。

1961年7月，精神已经崩溃的路翎，从秦城监狱被送进北京安定医院。对此，绿原毫无所知。

1964年初，病情略有好转的路翎被保释回家休养。他开始写申诉信，一年多就写了三十九封，有写给毛主席、周总理的，也有写给公安部的，还有写给什么"伊利沙白女王"的。终于，1965年11月的一天，他去邮局寄信时，当场被扭送到公安局，第二天再次被关进秦城监狱，旋即又被送入黄土桥安定精神病医院分院。

1973年7月25日,北京市军管会以"现行反革命罪",判处路翎有期徒刑二十年。之后,路翎曾先后被送到宣武门北京第一监狱塑料鞋厂劳动大队、延庆监狱农场大队,做捆鞋工等工作。1975年6月19日,路翎终于释放回家,在居民区里扫大街。

　　1979年,绿原找到芳草地路翎的家,探访阔别了二十四年的老友。劫后重逢,万端感慨的他伤心地看到,当年那个身材修长、英俊潇洒的路翎,已变成了白发苍苍、牙齿掉光的老者。绿原知道他平常都是抽用废报纸卷的烟叶,就掏出自己带来的烟,递给他一支。他点着后,只是闷着头抽烟,话很少,几乎是绿原问一句,他才说一句,而且面无表情,沉默得简直如同一块木雕。

　　路翎的妻子余明英在街道上补麻袋,还没回来。到了告辞的时间,路翎表示要留绿原吃饭,说"我们下挂面吧"。于是,烧开水,下挂面。煮熟后,盛到碗里,倒一点酱油,拌了拌,递给绿原。

　　两个人默默地,各自吃完了一碗酱油拌面。

　　回家的路上,绿原欲哭无泪。这个当年眉宇间总是透出一股俊逸之气,会游泳、会滑冰、会唱歌、会跳舞的风流倜傥的路翎,这个才华超群、具有巨大创作潜力的小说家,怎么会成了这个样子啊?

　　人生之哀痛,莫过于此!

　　后来,余明英曾告诉他,路翎在家里坐着坐着,常常会忽然站起来,走到户外去,大吼几声,再回来。说是有一股气堵在心口,如果不吼叫出来,他会憋得难受,感到窒息,坐立不安的。绿原立即想到,这不是当年那整天不间断的哼哧声、长嚎声的后遗症吗?

　　又过了十几年,噩耗传来:1994年2月12日早晨,家人发现,路翎躺在床前的水泥地上,满脸鲜血。他死于脑溢血。

　　这位受尽了折磨和摧残的杰出小说家,终于走完了苦难人生的漫漫长途。

苦难淬炼了绿原的诗，锻打了绿原的诗，成就了绿原的诗，然而，却无情地彻底地毁灭了他的同志和友人——被称为"未完成的天才"的路翎。

写到此处，不禁想起了照片上长着一双英气勃勃的大眼睛、有"美男子"之称的路翎；想起了胡风那宽阔的前额和紧抿的嘴角；想起了绿原在《胡风和我》一文开头援引的路翎的那句话，"他是因忠实和勇敢而致悲惨，并且是高贵的"；想起了写过"我们无罪，然后我们凋谢"诗句，在致审判员的信中写了"我可以被压碎，但绝不可能被压服"的话以后，于1967年3月21日瘐死狱中的阿垅；泪水顿时涌上眼睛，心中充满了愤懑、痛楚、悲凉和哀伤……

> 人活着
> 像航海
>
> 你的恨，你的风暴
> 你的爱，你的云彩

这是绿原写的一首短诗，题为《航海》，写于1948年。

2006年3月12日于北窗下

10月16日改定

孟超:"悲歌一曲李慧娘"

南渡江山残破,

风流犹属临安。

喜读箨庵补《鬼辩》,

意气贯长虹,

奋笔诛权奸。

拾前人慧语,

伸自己拙见,

重把《红梅》旧曲新翻。

检点了儿女柔情、私人恩怨。

写繁华梦断,

写北马嘶嘶钱塘畔。

贾似道误国害民,笙歌夜宴,

笑里藏刀杀机现;

裴舜卿愤慨直言遭祸端,

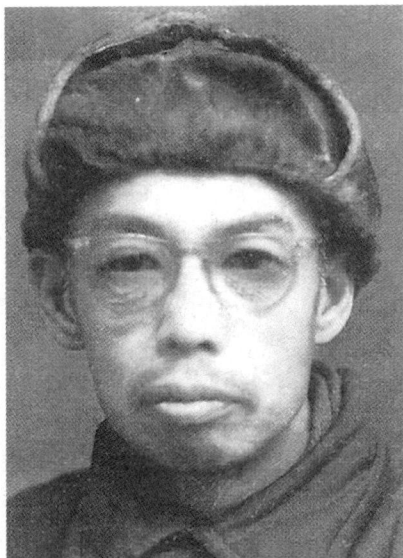

孟超像

快人心，伸正义，

李慧娘英魂死后报仇冤！

　　这是昆曲《李慧娘》"序曲"。《李慧娘》这出所谓"鬼戏"，凡经历过"文革"者，谁人不知，哪个不晓？

　　当年《李慧娘》上演之后，曾经红极一时，火得不得了。然而，曾几何时，忽又变成了"借古喻今"，"借古讽今"，"影射党中央"，"反党反社会主义"的"鬼戏"、坏戏，受到了猛烈的上纲上线的政治批判，编剧孟超和导演白云生，也因而被残酷地迫害致死。

　　孟超曾于1961年至1969年担任人文社主管戏剧的副总编辑。1991年3月，为庆祝建社四十周年，社里专门编印了一个纪念册，历届前任社级领导人的照片都印在前面。唯独孟超的那一张，与众不同：戴着一顶棉皮帽子，一脸苦相，不免让人联想到了他的不幸和冤屈……

风"起于青萍之末"时，他就开始挨整了。等到风"侵淫溪谷，盛怒于土囊之口"的"文革"一爆发，就更成了全党共诛之、全国共讨之的十恶不赦的坏蛋，受到了比人文社的"走资派"们严酷得多的批斗。

他先是被关进了"黑帮"集中的社会主义学院，后来又说黑帮们自斗、互相揭发不彻底，叫各单位领回去斗。各单位来人，把他们如驱猪狗，塞进卡车。孟超和韦君宜挤坐在一起，一群十三四岁的孩子，知道他就是写"鬼戏"《李慧娘》的孟超，在车下围着叫骂："孟超老鬼!"孟超连声应答："哎！哎！"

那群孩子又指着他的鼻子骂："你老反革命!老混蛋!"

他仍"哎！哎！"地应答着。

孩子们继续骂道："你认不认罪？不认罪活宰了你!"

在孟超连连的认罪声中，车才开走了。

回到社里，每逢别的地方开批斗会、来卡车要把他押走时，一听说车上有孟超，就会有小孩子跟在后头追喊："孟超，你是不是反革命?"他连声答应："我是反革命，我是反革命"，这才罢休。

有一天，人文社的"牛棚"，呼呼啦啦闯进一伙戴着红袖章的"红卫兵"，喝问："谁是孟超?"于是乎，孟超被揪了出来。"啪！啪!"红卫兵上来就是左右两个耳光，继而一顿拳头，随后又挥舞着鸡毛掸子，抽他的驼背。孟超低着头挨打，一声不吭。

在遭受了比"牛棚"里别的"牛"更大、更多的摧残之后，孟超1969年9月又被发配到湖北咸宁向阳湖"五七"干校劳动改造。由于他是"长期的永久的斗争对象"，谁也记不清他在"干校"里接连不断地挨过多少次批斗。

"孟超，你是中央专案，不归我管，我只管你的生活。"军代表边对他说，边把手伸过来，"来包'红牡丹'!"

孟超像，蒋兆和画

孟超每天都得向这位管他的"代表",供奉一包红牡丹烟。也许是这包红牡丹起了作用,他可以不下大田,有时只上菜地里去赶赶鸡。

到了后来,别的"历史反革命",乃至"现行反革命",都算是被"革"过"命"了,批斗过了,成了"死老虎"了;甚至那些"走资派",也被"革命群众""解放"了。而孟超,却依然被"挂在那里"。一次,竟让他搬到刚死过人的屋子里去住,说他是最不应该怕鬼的。

那时候,甚至连一些跟随父母去干校的小孩子,也都把孟超,作为戏耍、羞辱的对象。

孟超本来就瘦,聂绀弩说似乎没有人比他更瘦。经过了这样的折磨,他更加消瘦了,瘦得皮包骨,简直是"三根筋挑个脑袋"(牛汉语)。背也更驼了。后来他提水时,还把腿骨跌断了。

军代表恩准他去武汉治疗。治了好久,总算又能披着破棉袄,挂着青竹竿,在菜地边默默地走来走去,"呵嘘——呵嘘——"地赶鸡了。

最后,其他人都返回了北京,只剩下他和牛汉等"一小撮",依然被弃置在冷清的向阳湖。等到终于被允许回京后,没过多久,他就默默地死去了。他死在十年"文革"尚未收场的阴冷、沉闷、昏暗的前夜。

二十世纪四十年代前期曾与孟超一起,在桂林编辑杂文刊物《野草》的聂绀弩说:"孟超会写文章……谁知几十年之后,全国解放多少年后,大家有饭吃了以后,竟以会写文章而死!"

反右派运动结束后的某一年,孟超在王府井大街邂逅绀弩。老友相见,孟超上前拉着聂去喝咖啡。边喝咖啡,他边对聂说,咱们是不是应该办一个像《野草》那样的刊物啊?聂觉得他还像当年一样天真,"《野草》的时代过去了",搞得不好,还会讨一场没趣。分手时,两个人相约各向有关领导方面去摸底。摸的结果不得而知,反正事实是,并未出现什么

《李慧娘》剧中人物速写，
李克瑜画

"草"之类的杂文刊物。

　　谁又能够想到，天真而又乐观的孟超，内心充满了激情的孟超，写过诗、写过小说、还写过杂文的孟超，过了几年，怎么就突然写起了昆曲哪？

　　孟超认为，《李慧娘》是一出"抒发感情之戏"。他特别欣赏中国古代著名剧作家汤显祖的"尚情论"，以为，"情之纤细者微至于男女之私，放而大之，则义夫义妇，与国与民，散之四合，扬之寰宇，而无不足以使芸芸众生因之而呼号，因之而哀伤，因之而悲哭，因之而兴奋，因之而激发，因之而变为力量，形之于行动，潜移默化，似固无迹可寻者，然而动人心魄，励人进取，乃可泣鬼神而夺造化之功"。

　　因此，写《李慧娘》，正如他自己所说，不过是"借戏言志"，"借此英姿美丽之幽魂，以励人生"。写作《李慧娘》时的孟超，"义溢于胸，放情的歌，放情的唱，放情的笑骂，放情的诅咒；是我之所是，非我之所非，爱我之所爱，憎我之所憎，是非爱憎无不与普天下人正义真理契合溶结而为一"。

《李慧娘》演出剧照

然而，谁又能预料到，怀着一腔豪迈、壮烈的热情，"试泼丹青涂鬼雄"的孟超，最终竟因这出"鬼戏"而殒身丧命呢？

中国的很多地方戏曲里，都有一出戏，叫《红梅阁》(亦称《游西湖》、《阴阳扇》)。这戏实则肇源于明代剧作家周朝俊的《红梅记》。《红梅记》中的一个次要人物李慧娘，到了《红梅阁》里，被塑造成了一个"庄严美丽的灵魂，强烈的正义事业的化身"，因而深受观众的欢迎。

孟超也很喜欢这出戏。小时候，他便常于故乡的草台社戏，"得睹李慧娘之丽质英姿，光彩逼人，作为复仇的女象，鬼舞于歌场之上，而不能不为之心往神驰；形影幢幢，见于梦寐，印象久而弥深"。

他尤其喜爱周朝俊塑造的李慧娘。其大胆无畏的英姿，使他魄动魂惊，铭感于心，久难释怀。1959年秋，孟超偶感寒热，在家休养，"病榻凉夜，落叶窸窣，虫声凄厉，冷月窥窗，李慧娘之影象，忽又拥上眼前……"

昆曲剧本《李慧娘》,孟超编剧,陆放谱曲,颜梅华作图,上海文艺出版社1962年5月出版

于是,他找出《红梅记》,聊以自遣,又翻阅相关小说、史传、传说等资料,于反复吟哦之中,生出种种奇思异想,觉得倘以当时时代背景为经,以李慧娘、裴禹情感为纬,着重抒写李慧娘拯人、斗奸、复仇的正义豪情,"虽幽明异境,当更足以动人心魄"。

病好以后,他与对戏曲很有造诣的友人张真谈及此事,张深以为然,极力撺掇他重写此戏。不久,北方昆剧院负责人金紫光也听说了,更建议他写成昆曲。

1960年,孟超利用春节假期,以不能自已之情,一气呵成,形诸笔墨,写出了昆曲《李慧娘》的初稿。上班后,即交给了北方昆剧院。

1961年7、8两个月合刊的《剧本》月刊,发表了此剧初稿本。

这一年8月,北昆搬演《李慧娘》于首都舞台。

在《李慧娘》一剧中,孟超写的是:南宋末年,元军进攻襄樊,都城临安告急,而奸相贾似道却按兵不动,沉迷于声色犬马;满怀救国热情、不

畏权势的太学生裴舜卿,在贾似道偕姬妾游西湖时,当面痛斥他荒淫无道、误国害民;贾的侍妾李慧娘见此忧国拯民的磊落奇男子,不禁倾慕赞叹,脱口而出道:"壮哉少年! 美哉少年!"不料被贾似道听见,即令回府,凶残地将李慧娘杀害。又派人将裴舜卿劫持到相府内集芳园,准备害死。埋在集芳园牡丹花下的李慧娘,幽灵不散,化为鬼魂,救裴舜卿于危难之中,而且又以大义凛然之正气,怒骂卖国害民的贾似道,并一头把他撞昏在地上。

孟超新编的这出戏,成功地塑造了敢爱敢恨、憎爱分明、被害死后变为鬼魂复仇的李慧娘的艺术形象。经过导演、演员及剧组成员的通力合作和精湛的艺术创造,女主人公的形象在舞台上,更加光彩夺目、美丽动人,赋予此剧一种"全面的丰富、壮美的资质"。

演出后,立即引起轰动,观众、专家交口称赞,在京华戏曲舞台上,极一时之盛。

《光明日报》《人民日报》等首都媒体纷纷发表评论,予以热烈的肯定。廖沫沙应《北京晚报》记者之约,以"繁星"为笔名,8月31日发表了《有鬼无害论》一文,肯定这是"难得看到的一出改编戏",还指出:应当把戏台上的鬼魂李慧娘,看成是"一个至死不屈服的妇女形象"。

孟超在撰写剧本的过程中,多次向他的同乡、同学康生请教过。时任中共中央政治局委员、主管意识形态工作的康生,曾看过孟超的原稿,还提过不少修改意见。据说,李慧娘对裴舜卿的赞叹,原来是"美哉少年! 美哉少年!"根据他的意见,改成了"壮哉少年! 美哉少年!"剧院彩排时,他亲临剧场观看,又建议把李慧娘的鬼魂戴的蓝穗子改成红颜色。还说,此戏一定要出鬼魂,否则他就不看。

1961年8月,《李慧娘》在北京长安戏院公演。康生亲临观赏,并登台祝贺演出成功,与孟超及全体演职员合影。接着,他又致函孟超,说

《李慧娘》剧中人物速写，
李克瑜画

"祝贺该剧演出成功"。他全面肯定了《李慧娘》的编导、音乐和表演，说这是"近期舞台上最好的一出戏"，赞扬孟超"这回做了一件好事"，还指示"北昆今后照此发展，不要再搞什么现代戏"。

康生请孟超到他的宅邸"盛园"去，设家宴款待孟超，席间又极力地赞扬了一番《李慧娘》。

10月14日晚，康生特意安排剧组到钓鱼台，给即将率领中共代表团出国参加苏共二十二大的周恩来总理，专门演出一场。还派人派车，提前把孟超和李慧娘的扮演者李淑君，接到钓鱼台，设宴款待。董必武陪同周总理一起观看。演出结束后，他们上台表示祝贺，并与剧组合影留念。随后，康生又和孟超等剧组主创人员座谈，大讲特讲"改得好"，"演得好"，是北昆成立"五年来搞得最好的一个戏"云云。

孟超兴奋地遍邀人文社同事们去看戏。严文井边看戏，边对坐在旁边的楼适夷轻声说："你看孟超，老树开花了。"

古代文学编辑室的陈迩冬看过之后，填《满庭芳》词一首以示祝贺，

青年孟超在上海

题为《北方昆曲剧院上演孟超同志新编〈李慧娘〉观后》，发表于《光明日报》。上阕云："孟老词章，慧娘情事，一时流播京华。百花齐放，古干发新葩。重谱临安故实，牵遐思、缓拍红牙；撄心处：惊弦急节，铁板和铜琶。"

平时就"好说话，无论何时碰到他，他一定是在说话，以压倒别人的气势在说话"（聂绀弩语）的孟超，此时不无春风得意，和社里的同事说起上边这些事来，颇有点喜形于色、手舞足蹈。

然而，政治风云瞬息万变，一场大风暴在不知不觉中，悄悄逼近了。1962年9月，在中共中央八届十中全会上，党的最高领袖毛泽东特别强调："阶级斗争必须年年讲、月月讲、天天讲。"

一贯善于看风使舵的康生，在此前的一次会议上，就对孟超的女儿陆沉说："告诉你爸爸，别光写《李慧娘》，还得写别的东西。"十中全会召开前，他又送给孟超一张纸条，上边写着："孟超同志：请转告剧协同志，今后不要再演鬼戏了。"

1963年，报纸上开始出现批判《李慧娘》的文章，认为表现鬼魂形象的《李慧娘》是"鬼戏"，是"宣扬封建迷信"，是"借古讽今"，"影射现实"，"攻击共产党的领导和社会主义"。甚至有人说，李慧娘鬼魂的唱词"俺不信死慧娘斗不过活平章"，意在反对国务院总理周恩来。真是欲加之罪，何患无辞！

　　这一年3月29日，中共中央批转了文化部党组《关于停演"鬼戏"的请示报告》。这个"请示报告"要求全国城乡，一律停演带有鬼魂形象的戏剧，并特别指出，新编剧本《李慧娘》"大肆渲染鬼魂"，"评论界又大加赞美"，"提出'有鬼无害论'，来为演出'鬼戏'辩护"。中共中央的批转意见认为，"鬼戏"属于"在群众中散播封建迷信思想"。

　　《李慧娘》这出戏，从此被打入冷宫。

　　5月6日、7日，上海《文汇报》连续发表署名"梁璧辉"的长文《"有鬼无害"论》，对孟超的剧本《李慧娘》和廖沫沙的文章《有鬼无害论》，进行了措词严厉的批判。这是一篇颇有来头的文章，实际上是毛夫人江青，通过中共上海市委，授意中共华东局宣传部部长俞铭璜撰写的。

　　5月8日，在中共中央召开的杭州会议上，毛泽东提出："'有鬼无害论'是农村、城市阶级斗争的反映。"

　　曾经大肆鼓吹、极力怂恿排演旧戏、花旦戏和有鬼魂形象的戏的康生，表面上似乎仍在"宽慰"和"回护"孟超。不但请孟超到他那里去交谈，而且在8月11日的一次会议上还说："周扬同志告诉我，孟超写了检讨，其实不一定写检讨。"

　　中宣部文艺处曾派人赴上海进行了一番考察，写出了题为《柯庆施同志抓曲艺工作》的材料，刊登于这一年12月9日编印的内部材料《文艺情况汇报》上。三天后的12月12日，毛泽东在这份材料上做了如下批示："各种艺术形式——戏剧、曲艺、音乐、美术、舞蹈、电影、诗和文学等孟超著《水泊梁山英雄谱》，聂绀弩、张仃作序，张光宇插图，封面制稿尹凤阁，设计叶雨，生活·读书·新知三联书店1985年10月出版

等，问题不少，人数很多……许多部门至今还是'死人'统治着……许多共产党人热心提倡封建主义和资本主义的艺术，却不热心提倡社会主义的艺术，岂非咄咄怪事。"这个批示并没有给主管文艺工作的中宣部和文化部负责人，而是直接批给了中共中央书记处书记兼北京市委第一书记彭真，以及北京市委第二书记刘仁。

接着，翌年1月3日，刘少奇召集中宣部和文艺界三十余人举行座谈会，周扬在会上传达了毛的上述指示。当周扬说到停演"鬼戏"时，刘少奇插话说："我看过《李慧娘》这个戏的剧本，他是写鬼，要鼓励今天的人来反对贾似道这样的人，贾似道是谁呢？就是共产党。……《李慧娘》是有反党动机的，不只是一个演鬼戏的问题。"

1963年底，人文社曾经把孟超的工资，从编辑五级提高到编辑四级，经副社长兼总编辑韦君宜同意，上报批准。对此，江青批示道："谁同意给这个反党分子提级的？就有阴谋，要追查。"韦得知以后，吓出一身冷汗。到了1964年，孟超被"停职反省"。

孟超的学习体会和自我检
查手稿，写于 1954 年 5 月 20 日

　　1964 年夏天，在北京举行的全国京剧现代戏观摩演出大会上，康生在讲话中明确指出，《李慧娘》是"坏剧本"，昆曲《李慧娘》是"坏戏"的典型。还耸人听闻地说：孟超和廖沫沙要"用厉鬼来推翻无产阶级专政"，"李慧娘这个鬼说要报仇，向谁报仇？就是向共产党报仇！"他又反问道："为什么出现了牛鬼蛇神，出现了《李慧娘》这样的鬼戏？"

　　于是，孟超写《李慧娘》，成了一个严重的政治错误，而且一直久拖未决。"孟超"这个名字，在当时几乎成了一个妇孺皆知的符号，一个反革命的符号。"文革"来临后，孟超被揪斗，被毒打，被抄家，被关进"牛棚"，他所有珍爱的藏书都被抄走，他本人则受尽了非人的折磨和凌辱。

　　中共中央成立了孟超专案组，负责人就是翻云覆雨、权倾一时的康生。在他的授意下，专案组逼迫孟超交出了康生曾写给他的两封赞扬《李慧娘》的信。他保存的康生看完《李慧娘》首场演出后，与他以及剧组成员的一张合影，也被康生派人来强行拿走。

　　事情至此，康生仍不肯罢休，又诬陷孟超为"叛徒"，欲置之于死地。

江青也亲笔批示,说他是"一个重要叛徒,反革命分子"。

蒙此不白之冤的孟超,感到无比悲愤和万分冤屈。在走投无路中,他选择了以死抗争,服毒自杀。幸亏被家人发现,立即送进医院抢救。专案组的人对医生讲:"这是一个大叛徒,可不能让他死了!"他又被抢救了过来,继续承受没完没了的苦难。

他的家人也都受到了株连:夫人凌俊琪不堪其苦,身染重病,终于在1970年底,不治而逝;他的几个女儿,有的被发配到农村,交"群众监督劳动",有的被放逐到工厂,有的被无端批斗,无情折磨;女婿也跟着受难遭殃,四女儿孟健的丈夫、北京人艺著名演员方琯德,亦被打成"叛徒";他的几个外孙女,也皆因此而失学。

1902年3月1日出生于山东诸城的孟超,早于1924年至1927年在上海大学读书期间,就加入了中国共产党。毕业后,在上海从事左翼文化(文学)活动和工人运动。他是"太阳社"的发起人之一,热情倡导和鼓吹"革命文学"。1932年初,因在沪西组织工人罢工而被捕,判刑半年,之后转入苏州反省院,后由亲属保释出狱。抗战爆发后,他参加了第五战区的抗日救亡工作队。四十年代,他辗转于桂林、贵阳、昆明、重庆、香港等地,教书,编报刊,写作,从事革命文化活动。

抗战时期,他生活清苦,家里常常断炊。聂绀弩对他的第一印象,就是穷。在桂林,他一家租住在"马房背"的一个破木楼上,楼下是一个满塘臭水的莲花池。虽是两室一厅,但由于付不起房租,另一间屋转租给别人,一家四口挤在一个房间内。他和夫人以及两个女儿,都睡在一张大竹床上,没有办法,只好横着睡,孟超的一双脚只好奢拉到床外。

他必须写文章,赚稿费,来养活一家人。他写作有一个特点:不仅会写,而且出手极快。孟超平时不想写文章,也没有文章可写,能不写时就

1959年，孟超（二排右三）与康生（二排左八）、曹轶欧（二排左五）夫妇，以及梅兰芳（二排左六）等人观看青岛茂腔剧团演出后与演职员合影

《李慧娘》剧中人物速写，
李克瑜画

不写。他的文章都是别人"要"出来的。他不怕别人给他出题目，似乎天天在拍着胸脯说："你们出题目吧！"只要手里有管笔，笔下有张纸，屁股下面有张凳子，他的文章就来了。

孟超长着异乎常人的一对"倒凤眼"，眼角下垂，像一只向下弯的桃子。由于骨瘦如柴，文友秦似说他的体形，酷似鬼才李长吉。

虽然清瘦，他精力却很旺盛。有时埋首案头，只顾写作，还对朋友说："我不下楼，将来的文集，就叫'不下楼集'。"有时又一天到晚，这里、那里，到处跑个不停，逢会必到。朋友们赞叹说："孟超，你的精神真好！"

他则答曰："精神不死，哈哈，精神不死！"

他喜欢读野史和笔记小说，所以有个笔名叫"草莽史家"。其杂文亦别具一格。《野草》编辑部的几个同人，都喜欢用一些古怪的笔名。有一类仿用古人的双姓，据说始作俑者是绀弩。孔子有个学生叫澹台灭明，绀弩就起了个"澹台灭暗"。还说:"为什么要'灭明',我们就是要'灭暗'呀!"孟超起的是"南宫熹"。一个嫌不够,又起了个"东郭迪吉"。秦似的笔名则是"令狐厚"。

孟超有诗集《候》、《残梦》,小说集《冲突》、《骷髅集》,杂文集《长夜集》、《赤偓草》等作品印行,但最著名、也给他带来了极大声誉的,还是五十岁以后编写的昆曲剧本《李慧娘》。

有人觉得,孟超笔下的李慧娘,生前懦弱,死后坚强,虽然很感动人,但毕竟虚无空幻,寄希望于渺茫,也难免有过屠门而大嚼,聊且快意,而无补于现实。孟超却认为,李慧娘生前受尽压迫凌辱,白刃当前,而敢与权奸拼死斗争,染碧血,断头颅,宁死不屈,化为幽魂,不仅为个人复仇雪恨,而且救出自己倾心钟情的裴舜卿,并以黎民为念怀,不忘涂炭之生灵,"如此扬冥冥之正义,标人间之风操,即是纤纤弱质,亦足为鬼雄而无惭,虽存在于乌何有之乡,又焉可不大书特书,而予以表彰呢"?

1979年,孟超的沉冤,终于得到了平反昭雪,气贯长虹、可敬可爱的李慧娘的形象,又重新在艺术舞台上大放异彩。

三联书店和光明日报出版社,也于八十年代先后重印了孟超的旧作《〈金瓶梅〉人物》和《水泊梁山英雄谱》。这两个关于两大中国古代文学名著人物形象分析的小册子,尽管字数都不算多,但写得非常精彩。

譬如,在对妇孺皆知的武松的"庸俗不堪的奴才相"进行了一番分析之后,他认为,武松在梁山泊"算不了最出色的好汉头儿",既比不上天真质朴、具有典型农民性格的李逵,豪迈无私、湖海英气的鲁智深,一生浸淫在悲剧生涯中的林冲,也与痛恨官府、同情弱小的阮氏三雄、刘唐之辈,有天壤之别。因为《水浒》源于说书评话,经过文人学士的收集贯串而成书,所以,武松被鲜明地赋予了士大夫的思想观念,只不过"是一个士大夫心目中的好汉",还"不够草莽英雄的标准"。如果说他是英雄,怕

晚景凄凉的孟超

也只有打虎一举而已。

诸如此类的独特见解和精辟论述,在这两本书中,不胜枚举。

曾和孟超在咸宁"五七"干校一起劳改的牛汉,曾回忆说,那时的孟超,成天歪着嘴巴,叼着烟卷儿,有一肚子故事,陈迩冬称他"鬼话连篇"。

冬日的一天,向阳湖畔落下了一场雪,牛汉用手指头在雪地上,给孟超画了个像:雪地上的孟超,光秃秃的头顶,隆起的脊背,眼睛眯细着,凝视着人生。

旁边有人看着雪地上的孟超像,说:"待不上两天,太阳一晒,就化成了水。"孟超咯咯地笑着说:"正好,正好! 太阳一晒,有的人往上长,我却只能入地。我宁愿入地。"

牛汉还专门写了一首诗,记下此事,诗题为《把生命化入大地》,其中有云:"孟超的形象 / 被时间的风雨 / 冲刷得异常的简洁 / 只剩下弯曲的骨骼／和不弯曲的心灵。"

1975年6月,中共中央专案组把孟超定为"叛徒",并开除了他的党籍。而生性倔强的孟超,却坚决拒绝在这个强加给他的莫须有的结论上签字。

这一年秋天,孟超获准回京。他只孤身一人,街道办事处就在胡同里找了一个妇女,帮他做做饭,当然,她还有一个重要的任务:监视孟超的行动。

冬季的一日,他没留神,取暖和烧水的煤炉火灭了,天又阴,屋里冷得很。他伸手摸摸口袋,里边还有点钱,就走到新侨西餐厅去。

餐厅里顾客不多,服务员对这个一直要求点菜、瘦小枯干、牙齿不全、衣着邋遢的老头儿,待答不理,连菜单也不给他拿来看。服务员被催烦了,把笔纸往桌上一扔,让他自己写。他很快写出了一份最经济实惠的菜单,交给服务员。

服务员一看,惊呼起来:"字写得真好!"几个服务员又凑在一起议论说,"这老头儿还不看菜谱就点菜"。不久,菜就给他上来了。

有时,楼适夷去看他,只见他一个人,在屋里枯坐着读《毛选》。他的书已被抄得干干净净,只剩下了这一本。

偶尔,他会拄着拐杖,到楼适夷家,借几本小说,拿回去看。

1976年暮春,5月5日,社里同事老丁来看他。孟超知道老丁是能喝酒的,就拿出酒来款待。而他自己,则于愁闷、悲苦和郁愤之中,也喝了一点酒,据说仅仅是一小杯葡萄酒而已。

第二天清早,那个奉命监视他的妇女,去敲他的门,敲了半天也敲不开,就打开门进去,发现孟超躺在床上,鼻子流血,已经咽气了。

孟超已是家徒四壁,除了一个小闹表,什么值钱的东西也没有。那个妇女转身去街道报信,顺手把小闹表给抄走了。

月初的两天,孟超曾到女儿孟健家住了两天。女儿见父亲神思恍惚,心情极坏,痛苦不堪,嘴里还不停地念叨着:"冤枉啊! 哪个沟里没有屈死的鬼呀! ……"

三年后的1979年10月12日,人文社在北京八宝山公墓,为孟超举行追悼会。楼适夷送了一副挽联:"人而鬼也,鞭尸三百贾似道;死犹生乎,悲歌一曲李慧娘。"聂绀弩作《挽孟超》一首,诗云:"独秀峰前几雁行,卅年分手独超骧。文章名世无侥幸,血写轲书《李慧娘》。"

小时候,孟超和康生在一起读过书,他们俩还是亲戚,康生的姑母嫁给了孟超的哥哥。据说,两个人还同台演出过话剧,又一起进上海大学读书,孟超读文学系,康生读社会系,后来同在中共地下党沪西区委工作过。康生从山东去上海,曾得到过孟超的岳父赵孝愚的资助。1928年孟超和凌俊琪在上海结婚,介绍人就是康生、曹轶欧夫妇。1956年康生调到中共中央工作后,两家仍有来往。

然而,直接参与和亲手制造了《李慧娘》这个冤案,并最终导致孟超含冤而死的元凶,恰恰就是他的同学、同乡、亲戚,那个大名鼎鼎的"马克思主义理论家","文革"中炙手可热的大人物——康生。

这,恐怕是孟超,以及其他善良的人们,无论如何也想不到的吧? 悲夫!

2006年3月25日写于北窗下

2010年3月20日增补

楼适夷：用自己的头脑思考

楼适夷是 1926 年加入中共的老党员，我到人文社的时候，他是社里尚健在的资格最老的一位前辈，人皆称"楼老"。

1918 年他就从家乡浙江余姚，到上海他父亲做副经理的征祥钱庄学生意，在这个现代大都会受到了五四运动的洗礼。1922 年他开始写小说，向周瘦鹃编的《先施乐园报》、《新世界》，以及《礼拜六》等"鸳鸯蝴蝶派"的报刊投稿。1923 年，他认识了创造社的郭沫若、成仿吾，他的第一首诗便发表在创造社的杂志《创造日》上。五卅运动前后，他又结识了郁达夫。

1927 年初，他参加过两次上海工人武装起义。这一年 2 月，北伐军打到他的家乡后，他被派遣回乡，公开身份是国民党县党部组织部长，实际上秘密担任中共余姚地下党负责人，领导工人运动、农民运动和盐民运动。蒋介石发动"四·一二"政变后进行"清党"，他在故乡待不下去了，只好返回上海。不久，即加入了大力鼓吹无产阶级革命文学运动的"太阳社"，成为中国左翼作家联盟最早一批盟员，投身于无产阶级革命文学运动。

他和鲁迅关系密切，鲁迅在书信里多次称他为"适兄"。1932 年夏秋之间，鲁迅曾经会见著名红军将领陈赓，了解红军和苏区的情况。第二

1986年3月17日,楼适夷(右三)与参加冯雪峰学术讨论会的代表合影,左一林辰,左二陈明,左三韦君宜,右一黄源,右二李何林

次,便是他陪同陈赓前往鲁迅寓所的。1933年8月,他担任反帝大同盟党团书记,不久即被捕。鲁迅想方设法进行营救,通过英国马莱爵士向中国驻英国大使馆提出抗议,要求释放他,还为此找过蔡元培、柳亚子。1937年7月,出狱回到上海的第二天,他就和冯雪峰一起去拜谒鲁迅墓。

在学校读书的时候,就知道1934年鲁迅和茅盾曾受美国人伊罗生的委托,编选过一部名为《草鞋脚》的中国作家的短篇小说集,其中选收了楼适夷(当时的笔名是"楼建南")描写盐民苦难的小说《盐场》。1984年底到人文社后,就极想拜见这位左联时期的老作家,但他早已离休,只担任"顾问"职务。

1986年3月中旬,全国第一届冯雪峰学术讨论会在国谊宾馆举行。那是北京乍暖还寒的季节,早晚依然颇有凉意。没想到已逾八十高龄的楼适夷,也赶来参加开幕式,还讲了话。

他是个小个子,满脸皱纹;表情生动而古怪,一种似笑非笑样子,开口说话时更明显了;话语里夹带着浓重的家乡口音;喘得特别厉害,间或咳嗽着,喉咙里还不间断地发出"嘶——嘶——"的鸣叫。我当时颇有一点担心，真怕他接不上气。

然而，他就这么喘着、咳着，居然平安无事地把话讲完了。

他具体讲了什么，如今是全不记得了，但给我的印象是，他表达了对冯雪峰的一种异乎寻常的深挚情感。果然，在1994年出版的《适夷散文选》中，他写的怀念友人的文章，如老舍、应修人、殷夫、郁达夫、潘汉年、萧三、胡风、傅雷、聂绀弩等等，一般都是一人一篇，唯独冯雪峰，一个人他写了三篇，有《诗人冯雪峰》、《雪峰啊雪峰》和《怀雪峰》，足见他对冯雪峰感情之深。

1928年下半年，楼适夷进了上海艺术大学。后来艺大的学生参加了法租界电车工人的罢工，法国巡捕房把艺大包围起来，抓走了几十个人。他虽因碰巧没在校内而未被捕，但不能再回学校了，于是组织上安排他1929年9月到日本去。1931年4月他回到上海，被安排做了左联宣传部副部长，直接在左联党团书记冯雪峰领导下工作。1933年6月，冯雪峰调任中共江苏省委宣传部部长，他则去当了宣传部干事。

在白色恐怖中，他和冯雪峰冒着生命危险，并肩携手，同甘共苦，倾力工作。他们一起东奔西走，一起挨饿，还曾同在赫德路一个小巷的陋室里，夜里盖着一条被子，熬过了一个寒冬，早晨围着一个小火炉子，烧水洗脸。他俩一起跑印刷所，改校样，陪着工人聊天；一起悄悄地把刚印好的左联的秘密文学刊物，运到自己住的亭子间，把印张折叠起来，然后再一处一处地散发出去。

冯雪峰脾气躁，好骂人，他就挨过雪峰的骂。有一回，雪峰读了他写的一篇参加论争的文章，气愤地把稿子一扔，说："这样的文章，一点条理也没有，论据不结实，怎么能拿去发表哪？"

冯雪峰还时常责备他："你去日本学习了三年，简直什么也没有学到嘛！"

自然，他也最了解完全不替自己作丝毫打算的雪峰。有一段时间，

青年楼适夷，1928年
摄于上海

冯雪峰和妻子、女儿住在一间地下室，屋里黑得白天都要点着电灯。而冯雪峰却整天在外边跑，很少有时间回家，经常连坐车的钱也没有。

"给我一块钱！"冯雪峰见到他时常常这样说。他便从口袋里掏出所有的钱来，分一些给冯雪峰。"想写点稿子，一点时间也没有！"冯雪峰边接过钱，边说着，随后急匆匆地走了。也许妻子在等着他的钱买米吧？

在患难与共、舍生忘死的地下工作中，他和雪峰结下了深厚的友谊。1951年冯雪峰担任了人文社社长兼总编辑之后，第二年就把他调来做了副社长兼副总编辑，主持全社的日常行政事务，以及中国现代文学作品和外国文学作品的编辑出版工作。在实际工作中，他积极贯彻落实了冯雪峰制定的"古今中外，提高为主"的方针，使初创时期的人文社有了一个比较良好的开局。

从"气派大，方式活"的日本出版业得到启发，也受到商务印书馆大

楼适夷翻译的部分
日本文学作品

规模、按计划、有系统地编辑出版"四部丛刊"、"万有文库"的影响,他主张作为国家专业文学出版社,人文社出书不能零打碎敲、杂乱无章,而应当成批成套地推出大型系列丛书套书。对图书的装帧设计、印制质量,他也有自己的见解,认为书籍不是看过就扔的报纸,"不但要美观,更重要的是坚固"。

冯雪峰的看法与他不尽相同,对出书讲规模、讲气派颇不以为然,认为出版物的关键是内容质量。还主张搞丛书应慎重,质量水平尤其不能有参差。一次,他随手拿起一本新印出的图书,对楼适夷说:"这有什么不好?你这个人呀,就是专讲形式嘛!"而他又说服不了冯雪峰,有些想法也只好作罢。

楼适夷不但熟悉中国文学,对外国文学也涉猎很广,日本文学更是他的"看家本领"。他翻译过小林多喜二的《蟹工船》、井上靖的《天平之甍》,以及志贺直哉的小说、壶井繁治的诗,还从日文转译过阿·托尔斯泰的《彼得大帝》、高尔基的《在人间》等作品。他与外国文学翻译界有着广泛的联系和良好的关系。

作者绘朝内 166 号（三）

著名翻译家傅雷，号"怒安"，语出"圣人一怒安天下"。他不敷衍，不苟且，不妥协，动不动就发怒，一言不合，便拍案而起，绝裾而去。如果谁动了他的译文，他一定会和你大吵，甚至会写"万言书"来和你辩论，而且装帧设计包括版式、字体、用纸等，他都要过问，毫不让步。

人文社出版他的译著，责任编辑以及美编、版式设计、责任印制等等，说起傅雷来都感到头疼，觉得他很难打交道。由于"孤岛"时期楼适夷和傅雷结下了深情厚谊，每当编辑及其他人和傅雷出现分歧，形成磨擦，闹得不太愉快的时候，都是由他出面调解、斡旋，最后化解了矛盾的。

1957年春，楼适夷到南方去旅行度假。到了上海，傅雷又为他准备好房间，非叫他住到家里不可。抗日战争的最艰苦岁月，在上海坚持地下斗争的楼适夷，好多次遇到危险，傅雷都毫不犹豫地安排他到自己的家里避难。这一次情况已经完全不同了，傅雷还是热情地款待他。

他们在一起有谈不完的话，傅雷向他表达了对党的工作上的缺欠和某些干部工作作风的不满。楼适夷提议一起到风景如画的富春江去走走。傅雷说手头的翻译工作放不下来，让他先回家乡，游过四明山和天台山，回到杭州，他们再一起去畅游富春江。

在天台山顶的华顶寺，楼适夷刚刚看过云海日出，就听到了中央号召大鸣大放、帮助共产党整风的消息。富春江算是游不成了，他只好匆匆赶回上海。

傅雷还是非请他住在家里不可，让他安静地待在他家的阁楼上写旅途见闻，自己则整天去开会"鸣放"，抽不出时间来陪他，只有晚上向他说说开会的情况。

楼适夷无论如何也没想到，他回京后不久，就传来了傅雷受到批判的消息。据说，"罪证"是傅雷在会议上、报刊上对文化出版工作提出了一些尖锐的意见。上海方面还特地给他来信，要他揭发傅雷的"罪行"。

1947年，楼适夷在上海

虽然他觉得这是组织交给的任务，对党、对同志他都有不可推卸的责任，但是，他写不出什么"事实"。

不过，1958年春初他去上海开会，却不敢再上傅雷家了。

可偏偏中共上海市委宣传部的一个负责人把他找去，让他去帮助傅雷，说他们千方百计想挽救傅雷，不给他戴上右派的帽子，但他必须对自己的"罪行"有所认识。

于是，楼适夷衔命登门劝说傅雷，而傅雷坚决不承认自己有什么"罪行"。结果，傅雷还是戴上了帽子，但他绝不承认这顶帽子，后来又拒绝出席宣布摘帽的会。

不久，厄运又降临到了他的老友雪峰的头上。

1957年8月14日下午，作协党组召开扩大会议批判冯雪峰，文化部副部长夏衍对他进行了令众人深感意外和震惊的"揭发"。夏衍除了列举冯雪峰其他"罪状"之外，还声色俱厉地指责冯雪峰1936年由陕北赴上海途中，本有去寻找一支与中央失掉联系的游击队的任务，而他拒不执行，致使那支队伍被国民党全部消灭，到上海后，又曾企图把他扭送租界巡捕房治罪。

这个发言，立即产生了爆炸性效果。会场一片哗然。人们始则半信半疑、将信将疑，继而深信不疑。揭发者言之凿凿，由不得你不信。

此时，在地下工作中曾与雪峰一起出生入死、亲如手足的楼适夷，信以为真地站了起来，指责雪峰用假象欺骗自己，气愤地诉说自己受了雪峰的骗，接着，又鼻涕一把泪两行地号啕大哭了一通。

鲁迅的夫人许广平，也愤怒地发言斥责雪峰。会场气氛更加紧张了，引得很多人纷纷起来，七嘴八舌地怒斥冯雪峰。

楼适夷的痛哭，大大出乎雪峰的意料。对于这位与自己已有二三十年交情的老友的戏剧性表现，他既震惊、惶惑，又痛苦、不满。

后来，他痛心地对许觉民说："倘没有适夷这一哭，气氛不会那么紧张，情况可能会好一点。"

哭，是人的下意识本能。对于理智尚不成熟的儿童来说，泪水尤其会成为一种宣泄痛苦、表达委屈、纾解情绪、吁求保护的经常性方式。俗话说："男儿有泪不轻弹。"楼适夷之大哭、之痛哭，是发抒被朋友欺骗的愤怒和伤心，是出于巨大的政治压力下的恐惧，还是在极为紧张异常的政治运动气氛中的一种失态呢？抑或是三者兼而有之？

这次批判会之后，冯雪峰一家人被"扫地出门"，搬到了东单草场胡同一个大杂院的两间小平房里。楼适夷成了他的原寓所苏州胡同21号的新主人，冯雪峰住过的这个小四合院转而分配给了他。

天长日久，楼适夷对自己的所作所为，越来越感到内疚，越来越感到自己对不起老战友、老领导、老朋友——雪峰。

"文革"终于开场了。他先是坐了三年"牛棚"，又去了"干校"四载，最后，因为他1934年被捕入狱三年多而被定为"叛徒"，之后"挂"起来五

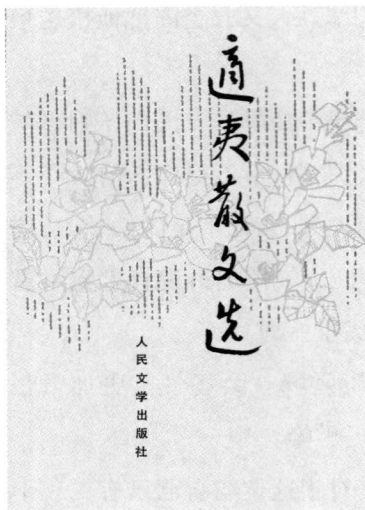

年多。用他自己的话说,"足足靠边十二年"。

这十二年,对楼适夷而言,是难以忍受的创痛和凄苦;但是,假如没有这十二年,他能得到灵魂的拯救与精神的甦醒吗?

在他政治上不被信任的漫长岁月里,当想起比他挨整时间更早、更长,所受的苦难更惨酷的雪峰的时候,想起雪峰受难时自己曾经落井下石,他该更痛悔、更自责,心里该更另有一番苦涩的滋味吧?

后来,他写缅怀亡友的文章,写到冯雪峰,写到傅雷,不能不想到自己当年的"积极响应","不管什么老朋友,大义灭亲",不能不想到自己1957年发表的诗《斥右派二首》和文章《冯雪峰是怎样成为反党分子的》,而深感"愧对亡友"吧?

写《记胡风》一文,到了看清样时,他又加了一句:"胡风落井,众人投石,其中有一块是我的,心里隐隐作痛,实无面目重见老友。"又说:"对冯,对傅,可愧者多,如有时机,定当自补。"如果没有"靠边十二年",他能说出这些痛愧的话吗?

1976年1月30日上午,雪峰含冤辞世。楼适夷因所谓"叛徒"问题仍被"挂"着,雪峰住院开刀,他不得去探病;雪峰溘然而死,他不得去送终;甚至那个没有悼词的追悼会,他也没资格去参加。

雪峰火化那一天,他买了一束洁白的塑料花,早早赶到协和医院,站在瑟瑟的寒风中,等了很久。看到遗体从太平间抬出来,放到了冰凉的水泥地上,才悄悄走上前去,捧着白花,默默地放在亡友的胸前……

一次,一个朋友和他谈起了雪峰怎么当上了"右派"的事。谈着谈着,他忽然靠在椅背上,眼睛里涌出了浑浊的泪水,挥起拳头,用力地不停地捶打着自己的胸膛,泣不成声地说:"唉,雪峰呵,雪峰! 在左联作家中,他是第一个站出来维护鲁迅的,他参加过长征,他是上海地下党的负责人。他一边写作,一边组织对敌斗争,连家都顾不上啊! 甚至毛主席的两个孩子,都是他派人找到,又送到苏联去的。他怎么会反党呢! 他怎么会反鲁迅呢! 别人不清楚,许广平应该最了解的,连她都在骂雪峰啊……"

1957年反右派运动之后,接着来了庐山会议彭德怀上书事件,于是又大反"右倾机会主义"。上面揪出了"大右倾",下面就各处抓"小右倾"。楼适夷到文件室去看文件的时候,随口说了一句:"批彭老总,我可有些想不通。"这话很快就被汇报给了运动的领导者。作协召开十七级以上党员干部批判会,楼适夷和小说家赵树理,诗人郭小川、萧三,被当做重点批判对象。之后,又大会小会,批判检讨个没完。

检讨自然要老实交待,他就"交心"说:"市场上没有糖,没有油,难道都是农民吃多了?"这样一来,更符合"右倾机会主义"的条件了。于是,继续批下去,检讨下去。

幸亏"反右倾运动"匆匆收场,挨批者一一做了"甄别",开会宣布"无罪",郑重地赔礼道歉,说是"当时就不应该批"云云。他总算是躲过了一劫。

1958年下半年,原来作为人文社副牌的作家出版社,划归作家协会领导,他被调去担任社长兼总编辑。已经发了内部通报,谁知没过多久,忽又来了通知,说是上次"通报"错了,改为"严文井任社长,楼适夷任副社长兼副总编辑"。后来有一回,他俩在一起吃饭,严文井渐有了酒意,对他说:"我这个社长,当得莫名其妙,忽然通知我当的。"

到作家出版社后,发生了一件他没有想到的"荒唐事"。他和责任编辑给欧阳山写的长篇小说《三家巷》提了一些修改意见,这本来是正常的,但引起了作者的不满,据说,这部作品是早就被领导做报告表扬了一番的。这可就闯了祸,招来了一场前所未有的急风暴雨式的大批判,连汽车司机和其他公务人员都坐满了会场。弄得他为此丢了副总编辑的职务。

1960年,作家出版社又并入人文社,楼适夷也跟着回到人文社。虽然仍是副社长,但已降为第三副社长;虽说是兼任刚刚成立的编译所所长,但实际上只管编译所。编译所成员由社内一些专家学者组成,分为中外文两个组,分别承担中国作家文集的编订、注释、校勘、选录,以及外国文学名著的翻译工作,也就是自己当著译者。

编译所大多是"有问题"的人。被打成"右派"的第一任社长冯雪峰,出了狱的"胡风分子"牛汉、绿原,"右派分子"舒芜,都安排在这里。不久前成了"右倾机会主义分子"、被撤了职的第二任社长王任叔,也到了编译所。作协的"右派分子"萧乾,结束了"监督劳动",也进来了。鼎盛时,全所多达四十余人。

在"革命群众"看来,编译所成了一个"牛鬼蛇神窝子",楼适夷这个所长也就成了"牛鬼蛇神总头目"。对他们这些人,"革命群众"自然是侧目而视的。

尽管如此,楼适夷却兴致颇高。他实行"无为而治","淡化政治,突出学术文艺",基本上不干预每个人的具体业务。他还提议创办了一个刊登所内同事的文史随笔小品的内部油印刊物,名曰《新角》。表面上似乎指

1995年,九十高龄的楼适夷在团结湖寓所书房编译所所在的出版社东南角落的位置,实际上隐含着"新的号角"之意。

舒芜回忆说:"忽然有一次,由出版社请编译所全体人员到鸿宾楼吃饭;还有一次,所里组织大家集体游颐和园,晚上在五芳斋吃饭;我下放山东,全所在曲园酒家为我饯行。这些'文酒之会','反右''反右倾'以来严酷的空气下,都已经久违,现在忽然恢复,似乎是种信号,让人感觉到有一点点恢复专家待遇的样子。特别是'分子'们,本来都是'阶下囚'的政治身份,这一下似乎又成了'座上客'了。大家嘴上不说,心里都是敏感的。楼适夷在这中间肯定起了大作用。"

"文革"前夕,编译所的几个同事站在楼道里,你一言我一语地议论正在作为"反面教材"上演的《早春二月》等几部影片。曾因说话获罪的楼适夷,似乎是"好了伤疤忘了疼",突然冒出了一句:"吃不得几天饱饭,又要折腾了。"后来,他又私下里对蒋路说:"这一次,所谓三十年代人物要给一网打尽了。"

"文革"一开始,他就成了"走资派",和编译所的"牛鬼蛇神"一起,进了文化部的大集训班,到社会主义学院去"集训"。不久,又回到社里,关入"牛棚"。一次开会,要每个人谈"学习体会",互相批评。舒芜按照当时的调子,谈了一通对"三十年代文艺黑线"的认识。楼适夷在提意见时,或许以为他谈得还有些"条理"吧,赞赏地说"体会得不错",还建议舒芜将来"写一部中国新文学史"。

没想到在那样的时刻,他竟然说出这样不合时宜的话来。舒芜正在不安,"同棚"的一位女士,本是1949年以后历次政治运动的急先锋,"文革"中却被当做"文艺黑线打手"揪出来了,她尖锐地发言道:"楼适夷还要舒芜写中国新文学史!中国新文学史还要由舒芜来写,文化大革命不是白搞了吗?"

顿时,全场充满了浓烈的火药味,众人相顾悚然。

"牛鬼蛇神窝子"编译所的办公室,被用来做了关这些"牛鬼蛇神"的"牛棚"。"牛鬼蛇神总头目"楼适夷的办公室,也被"革命群众组织"征用了。他办公桌的抽屉锁被撬开了,没想到里边竟然塞满了"小报告"。一个"右派"翻译家在这些每周一次写给所长的"思想汇报"中,大量地"揭发"、"检举"编译所同事的"反动言行"。

于是乎举座皆惊,当即召开批判会,勒令楼适夷和那个打"小报告"者交待他们是如何"迫害革命群众"的。

那个打"小报告"的翻译家嗫嚅着说,自己之所以写这些东西,纯粹是出于"技痒"这个职业病,因为自己是"耍笔杆"出身。而楼适夷则一口咬定,这些"小报告"他压根一份也没看过。

1969年9月,楼适夷也被赶到湖北咸宁向阳湖"五七"干校劳动改造。他已年近古稀,但也得下水田劳动,每天在劳动大军里,都能看见他的身影。他跟着上工的大队人马,日出而作,日落而息,和另外几个年龄大的老者,常常落在后边。有时他一个人,披一件淡红色的透明雨衣,拎着个小马扎,蹒跚在狭窄而泥泞的小路上,嘴里依然跟着高唱干校校歌:"我们走在五七道路上,精神抖擞,斗志昂扬……"

虽经反复内查外调,并无一点证据,但干校的军代表仍要把他定为"叛徒",非逼他承认不可。还对他说,如果承认了,就可以按人民内部矛盾处理,放他回家探亲看病。疾病缠身的楼适夷,不堪折磨,被迫在为他准备好的定他为"叛徒"的结论上签了字。

后来,严文井、韦君宜等"走资派"先后恢复了"革命干部"的身份,运动初期揪出来的其他"革命对象"也都被"解放"了,只剩下包括楼适夷在内的五个人,给剔出来,什么政治活动都不准参加。

干校解散之前,驻地的村民纷纷来向即将回京的"五七"战士们推销土特产品。一天,楼适夷发现了据说有神奇药效的一枚大灵芝,但可惜

楼适夷手迹,书傅山
《古梅》诗

刚刚被另外一个人买下了。他便要求那个人让给他,可对方不肯,于是两个人争执起来,直争得脸红脖子粗。在场的第三者见两个人又气又急,互不相让,只好出面进行了一番斡旋。

最终得到了灵芝的楼适夷,如获至宝,立即转怒为喜,几乎手舞足蹈起来。

1973年从"干校"回京之后,他继续接受审查。直到1978年,在时任中央组织部部长胡耀邦的亲自过问下,终于获得平反,恢复了党籍。

楼适夷的干部级别是副部级,可以有专车,但他不要;可以配秘书,他也不要。就连比别人高一些的工资,他拿着都觉得不安心。总是说:"我没干什么事,还享受这么高的'俸禄',太不应该了!"

有一年,陈早春陪他从杭州乘火车回北京。开始,陈"谨守晚辈的身份,不敢轻易言笑,奉命惟谨"。可是一路上,楼适夷主动与他聊家常,还掏钱为他置饭,言谈举止没有一点"长"的派头,更没有"长"字号人物不可或缺的"哼嗯嘀呀"之类的腔调。"沿途说说笑笑,冷不防还哼起歌来。他的嗓子并不高明,唱到得意处还要听我的评价。我实在不敢恭维。他笑笑,过会儿,又在无腔无调地唱。"

1980年,夏衍写了《一些早该忘却而未能忘却的往事》一文,仍然不顾历史事实,继续对已经作古的冯雪峰进行责难。楼适夷立即拍案而起,写了一篇文章《为了忘却,为了团结——谈夏衍同志〈一些早该忘却而未能忘却的往事〉》,澄清事实,驳斥夏衍,为雪峰辩诬。发表之后,很多人对他撰文主持公道,都甚感敬佩,纷纷引以为据,进行"拨乱反正"。

1981年5月7日上午,周扬主持召开老作家座谈会。在会上,楼适夷当面批评了周扬和夏衍的宗派主义。周扬表示这个问题以后再谈。

八十年代初,牛汉有感于不遛鸟"它就忘记了飞翔和歌唱",写了一首诗《遛鸟》。楼适夷读后,感触很深,见到牛汉,开玩笑地说:"你又闯祸了,怎么写这种诗,这不是讽刺社会主义制度吗?"

绀弩说楼适夷"尽管有时简单","但表里如一"。姜椿芳说他"有时行事像个小孩",为了争一把椅子,他曾与一个女同事在办公室大吵了一场,过几天又和好如初。王元化说他是"性情中人",有一颗"赤子般真率的心"。梅志说他是"单纯"的"好人"。绿原认为他是一个"胸无城府"、"纯真可爱的老儿童"。许觉民觉得他"虽不免有时激动难抑,情感多于理智,但不失其真"。舒芜称他为"老天真"。

肃反运动过后,他问聂绀弩,反省期间是否相信党。聂答:"我承认我是胡风分子,是反革命的时候,就是最不相信党的时候。"

他对聂说:"即使送你去枪毙,你也应该相信党。"

聂说:"我很惭愧,我就是没有达到这一步。"

晚年楼适夷写过一篇文章,叫《自得其乐——话老年三事》,内容包括

"平生有憾事，想来一笑中"，1988年顺全为楼老摄影并题字

"话记忆"等三个部分。第三部分"话改造"提到肖伯纳说过的一句话:"有的人在自己的脑子里让别人跑马,人云亦云,省力甚多。"接着他又写道:

"脑子这个器官,是专司发号施令的,要管住自己的脑子,谈何容易。"

曾经天真、轻信,甚至盲从过的楼适夷,写下这句话的时候,心中一定百感交集吧? 他终于明白,用自己的头脑来思考,是何等重要!

1989年7月24日,楼适夷哮喘病发作住进协和医院。26日在病榻上,他致函西子湖畔的一位老友,其中有云:

> 中国人民的命运,不幸被鲁迅先生一语道尽,至今未变易,吾辈小子还有什么可说。不过生而为人,不忘为人之道,不拜偶像,不念符咒,权力不等于真理,历史必有判断,为可信耳。

文章写到该结束的时候,不知为什么,初见楼老时他那张布满皱纹、犹如核桃皮似的脸,竟在眼前鲜活地晃动起来。于是,又联想起他的一桩趣事来——

在干校时,他每天早晨醒来的头一件事,就是抓起床前桌上的大漱口缸,咕咚咕咚地喝几口泡了一天或者是两天的凉浓茶。

一次,茶水喝下去以后,他觉得味道有些不太对劲儿。仔细一看,大惊失色:茶缸里泡的茶叶底下,竟然有一只死老鼠!

此后几日,众人皆替他担心,而他却安然无恙。

2006年4月15日于北窗下

10月10日改定

巴人："在我梦底一角上组起花圈……"

 莎士比亚的华丽＋拜伦的奔放＋道斯托以夫的颤鸣＝直立起
来的《科尔沁旗草原》

这是二十世纪四十年代，巴人在题为《直立起来的〈科尔沁旗草原〉》的评论文章里，写下的一个"公式"，用来评价端木蕻良的长篇小说《科尔沁旗草原》。端木蕻良是"东北作家群"的成员，《科尔沁旗草原》是他的代表作。在北师大读书的时候，硕士学位论文写的是"东北作家群"。这个"公式"，对于研究端木蕻良，有很大启发。同时，也牢牢地记住了文章的作者——"巴人"。

巴人，即王任叔，五四时期文学研究会的小说家。他出道很早，1922年起，就开始在《文学旬刊》《小说月报》上发表诗和小说。郑振铎读了他的诗，说他是"最初在中国唱挽歌的人"，不久便介绍他加入了文学研究会。1925年《小说月报》第16卷第11期刊登的他的短篇小说《疲惫者》，生动地描写了江南农民运秧驼背的形象，被茅盾选入了《中国新文学大系·小说一集》。

巴人像，柳成荫绘

巴人长诗《洪炉》手稿

到人文社之后,才知道继冯雪峰之后,巴人曾担任过社长兼总编辑。他的照片和冯雪峰的照片,并列印在建社四十周年的纪念册上。但是听说,他只做了很短时间的社长兼总编辑,就成了"右倾机会主义分子",被撤销了一切职务。"文革"中,受到残酷无情的批斗,妻离子散,后以七十高龄的负罪之身,被遣返回乡,终于惨死。他的不幸遭遇,是人文社诸多前辈中最骇人听闻的,至今思之怆然。

巴人是浙江奉化人,1901年生,与赫赫有名的大人物蒋介石是同乡。他是完全可以凭借这个特殊关系,走仕途,进入政界或军界,飞黄腾达、官运亨通的。但是,他却义无反顾地选择了革命的道路,投身无产阶级文学运动,成为一个革命文学作家。

1926年4、5月间,蒋介石亲笔写信给他,让他去广州"襄助工作"。他7月到广州,被安排在北伐军总司令部政治部秘书处机要科工作,北伐开始后任代理科长。他秘密参加了北伐军总司令部政治部共产党小组的活动,经常把重要情报汇报给共产党组织。后来他见到了周恩来,周问他:"既然你是蒋介石叫来的,为什么要把这一切情报告诉我们?"

他回答说："我是为革命而来，不是为蒋介石工作的。"

1927年3月，他辞去了机要科科长职务，从此，走上了一条动荡不安、颠沛流离的生活道路。他辗转于宁波、杭州、上虞、上海、武汉、南京和日本东京等地，参加中国左翼作家联盟，从事革命文学活动，曾三度被捕，两次坐牢。

他在上虞春晖中学教书时，"四·一二"政变已经发生了。有一个教员开口闭口"蒋总司令"，为蒋介石的大屠杀辩护。巴人针锋相对地与他争论，但这个教员固执己见。于是，巴人就在此人宿舍门上贴了一个纸条，写着："蒋总司令在此，百无禁忌。"此事很快传遍了全校，这个教员再也待不下去了，只好灰溜溜地离开了学校。

在故乡读书的时候，巴人便显露了出众的文学才华，人称"奉化才子"。到四十年代初，他已有十余本短篇小说集和七八部中长篇小说问世。和他共过事的朋友，都对他的文思敏捷印象极深，很佩服他"日试万言，倚马可待"的杰出写作才能。

上海沦陷、成为"孤岛"以后，曾和巴人一起为《文汇报》副刊《世纪风》写杂感的唐弢，说那时的巴人，自己编《译报》副刊《爝火》，还在几个报刊上同时写稿，却应付裕如。他的特点是"视野开广，思想明快，下笔迅速，跌宕有致"。

巴人还任《申报》副刊《自由谈》的编辑兼社论主笔。当时，报纸的社论须等每天最后的电讯到了之后，才能动笔写。电讯来的时候，往往已过午夜。他和几个报纸的副刊编辑，大都是浙东同乡，常常聚会到深夜。为避免包打听、巡捕来找麻烦，他们便经常以打麻将做掩护。巴人不上报社去，通讯员把电讯送到家里来，等候取稿。此刻的巴人，仍坐在牌桌旁，左手一杯绍兴黄酒，右手执笔落纸如飞，顷刻间一挥而就。而"清一色"、"三番"，也往往同时就"和"出来了。

1920年，巴人于浙江省立第四师范毕业时留影

四十年代在香港，曾和巴人共同编辑过《青年知识》的黄秋耘回忆说：《青年知识》是一份综合性杂志，有时临近发稿日期，还缺几篇稿件，有国际纵横谈，有青年修养问题，有书评，还有影评，各式各样。但只要把文章的内容和字数告诉巴人，只需一昼夜，他就能全部赶写出来。署名是千奇百怪的，"八戒"啊、"行者"啊、"石果"啊，等等，等等，别说别人记不住，就连巴人自己，恐怕也都忘了。

黄秋耘以为，"假如文坛上有所谓'杂家'，有所谓'多面手'，有所谓'急才'，"巴人是"当之无愧"的。

据说，他一生使用过的笔名，大约有一百五六十个之多。"巴人"这个名字，直接来自鲁迅发表《阿Q正传》时的署名。他以此作为自己的笔名，尽管曾被讥为"自期传鲁迅的衣钵"，但他的确是鲁迅的私淑弟子，是以鲁迅精神的传人自我期许的。

1921年，他从《新青年》上读到了鲁迅的《狂人日记》，感受到"一种深重的压力和清新的气息"。他认为，《阿Q正传》"将中国人的心脏，血

淋淋的给挖出来了"。他还写过一篇明显受到了《阿Q正传》的影响的中篇小说《阿贵流浪记》。

1927年3月1日,他特意请假,坐船渡过珠江,到中山大学去,听鲁迅到广州后的第一次演讲。他见鲁迅"是个矮小的可怜的黄瘦的人",有点失望,但又马上从那"墨黑的剑子似的头发上",看到了鲁迅的"战斗的精神"。

三十年代,在左翼作家联盟的会议上,在内山书店里,他多次见到过鲁迅。但始终不敢接近鲁迅,连交谈也没有,唯恐被鲁迅敏锐的眼光看出自己"深自隐讳的劣点"。他觉得,鲁迅"对于我是一个伟大的存在! 有了他,我知道所以活下去的理由! 有了他,我也知道我应走的路! ……鲁迅给予我们的是热与力!"

1938年版《鲁迅全集》的出版,他做出了很大贡献。在他的积极参与和努力下,仅用了三个月,就完成了编辑出版工作。许广平说整个编辑出版工作,"以郑振铎、王任叔两先生用力最多"。

1938年在"孤岛"上海,发生过一场关于"鲁迅风"杂文的论争,巴人是这场论争的一个核心人物。上海沦陷之后,他和柯灵、唐弢、文载道、周木斋、周黎庵等人,经常为《文汇报》副刊《世纪风》和《译报》副刊《大家谈》写杂文,抒写身陷"孤岛"的悲愤,痛骂汉奸的无耻。这些杂文后来结成《边鼓集》出版,引起了《新申报》等有"三青团"和汉奸背景的报纸的忌恨。于是,他们就在文章里讥讽说,蜀中无大将,留在上海的廖化们,只会模仿鲁迅,写一些毫无价值的杂文。

10月19日,鲁迅逝世两周年之际,阿英以"鹰隼"为名,在他刚刚接编的《译报》副刊《大家谈》上,发表了一篇纪念文章《守成与发展》,主张"超越鲁迅"。巴人在他刚接编的《申报》副刊《自由谈》上,也刊发了题为《超越鲁迅》的纪念文章。巴人的"超越鲁迅",是学习、继承和发扬鲁迅精神的意思。而阿英的观点则并不如此。

阿英认为,现在是抗日民族统一战线的时代,不应停留在模仿鲁迅风的杂文的阶段,一定要超越鲁迅。要战斗的,不要讽刺的;要明快的直接的,不要迂回曲折的;要深入浅出的,不要隐约而晦涩的。而且,他还批评了巴人他们那本杂文集《边鼓集》。

巴人立即撰文回应阿英,与他进行辩论。他和写杂文的朋友们,索性于1939年1月11日,针锋相对地编辑出版了《鲁迅风》杂志。在"发刊词"中,他奉鲁迅为"处处值得我们取法"的"文坛的宗匠",指出:"生在斗争的时代,是无法逃避斗争的,探取鲁迅先生使用武器的秘奥,是用我们可能使用的武器",便是这刊物的"用意"。

这场关于"鲁迅风"杂文的论争过后,巴人仍然继续不断地撰写、发表杂文,大受读者欢迎。读者只知"巴人",而不知"巴人"即"王任叔"。巴人也因此而被誉为"活鲁迅"。

然而,恐怕谁也料不到,主张弘扬鲁迅精神,并坚持写鲁迅风式杂文的巴人,1959年却由于写针砭时弊的杂文,而遭到了猛烈的批判。这是后话。

1941年3月,根据中共党组织的安排,巴人偕夫人及两个儿子远赴香港,不久又疏散到南洋,辗转于新加坡、苏门答腊、棉兰等地,教书,办报,写小说,编话剧,与胡愈之、郁达夫、杨骚等人坚持抗日斗争,还曾流亡到乡下四个多月,以种菜为生。他坐过荷兰殖民当局的监狱,担任过华侨联合总会顾问,被印尼友人尊敬地称为"伯·巴人"("伯"是印尼人对长辈的尊称)。

大概由于巴人有这样一段经历,对印尼比较熟悉吧,1950年8月,他被任命为新中国驻印度尼西亚特命全权大使。那时任命的驻外大使,大部分是从部队里挑选出来的,由军人改行去做外交官,不是司令就是政

1940年,巴人与妻子王洛华、儿子王克宁、王克平在香港合影

委,都是将军。文人做驻外大使的,巴人是唯一的一个。

当了大使的巴人,不改文人本色。一次,他和各国使节一起,应总统苏加诺的邀请,到一个飞机场,出席为庆祝印尼空军节而举行的盛大典礼。庆典时间很长,一站就是五六个小时。巴人站得腰酸口渴,便抄起一瓶汽水,撬开瓶盖,把瓶口含在嘴里,仰头狂饮起来。这个镜头,被在场的美国记者抢拍了下来,很快,美国《生活》杂志就登出了中国驻印尼大使狂饮汽水的"奇观"。

他这个文人大使,只当了半年,便被提前"解职",奉召回国了。据说,主要原因并不是他出席节日典礼时,狂饮汽水失态,而在于他用笔名写文章,对苏加诺总统发表了一些不大友好的言论。

1954年4月,巴人调入人民文学出版社,任副社长。1957年兼总编辑。1959年3月任社长兼总编辑。上任之后,巴人很快显示了一个出版家的眼光、胆识和魄力。

在他的领导和主持下,1954年人文社制定了《整理古典文学选题计划》、《重印文学古籍选题计划》、《世界文学名著介绍选题计划》，合起来是厚厚一大本选题集；1956年制定了十五年出版规划，并明确了三年内把人文社办成"专出中外经典文学和有定评的现代创作的出版社"的短期目标。

1956年春天，他还身体力行，亲自带领现代文学编辑室、外国文学编辑室和总编室的五个编辑，一路南下，先后到济南、南京、上海和广州组稿，拜访了一批著名的作家、学者和翻译家。

"作者是出版社的衣食父母"，是他常说的一句话。

人文社图书的编辑出版，上了一个新台阶。出版新书品种，由1953年的一百四十八种，增加到了1955年的三百六十三种和1956年的三百八十三种，形成了建社以来图书出版的第一个高潮。不能不说，这与巴人奋力开拓的进取精神和大刀阔斧的工作作风，是有很大关系的。

然而，他的刀斧又难免伤害了一些人。

当时，冯雪峰虽说是社长兼总编辑，但由于还担任着作协副主席，党组织的关系并不在出版社，而是在作协那边。巴人刚来时虽只是副社长，但他是党委书记，主抓全面工作，又分管二编室（古代文学编辑室）。这样一来，副总编辑兼二编室主任聂绀弩，就在他的领导之下了。二编室的书稿，聂绀弩终审完了，还要送交他再审一遍，签字批准。无形之中，聂绀弩作为副总编辑的终审权，给取消了。

巴人批评二编室的选题范围小，是一种对古典文学遗产的"虚无主义"；批评整理校注基本上自己搞，是"关门办社"、"打伙求财"，其他诸如没严格按时上下班，以及上班时间聚在一起聊天、谈问题，都成了"纪律松弛"、"自由主义"等等"问题"。他还在支部会议上说："二编室党领导不了，只有聂绀弩能领导。"

于是，矛盾越来越多，关系越搞越僵。聂绀弩干脆复审权也不要了，

1946年1月，巴人（右）与杨骚在新加坡

把它交给了连副主任都不是的舒芜。书稿由舒芜复审完了，他只是签个字而已。聂绀弩认为：巴人主张大开门，请社外专家来做，是不了解二编室的实际情况。他尤其反对巴人要编辑按时上下班，还派人在门口看谁何时进门，核对和揭发与签到簿不符之处，说他这是不懂"编辑工作的特殊性"。

巴人主持搞的《重印文学古籍选题计划》，没经过二编室讨论，据说传出去以后，引起古典文学研究界"大哗"，纷纷提了一些很不客气的意见。

聂绀弩觉得，巴人到人文社后，"下车伊始"，以为"百废待举"，动辄"要改革这改革那"，"有点摆架子，居高临下"，"莫测高深"，"胸有城府、不择手段"，排挤冯雪峰，想取冯雪峰而代之。

他认为，巴人的后边，是周扬。楼适夷也曾和他说过，巴人告诉他，是周扬决定让他来负责的。后来，社里的"拥冯派"和"拥王派"，都在黑板报上写了文章,观点对立,闹得不可开交。直到文化部副部长陈克寒亲自莅临人文社"纠偏",此事才告终了。

冯雪峰担任《文艺报》主编,由于《红楼梦》研究问题引起毛泽东不满,遭到批判。冯雪峰已在文联大会上做了检讨,报纸上也发表了他的检讨文章。巴人又专门请冯雪峰回到社里,参加支部会,就此事再做检讨。聂绀弩以为,这是巴人搞"逼宫",想自己当社长。他的态度很鲜明,是"拥冯反王"的。

"胡风反革命集团"案发生之后,聂绀弩被视为是"胡风分子"、"反革命分子",关起来进行"隔离审查"。开会时,巴人讲话,总是"反革命分子聂绀弩"如何如何。聂绀弩的"看不起人"、"说话随便"、"好发牢骚"、"生活散漫"、"吃吃喝喝"等等,都成了"问题";他的工作态度也成了"反组织"、"反党"、"反革命"的。

到了肃反运动后期的"思想建设阶段",二编室的人都要检讨"拥护反革命分子聂绀弩搞独立王国"的错误,聂绀弩成了"独立王国"的"国王",舒芜和张友鸾被看做是"独立王国"的"左丞右相"。

1957年反右运动一来,巴人自然成了人文社运动的领导者。8、9月份,他连续主持召开全社大会批判冯雪峰,传达夏衍在作协党组扩大会上的讲话,9月3日还做了题为《冯雪峰为什么走上了反党的道路?》的发言。

二编室的反右斗争最有成果,舒芜、张友鸾、顾学颉和李易被打成了"舒、张、顾、李右派小集团"。早就被认为"问题严重"的聂绀弩,更是在劫难逃。

聂绀弩成为"右派分子"之后,写下了被张友鸾称之为"名篇"的《题林冲题壁图寄巴人》一诗。诗云:

1957年1月,巴人与老舍(右二)、叶君健(左一)、周扬(右一)在重庆南温泉

家有娇妻匹夫死,世无好友百身戕。

男儿脸刻黄金印,一笑心轻白虎堂。

高太尉头耿魂梦,酒葫芦颈系花枪。

天寒岁暮归何处,涌血成诗喷土墙。

在《杂谈聂绀弩诗》一文中,顾学颉说:"这首诗未必真的寄给了巴人,不过在纸上发发怒气而已。……当然巴人还没有高太尉那样的权力,用来比拟,也不算过分。"

1981年,香港野草出版社出版聂绀弩的诗集《三草》,此诗即以此题编入。1982年人民文学出版社出版《散宜生诗》,聂绀弩"听人建议"未收入,后又"感到愧惜,表示再版时要补进去"。1984年人文社出版增订、注释本《散宜生诗》,收入此诗,题目上删去了"寄巴人"三个字。

七十年代初,聂绀弩见到友人,谈起"反右"时,说过:"王任叔抓到一

1958年，巴人（前左二）与宋庆龄（前左三）、王昆仑（前左四）等在北京十三陵合影

些材料，整了我，不料后来他的遭遇，比我还惨。"言下不胜感慨万端。

以聂绀弩为首的二编室的"文酒之会"，有一段时间常去湖南馆子马凯餐厅。这家具有独特乡土风味的饭馆，在后门桥迤北、鼓楼之南。1957年，社里发布了一个编辑条例，第八条规定，社内编辑一概不付稿酬。这对于二编室那些爱下馆子的人，自然影响不小。

舒芜赋诗一首，大发感慨和牢骚："马凯漫相招，先看第八条。两行编辑泪，羞过后门桥。"这简直是二编室文酒之会的一曲挽歌！其实，"反右"之后，他们有人挨了批斗，有人发配劳改，还有人坐了牢，可谓风流云散，文酒之会已成为一场残梦了。

以继承"鲁迅风"杂文自命的巴人，到了1956至1957年，杂文创作迎来了又一个收获期。他在《人民日报》、《工人日报》、《文艺学习》、《新观察》、《新港》、《北京文艺》等报刊,连续发表了《况锺的笔》、《"上得下不得"》、《略谈生活的公式化》、《论人情》、《以简代文》、《真的人的世界》、《"敲草榔头"之类》、《略谈要爱人》、《关于"氏族社会"》、《"多"和"拖"》等针砭时弊的杂文。这些有独到见解、脍炙人口的作品发表后,立即在读者中,引起了热烈的反响。

可蹊跷的是,这些反官僚主义、反"左"、反教条主义、呼唤文学作品中的人性的杂文,虽然1957年"反右"风潮中即遭到姚文元的批判,巴人却在运动中毫发未损。姚文元在1957年《人民文学》第11期,发表文章《文学上的修正主义思潮和创作倾向》,批判巴人提倡抽象的"人性论",指出:认为"无产阶级同劳动人民伟大的革命品质和集体主义、大公无私的感情都是没有人情味的","实际上在提倡资产阶级小资产阶级的人情而反对无产阶级的人情"。

但到了1959年"反右倾"的时候,他终于陷入了困境。在康生的授意下,巴人被当做"鼓吹资产阶级人性论的代表人物",他的十六篇文章被当做"反党"文章,印成了一个小册子《王任叔同志的反党文章》,遭到了持续而猛烈的政治批判。批判者给他扣了一顶大得吓人的帽子:"反对阶级斗争,对人们实行麻痹和腐蚀,以达到其复辟资本主义的目的"。

1960年3月,巴人被定为"反党反社会主义分子",撤销了党内外一切职务。第二年2月,他进了编译所做副所长。两个月后,调到中央对外联络部亚非研究所,任编译室主任。

在受到无情批判、残酷打击的艰难时刻,巴人写下了一首自题诗:"忘病忘老工作,力求自强不息;斩断资产根子,犹如壮士断臂;立定无产脚跟,万事兢兢业业;'鞠躬尽瘁'听命,'死而后已'何惜。"他还给自己制定了一个系统的读书计划,打算认真阅读《马克思恩格斯全集》和《列宁全集》。

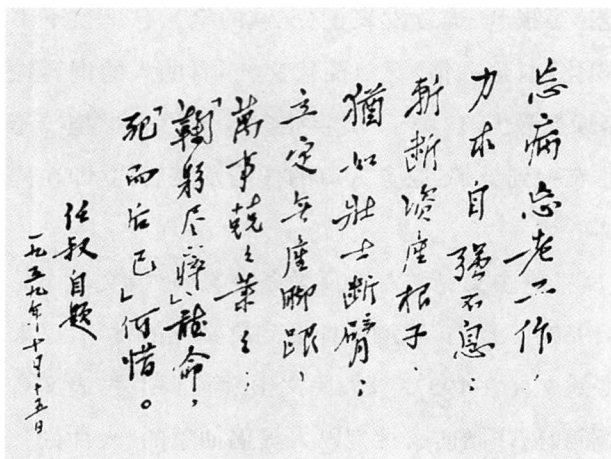

巴人自题诗手迹,
写于 1959 年 10 月 15 日

到了中联部亚非所以后,从1962年到1966年,他编译了几百万字的印尼史料,撰写了近百万字的专著《印度尼西亚古代史》和《印度尼西亚近代史》。等到这两部书出版,已经是他死后的1995年了。

"无产阶级文化大革命"终于拉开了大幕,更凶猛的政治风暴降临了。巴人不但在中联部亚非所被批斗,而且还被人文社的"造反派"揪回社里斗过一次。1967年,他依然在坚持撰写未完成的《印度尼西亚古代史》。1968年被"隔离审查"。1969年11月,妻子与他离婚,带着女儿别他而去。

这一年11月和12月,他先后三次"突然晕倒,大便失禁"。他自感不好,"此后如何,很难预料"。为此,写下了一份遗嘱,留给儿子王克平。其中有云:"遗憾的是不能完成我希望搞的《印尼历史》,也是对人民欠下的一笔债。"他还希望自己的骨灰分为两份:"一送我出生地大堰,在我们宅后竹山上埋下,一投之于海——我依然关心印度尼西亚的革命胜利!"遗嘱最后写道:"毛主席万岁万岁万万岁!"

1970年3月,巴人被遣送回故乡奉化大堰村。年底,开始神志不

巴人长篇小说《莽秀才造反记》，封面设计柳成荫，人民文学出版社1984年2月出版

清。第二年，精神失常。冬天不穿衣服，蓬头跣足，在旷野里狂奔。有一次，竟在雪地里躺了一夜。

1972年7月23日，发作脑溢血，口鼻耳流血不止而死。他的遗体，果然如他遗嘱里所说，埋葬在了大堰村的竹山上。

王克平在整理父亲的遗物时，发现他留下的手稿，数量惊人。1949年之前的诗稿，包括三部叙事诗《洪炉》、《髑髅哀歌》、《印度尼西亚之歌》都是用蝇头小楷，写在毛边纸上，共有几大册。还有长篇小说稿《明日》、《女工秋菊》，散文诗稿《我们将以时间为马》，以及其他小说、评论和翻译手稿，等等。

1949年以后创作或者重写而没有出版的手稿最多，有长、中篇小说《土地》（一名《莽秀才造反记》）、《冲突》、《姜尚公老爷列传》，剧本《五祖庙》，长篇散文《在泗拉巴耶村》，回忆录《旅广手记》，以及一批尚未题名的小说稿和剧本稿，总计超过一百多万字。

副题为"五十年前一幅中国江南农村生活风俗画"的《莽秀才造反记》，1984年由人文社出版，1986年获得了"人民文学奖"。有研究者认为,他的叙事诗《洪炉》、《髑髅哀歌》、《印度尼西亚之歌》都是"珍品",如果当年就发表出来,"巴人早就被尊之为中国现代叙事诗的开拓者了"。

巴人还是一位具有理论才能的文学家,1940年他就出版了文艺理论专著《文学读本》,后来经过增订、修改,1954年改题为《文学论稿》,由上海新文艺出版社出版。这是五十年代绝无仅有的一部个人撰写的文艺理论专著,具有开拓性,当时很受读者的喜爱。

"天地不仁,以万物为刍狗。"

巴人的一生,可谓经历异常曲折坎坷,而他的毅力却极为惊人,他的勤奋亦非常人所能相比,他留下的文字遗产多达一千万言。

然而,就是这位堪称著作等身的文学家,这位具有多方面才华、做出了很大贡献的前辈,在那个残暴和昏迷的年代,竟然那样异常凄惨地死在了故乡!

柯灵说:在"文革"那场"荒谬绝伦的政治大火灾中",巴人"是最惨不忍闻的祭品之一"。唐弢认为:巴人是"历史的悲剧里一个令人叹息的角色!"

反右运动中被打成"舒、张、顾、李右派小集团"成员的顾学颉,后来和"小集团"其他人大都继续留在人文社工作,业务上还得到过巴人的相当的重用。"文革"结束后,在人文社为巴人举行的追悼会上,顾学颉送了一幅挽联,下联是:"知我罪我,感君犹有爱才心。"

和牛汉谈起巴人来,他一再说:"王任叔是保护过我的……"

黄秋耘撰文回忆,1959年夏天,他曾应巴人之约,为人文社选编《建国以来文学评论文选》,选了一篇周文的文章,但一想到周文是在"三反"、"五反"运动中自杀而死的,便不免有些担心犯忌。巴人听到他的顾虑后,很气愤地说:"只有中国人才把自杀看得那么严重,一定要开除党籍,还说这是自绝于党、自绝于人民;一个人不想活下去,难道连结束自己生命的权利都没有吗? 马雅可夫斯基是自杀的,法捷耶夫是自杀的,高尔基尔基也自杀过,只不过没有死去,难道连这些大作家的作品也不能出版了吗?"

　　　　在我梦底一角上组起花圈……

　　……就这样梦便告了终止,倒也落得个干净。然而疏了四五月的破琴,终难制止心中的要求,在那黄叶低吟的时节重复取下,弹起了梦曲,继续我底梦。

　　追溯巴人饱经忧患、历尽悲欢、起伏跌宕的一生,想起他的悲剧宿命,吟味着他十八岁时写下的诗句,以及他在《自叙》里所说的这些话,心中不胜痛惜……

　　　　　　　　　　　　　　　　　　2006年6月10日于北窗下
　　　　　　　　　　　　　　　　　　2010年10月7日增补

他走进"无物之阵"

一

1954年《红楼梦》研究批判,是冯雪峰新中国成立后遭受的第一次重创。此次批判,虽触及了雪峰部分"现行表现",他也因而被撤掉了《文艺报》主编一职,但仍继续担任中国作协副主席及人民文学出版社社长兼总编辑等重要职务。到了风云变幻的"多事之秋"的1957年,更大的灾难又降临到了雪峰头上。

这一年的7月至9月,作协前后共召开了二十五次党组扩大会议,批判丁、陈反党集团。从第十七次以后的几次会议,批斗矛头则对准了冯雪峰。这场斗争开始于1955年,又经过翻烙饼式的折腾,终于不可避免地把他也牵连其中。而实际上,早在1955年6月下旬,中宣部在给中共中央《关于中国作家协会党组准备对丁玲等人的错误思想作风进行批判的报告》中,已有批判丁玲之后进一步展开批判冯雪峰的通盘谋划。

8月14日第十七次会议之前,与会发言者主要批丁、陈时,已渐有人

周扬和陆定一

不断地提到了冯雪峰，把他与丁、陈紧紧连在一起。7月29日，时任作协党组副书记的诗人郭小川，与作协党组书记邵荃麟一起商议，联名致信冯雪峰，敦促其参加作协党组扩大会。翌日的第七次会议，方纪在发言中提到了"丁玲、冯雪峰为什么这几年沉默"；又说，去年肃反结束后不少人请陈企霞吃饭，冯在请他吃饭时说："企霞，你现在成了英雄人物了！"还说，冯答应为准备办油印刊物的陈企霞提供纸张。

由于事涉冯雪峰，鲁迅遗孀许广平亦被邀请与会。如此一来，曾认为冯雪峰是"研究鲁迅的通人"的她，对这位老朋友的看法也就发生了变化。8月4日第十一次会议上她说："昨天丁玲同志死抱住历史，首先承认她在上海就和雪峰同志要好，因为雪峰和周扬有意见，所以她也对周扬同志有意见。社会在一日千里地前进，他们却还是不知羞耻地公然说出二三十年前搞小圈子，闹个人意气的话，还行得通吗？雪峰同志方面，总听说多病，忙，我是绝少来往的。原来他忙的是那一套反党勾当，病的是心怀鬼胎，捏造事实，无中生有地白日见鬼似的自处于阴暗。我以老朋友的资格，希望他们回到党和人民这方面来。"

他走进"无物之阵"　　**303**

在这次会上,事先并未准备发言的冯雪峰被迫做了检讨,说:"我过去认为我只是反对周扬而不是反党,这在认识上是错误的,反对周扬其实就是反党……今后要接受周扬在文艺工作上的领导,团结在周扬的周围把文艺工作做好。"对此发言,周扬和邵荃麟都表示满意。但有人却不以为然,认为"团结在周扬的周围"这个说法不对,应该说"团结在党的周围"。还有人觉得检讨得不深刻,"只承认反周扬,不承认反党"。

冯雪峰公开检讨了,下一步怎么办?当晚近9点了,作协党组副书记刘白羽、中宣部文艺处处长林默涵和郭小川等人,来到中宣部副部长周扬处,商量此后会议的开法和行动步骤,近11点才散。

两天后的第十二次会议,林默涵发言,先是批丁、陈以及萧军,之后谈对冯雪峰的几点意见,认为在和党的关系及文艺思想上,他都存在着错误,肯定了冯对自己的两点看法:一是"跟党的关系长期不正常",根源是由于"严重的个人主义思想",有委屈情绪,总觉得党对不起他;二是"文艺思想是同党的文艺思想,具体说是同毛泽东的文艺思想相违背的"。还说,冯雪峰对新文学作品采取抹煞态度,对苏联文学也加以轻视,断言冯的文艺思想与胡风文艺思想有共同点。又认为他有严重宗派主义情绪,对于党团结广大作家的方针有抵触,二次文代会时对老舍很不尊重,对郭老也不够尊重。

冯雪峰在为第二次全国文代会起草而未被采用的报告中,确实批评了一些作品,如电影《人民的战士》(刘白羽编剧)、小说《一同前进》(康濯著)等;1953年6月17日在全国文协一次座谈会的总结发言中还指出:《龙须沟》"思想还是比较肤浅",《春华秋实》"是奉命写的东西","是失败的"。

8月7日下午的第十三次会议,文艺理论家何其芳出场,主要批丁、陈,兼及陈涌,牵出冯雪峰。他说,陈涌只肯定一个人"懂得文艺",那就

青年夏衍

是冯雪峰；又说，陈还主张采取"鲁迅、瞿秋白、冯雪峰的方式，个人影响作家的方式"，"这和胡风向党进攻的意见书中的组织纲领也是相同的"。

作家老舍的发言依然是他一贯的幽默口风，但也颇多弦外之音，"有一次冯雪峰指着我的鼻子，粗暴地批评我的作品。我接受了他的批评，没有闹情绪"；"遗憾的是当时雪峰的批评只从艺术观点出发，假若他从作品的政治性上发言，虽更严厉一些也更受欢迎"。老舍还谈到抗战时冯雪峰到了重庆，"需向潘公展递手本，签名保他的有我。其他三个保人都有靠山，我没有。雪峰若是跑了，我得入狱。我不是在这里表功"。

郭小川在当天日记里写道："何其芳发言尚好，老舍大谈他自己的功劳，最后几句话很厉害"云云。

同一天《人民日报》头版刊发了题为《文艺界反右派斗争的重大进展 攻破丁玲陈企霞反党集团》的报道，冯雪峰被置于"丁玲陈企霞等人反党小集团"之中。此报道是8月5日郭小川用一整天时间起草的，上午9点动笔，下午与《人民日报》记者田钟洛、叶遥一起，一直弄到9点多才吃晚饭。11点半到周扬处，根据周的意见又改了前一部分，周亲自改了后一部分。凌晨1点半才完成，送走田、叶，回到家已两点多了。第二天上午再改，中午又到周扬处，加上邵荃麟和刘白羽，四个人一起商议改定，之后郭小川坐车，亲自把稿子送到报社。

8月8日第十四次会议，《文艺报》主编张光年发言提到一个细节：陈企霞交代1954年检查《文艺报》时，丁、冯、陈就在一起商量对策，要不要放弃"阵地"。然后又质问道："为什么像冯雪峰所说，肃反运动来了，你们就要清理信件，准备被捕？"并由此断言："这是一个很大的政治阴谋，这是一个大规模的分裂活动。"这句话说得很厉害，郭小川当天日记说张的发言"简短有力"。

在8月9日第十五次会议上，来自人民文学出版社的王任叔成为批冯主角。一上来他就谈冯雪峰用"宗派的眼光"看人的问题，接着又侧重"揭发"雪峰的"一些活动"，说雪峰的思想感情和生活、工作方式，脱离社会主义建设、集体主义生活方式和工作制度轨道；他躲在阴暗的一角，看不出这世界的变化；他对周扬的关系极不正常；他极端轻视周扬实际上是轻视党的领导，等等。之后，又提到他与雪峰在出版社方针任务等四个方面的矛盾分歧，还"揭发"雪峰在整风中"到处点火"，"动员"舒芜们"向党进攻"。王发言时间很长，涉及问题颇多，又再批雪峰文艺思想，而且证据有六条之多；最后强调：雪峰说"他对毛主席的《讲话》是有抵触的，我看不是抵触，而是反对"。

作协党组副书记严文井在此次会上也发了言，批丁、陈之外，亦涉及冯雪峰，说："从王任叔的发言看来，雪峰右得很，这次会议上发言也很不好"；还认为冯雪峰的文艺思想和宗派主义也要检查。

尽管以上几位批判者所谈问题不少，但大都东一榔头西一棒子，显得杂乱无章，明显"火力不够集中"，尤其未能如周扬等组织者所希望的，触及三十年代的"历史公案"。其实,这正是批冯要害之所在。三十年代是周扬的一块"心病"。

二

8月9日晚,中南海。

"总理和小平召集文艺界同志谈了反右派斗争问题,认为斗争已经展开,很多大鲨鱼浮上来了。……最后决定紧接着就展开对雪峰的斗争。"郭小川在日记里记下了刘白羽的传达。后来郭回忆道,周扬早就想"尽快地从斗争丁、陈转到斗争冯雪峰",批斗丁、陈时,"他曾提出一定要同时斗争冯雪峰"。

8月11日下午4点,王府大街64号中国文联大楼会议室。

周扬和林默涵、刘白羽、邵荃麟、郭小川,与冯雪峰进行了一次五对一的谈话。周扬先说:"叫你来,就是要告诉你,也要把你拿出来批判,同批判丁玲、陈企霞一样。你那天检讨,我当时认为还可以,但大家不满意。批丁玲、陈企霞,不批判你,群众是通不过的。你要摸底,这就是底。"接着又说:这一次必须把你许多问题搞个彻底,包括清查你的政治历史,这是阶级斗争、大是大非的斗争。你的包袱太重了,总以为自己正确。

他还问冯雪峰:"你从陕北出发前是谁交待你的任务的?"冯回答:"洛甫同志。"周又问:"他怎么说的?"冯答:"上海没有党的组织,党的组织被破坏了。"

周说:"我们孤军奋战,我们这些人又比较幼稚;可是你可以看嘛,我们总是按照共产国际的指示、按照党中央的宣言提口号、搞工作的。你一来,就一下子钻到鲁迅家里,跟胡风、萧军这些人搞到一起,根本不理

夏衍在 8 月 14 日
批判冯雪峰会上发言
的铅印稿

我们,我们找你都找不到,你就下命令停止我们的党的活动。"周还说他和夏衍等人在上海坚持地下斗争,可冯却勾结胡风,给他们以打击。他特别激愤地说,冯雪峰 1936 年在上海还说过他和夏衍是"蓝衣社、法西斯",并让冯当面答复。冯说:"请调查。"

郭小川听了这些话,"感到非常惊奇,闻所未闻"。当说到外有白色恐怖,内有冯雪峰的打击时,周扬竟流下了眼泪。他告诉冯:"要经受一次批判。"冯表示怕搞成小集团成员。周的意思似乎是着重批判思想,暗示不一定要搞成小集团成员,并叫冯雪峰准备在会上作检查。冯满腹疑惑:1936 年自己在上海的工作,中央是肯定过的;组织上也没认为自己与胡风是"反革命同伙";那么,到底要批判我什么问题呢?

这次谈话,历时三小时,气氛相当严厉,至晚 7 点才结束。批冯大戏之帷幕,正式拉开了。

8 月 13 日第十六次会议,由与冯雪峰比较熟、关系也很好的作协党组书记邵荃麟打头炮。周扬已经催过他,叫他早点发言。邵首先提出:"这场斗争是文艺界党内的一场原则性的大斗争,也是整个文艺界的一场大斗争。"接下来结合冯雪峰的经历,主要谈他的"反党错误":1937年冯雪峰"和领导吵了一架,后来脱离党组织,当时中央要他去延安,他也拒绝,跑回浙江老家去了",后来被捕,从集中营出来,到了重庆,"和党的关系仍然不很正常","这最突出了、说明了雪峰的组织观念"。邵又谈到,第二次文代会雪峰起草报告"实际上是批评了党的领导",还说到雪峰的文艺思想,认为他"陷入唯心主义是由于对共产主义世界观产生了怀疑和动摇"。发言结束时,邵诘问道:"雪峰是经过长征的老党员,为什么思想上会堕落到这样呢?"

从冯雪峰"脱党",到"对党不信任和怀疑",再到"内心阴暗",邵讲的时间不算短。郭小川日记赞道:"邵荃麟讲了两小时,一部分谈丁玲,一部分谈雪峰,雪峰这一部分讲得特别精彩。"可是,周扬和刘白羽"都认为会议开得并不好"。这是为什么呢?郭小川后来悟出:因为"没有讲到左联问题"。当晚11点,刘白羽把林默涵和郭小川叫到他家,专门谈了"会议的组织问题,决定把各单位的与会人都组织起来,及时告诉他们意图,供给他们材料"。

组织者的运筹帷幄果然奏效。8月14日下午,攻坚战打响了。主攻手是文化部副部长夏衍。据郭小川日记:"6时多就起来,天下雨……(下午)2时开会,先是蔡楚生发言,然后是徐达,紧接着是夏衍发言,讲了雪峰对左联的排斥,他的野心家的面孔暴露无遗了,引起了一场激动,紧接着许广平、沙汀发言,楼适夷发言,会场形成高潮……"

带着发言稿的夏衍,显然有备而来。此前,周扬专门召集林默涵、刘白羽等人开过一个小会,明确指出揭批冯雪峰"关键是一九三六年上海那一段,要有个有力的发言";他提议由夏衍来讲。一开始夏衍就把话题引向三十年代上海,说冯达被捕后几小时之内就叛变自首,带着特务去捉丁玲,"其目的是为了要从雪峰同志手里夺回丁玲。因为这时候雪峰同志和丁玲有了不正当的男女关系"。许广平8月4日发言只是说丁、冯"要好",夏衍则径指两人有"不正当的男女关系"。在政治斗争中以此类话题做文章,也是一种传统"战法",颇能令对手颜面扫地的。丁玲1957年初写的检查材料中,也曾"揭露"过周扬解放初期的"男女关系"问题。

接着,夏衍重申了1955年9月1日自己在作协党组扩大会上的发言,说丁、冯的思想与胡风思想根本上没有区别,然后直奔主题,专门追究冯雪峰三十年代的"历史问题"。他说:冯1936年从瓦窑堡到上海,"中央是要他来和周扬和我接上关系的",但不找我们,先找了鲁迅,之后,"你一直不找渴望着和党接上关系的党组织,而去找了胡风,不听一听周扬和其他党员的意见,就授意胡风提出了'民族革命战争的大众文学'这个口号,引起了所谓两个口号的论争,这是什么原故?"夏继续责问冯:你"可以找胡风,甚至可以找章乃器,为什么不找我们?"其中提到章乃器见了冯雪峰后,标榜自己跟"陕北来人"接上了关系,扬言"今后你们不要来找我,'陕北来人'说上海没有共产党组织"云云。据称,冯雪峰还跟文化界一些外围人士打招呼说,"周扬、沈端先(夏衍)等假如来找你,'轻则不理,重则扭送捕房'"。夏还援引据说是已过世的钱亦石透露给周扬的一个情况,称"雪峰在外面说,夏衍是蓝衣社,周扬是法西斯",继而怒斥道,"这不是陷害,还是什么?"

随后,夏又对冯发出了连珠炮一般的质问:你介绍和批准胡风入党,还把他引进了党的工作委员会,"你和胡风是怎样一种关系?""(你)在上海既不参加当地党的工作,又不回解放区;中央打电报给博古同志,叫你立即回延安,你拒绝了,寄居在许广平先生的三楼上,郁郁寡欢,常常终日不语。抗战的炮声为什么不使你感到兴奋,反而感到忧郁,这是什么

五十年代的郭小川

缘故?"他又提到了几件事,一是冯雪峰离开上饶集中营刚到重庆时,由老舍、姚蓬子和韩侍桁"担保"的事情;二是跟在王芃生领导的国民党特务机关工作的冯达见过面。这就扯出了"叛徒"、"特务",于是什么立场、感情问题都提出来了。夏衍认定冯和胡风、刘雪苇、彭柏山是"一条线"的,振振有词地追问:"这些人和你之间这条线只是思想上的共鸣呢,还是有什么组织活动?"

夏衍的发言,立刻产生了爆炸性的惊人效果,连郭小川都"极感惊心动魄"。马上有人高喊:"冯雪峰站起来!"又有人喊:"丁玲站起来!"于是,"站起来!快站起来!"的叫喊声,震撼了整个会场。冯雪峰垂首恭立,啜泣无言;丁玲站着哽咽,泪如泉涌。

当夏说到冯"用鲁迅的名义,写下了这篇与事实不符的文章(笔者按：指'答徐懋庸'信），究竟是何居心"时，许广平突然站了起来，指着雪峰大声责难："冯雪峰，看你把鲁迅搞成什么样子了?！骗子！你是一个大骗子！"冯雪峰完全被打蒙了。他脸色惨青，呆然木立，手一直在发抖。丁玲也不再呜咽，默默听着。会场突然安静了下来，静得连一根针掉在地下也能听见。

夏衍发言中间，坐在主席台上的周扬一度站起来，指责当年冯雪峰代鲁迅起草《答徐懋庸并关于抗日统一战线问题》一信，是对他与夏衍等人的"政治陷害"。周扬认为，将左翼内部的争论公开发表，这等于"公开向敌人告密"。

听了夏衍的发言，邵荃麟说："二十年来的现代中国文学史必须重新写过了。"此时，冯的老朋友、老部下楼适夷也信以为真，忽然大放悲声。夏发言后走下主席台，回到座位上，坐在身边的楼适夷对他说："冯雪峰原来是这样一大坏人，我可看错了人。"夏说："你读过历史没有，历史上有多少大奸呀！"

这时，邵荃麟指名要楼适夷上台发言。他泪水未干，就走上台，泣不成声地痛斥冯雪峰如何用假象欺骗自己。会场气氛更加紧张了，很多人纷纷站起身来，七嘴八舌地怒斥冯雪峰。

这次批冯会议可谓大获全胜。周扬是满意的。林默涵也赞赏夏的发言，晚上见到郭小川时说："夏衍这样的人，政治上不强，这次发言可真不错。"与会的中宣部文艺处工作人员黎之后来说：夏的发言以"大量篇幅纠缠人事关系"，"给人留下的印象是一篇'转移斗争大方向'的泄私愤的长篇牢骚"。而从当时的效果来看，夏衍的"爆炸性"发言，无疑强有力地引领了"斗争大方向"，给了冯雪峰致命一击。

晚上，雪峰打电话求见周扬。见面后，周对他说："今天会场的激动情况，我也没有预料到。"又特意强调：夏衍的发言"事前没有商量"，他昨晚打电话来说要提,"我同意他提"。无疑这是当面撒谎!前文已写到,周扬召集过一个小会,确定了批冯的关键及发言者夏衍。之后又开过一个小会,专门讨论夏衍发言的内容,并定下了发言的"基调"。

雪峰不解地问:"我的问题究竟是在过去还是在现在?"周以轻松的口吻回答:"什么问题都让大家揭发嘛,批一批,对你也有好处。"雪峰又问:"有些事实,我可不可以申辩?"周答:"可以,你可以在会议上发言。"冯雪峰觉得,周说话态度很平静,与白天在会场上不同。他哪里知道周扬他们背后的所作所为呢?

两人谈完,冯雪峰沉重而茫然地走了。

三

组织者决定一鼓作气,乘胜推进,扩大战果,一举拿下倔强执拗、有浙东人的硬气的冯雪峰。

第二天上午,在文联大楼召开参加党组扩大会的各单位负责人联席会。周扬、林默涵、邵荃麟和郭小川都出席了,邵做了一下总结,决定"继续打开局面",又具体安排曾是左联成员的陈荒煤、沙汀和周立波,以及理论家何其芳发言。下午楼下开会斗争萧乾,楼上陈荒煤、沙汀和周立波在做批冯发言准备。

为给批冯提供更具杀伤力的弹药,晚上9时,郭小川还去访问了三十年代中期在上海中共地下党特科系统工作的王学文,请他具体谈冯雪峰与左联的关系。郭在当天日记中写下了一句:"他(笔者按:指王)对雪峰印象极其不好。"

午夜,电闪雷鸣,风雨大作,把服了安眠药后入睡的郭小川惊醒了。

第二天下午,郑振铎、李伯钊讲话后,有人要求主席团命冯雪峰交待

《万象更新图》 丁聪、方成、叶浅予、江有生、米谷、沈同衡、英韬、张光宇、华君武合作

漫画《万象更新图》(局部),刊于1956年1月号《文艺报》;图中画了近百位作家,有的在写作,有的在采风,郭小川此时正在参与整理胡风材料。

问题。冯只得上台发言,他讲了若干事实经过,但否认夏对自己说过周、夏是蓝衣社特务、法西斯,以及摧毁上海地下党等指控,就昨天发言中一些与事实不符的指责为自己做了辩护。据说,他的发言是在周扬指定邵荃麟的"帮助"下准备的,以关键当事人的身份,按照周扬定下的调子,为"两个口号"论争、"四条汉子"等历史问题重新"定性"。然而,冯雪峰的陈述仍不能使与会者满意,被认为"讲得很空洞",为自己辩解,没讲完即被粗暴打断,硬给轰下了台。

8月16日下午第十八次会议,先后发言批冯的,有张天翼、袁水拍、陈荒煤和何其芳。陈荒煤申明其发言是以"自己的亲身体会",来揭发冯雪峰在上海如何以"钦差大臣"的姿态出现,"打击"、"分裂"、"破坏"上海地下党的活动。他还揭发了一件事,说胡乔木到边区去的时候,冯雪峰派李凡夫一路监视。但他主要还是拿历史问题说事,提出了一大堆问题,要冯雪峰回答:"发起两个口号的论战,动机是什么?""你对各地组织随意打掉,否认别人的党籍,你自己呢?""为什么你二十年来对叛徒、反党分子、反革命分子毫无警惕,相处泰然,把他们当作知己,这样亲近,而对地下党员却戒备很严,仇恨很深,为什么?"前一个问题他自己替冯做了回答:"蒙蔽鲁迅,假鲁迅之手打击左联,打击地下党。"

何其芳在发言中先呼应夏衍,说夏的揭发使自己"很激动,很愤慨",接着给冯扣了两顶大帽子:"反党分子"和"个人野心家"。他回忆1945年、1946年在重庆时,曾有一个地下党员告诉他:"雪峰是胡风派。"又指出当时在党召开的文艺座谈会上,胡风发言反对毛泽东《在延安文艺座谈会上的讲话》中关于政治标准和艺术标准的提法,后来冯雪峰就以"画室"的笔名写了《题外的话》公开响应,讥笑"政治性"、"艺术性"的说法经不起"一连反问三次"。冯雪峰还写了《论民主革命的文艺运动》,"更极力为胡风的反动文艺理论辩护"。何其芳又以冯雪峰的其他论文和杂文为靶子,批判其"反党、反马克思主义"的文艺思想,以及"一些腐朽的资产阶级的思想,宣扬个人主义、唯心主义以及其他某些使人吃惊的反动思想",所列举的几篇文章中,就有1954年12月31日毛泽东批给刘少奇、周恩来等中央领导及陈伯达、胡乔木、胡绳等人阅读的《火狱》。何其芳最后断定冯雪峰"有很大的权力欲望",从陕北到上海时"把个人驾乎党之上","以钦差大臣自居"云云。

8月17日上午,郭小川和周立波、沙汀又一起去找王学文。王跟他们谈了冯雪峰"确实说胡风是党员,而又决定停止左联的党员活动"的情况。回到文联大楼,周扬立即召集邵荃麟、林默涵、刘白羽和郭小川开会,商讨下午会议如何开。林默涵认为冯的问题已经搞得差不多了,党组负责人中应当有人出来讲讲话。他建议由党组副书记郭小川发言,说他有"分析能力",因为8月4日郭批判丁玲的发言给他留下的印象很深。郭表示不愿意讲,说自己来作协后,主要做事务性工作,并不了解冯雪峰。周扬和刘白羽都赞成他讲。郭推辞不掉,只好应承下来,但提出了"讲什么"的问题。

《郭小川全集》第9卷书
影,广西师范大学出版社2000
年版

　　林默涵马上出了个主意:可以看看胡风的"供词",讲讲冯和胡风的
关系,他们两个人的思想完全是一致的。还说胡风"供词",他家里就有,
郭可以去取。郭又提出,发言光讲这个问题是不够的。林说:"把大家的
意见归纳一下嘛。"

　　晚上8点,郭小川回到家即开始看冯雪峰的材料。第二天星期日,
6点多起床,接着看材料。下午去林默涵那儿取来胡风"供词",继续
看。19号上午上班后,几位组织者又磋商了一下下一阶段行动步骤。
下午、晚间郭一直在准备发言,午夜12时才睡。20日下午两点会议开
始,郭仍一个人在楼上做准备。等他下楼走进会场时已近4点,周立波、
艾青和王蒙都已讲完,陈涌正在发言。

　　此前周立波的发言,主要引征他和沙汀、郭小川从王学文那里了解
来的一些材料,判定冯雪峰1936年到上海后非调走周扬、挑起两个口号
论争,决定停止党团活动等做法,对上海党组织"文委临委"造成了五次
打击,由此他气势汹汹地逼问冯雪峰:"你为什么要假借中央的名义,来

打击党的地下的组织？你欺骗了中央,打击了当时地下党的一百多个同志,你怀的是什么样的黑色的心肠？"还反问道:"当年在上海大闹天宫以后,为什么又要逃跑呢？"

袁水拍发言后,经过充分准备的郭小川,终于披挂上阵。他先给冯雪峰接触的人列了一个表,有胡风、姚蓬子、韩侍桁、冯达、黎烈文、孟十还、彭柏山、刘雪苇、吴奚如、潘汉年、萧军、尹庚、丁玲、陈企霞、顾学颉、舒芜、张友鸾,说这些人中有的是反革命分子、特务,有的是右派分子、反党分子,有的是叛徒,有的是政治面目不清、思想反动的人。之后以反问方式下了个结论:"雪峰所接近、所信任的人中间到底能找出几个好人来呢？"接着又着重谈冯雪峰和胡风及丁、陈的关系,一面判定"两个口号"论争、鲁迅"答徐懋庸"信,都"是冯、胡的共谋","十分残忍地打击了上海党组织","分裂了文艺界,也分裂了党"。说到鲁迅答托洛斯基派的信,"也是雪峰起草好了,跟胡风商量的","这不是挑拨是什么？"他说:"雪峰还要把周扬送出去留学,送到延安,而后又假借中央的命令,停止了党团活动,这两方面双管齐下,必欲置上海党组织于死地而后快。"还说胡风和冯雪峰"一个反革命分子,一个个人主义野心家","在上海那样的历史条件下结成了反党联盟"。再从左联时期的丁、冯关系提起,一直说到五十年代,结论是,"中国文艺界的两大反动集团,雪峰都沾了边"。

郭小川语速特快,雄辩滔滔,讲了一小时有余。火力很猛,效果不错,达到了预期目的。林默涵认为"还好"。至此,这一战役似乎可以鸣金收兵了。

但周扬却始终未表态。或许是因为郭讲得过于露骨,与事实出入太大,这一点周扬心里应该清楚。会后冯雪峰也就此向邵荃麟提出。邵表示:"事实是可以查对核实的",而问题的要害是,"勾结胡风,蒙蔽鲁迅,打击周扬、夏衍,分裂左翼文艺界"。

8月27日《人民日报》发表了以《丁陈集团参加者　胡风思想同路人　冯雪峰是文艺界反党分子》为题的斗争冯雪峰的报道。稿子是郭小川起草的，但报道中未见郭的署名，发表前已经过周扬、林默涵阅改。此前，8月24日在周扬家里开会，几位组织者商议过这个报道。周扬甚至认为，应把报道中有关左联时期的一段话也删去，意谓"这个问题，要中央讲话，我们不要讲"。或许他觉得有点心虚，因为批判者所言不合史实之处太多，为三十年代问题"翻案"的时机恐怕尚未成熟。

8月23日第二十次会议，冯雪峰照常与会，准备继续承受批判。没想到，党组扩大会议已调整炮口，转向批判萧三、李又然、艾青，以及罗烽和白朗等人了。其后的几次会议，冯雪峰被告知勿须参加，在家里写检查。至此，对他的批斗戛然而止。

之后，为了保住党籍，在邵荃麟的点拨下，他被迫为收入1959年版《鲁迅全集》的《答徐懋庸并关于抗日统一战线问题》撰写了违背历史事实的题注。结果呢？保留其党籍的承诺并未兑现，冯雪峰依然被开除出党。

这位老资格的共产党人、诗人、文艺理论家和鲁迅研究家，受到了毫无诚信的欺骗和戏弄，被狠狠地耍了一回，涮了一把。

9月4日第二十五次会议，即作协党组最后一次批冯扩大会议，冯雪峰再次做了检讨，提法、口径是合乎组织者、批判者的要求的，什么"宗派主义"，"狂妄自大"，"怀疑周扬"，"对上海党组织加以打击"，"反党"，等等，等等。组织者心里一直悬着的那块石头，终于可以落地了。"雪峰的检讨似乎是有些进步"，郭小川在日记里如是记录。

面对衮衮诸公的毫无情面的批斗，冯雪峰如同走入了"无物之阵"（鲁迅语）。

孤立无助，百口莫辩，连为自己"辩诬"的权利亦被剥夺；对于横加在自己头上的种种谣诼、攻讦和诋毁，只能被迫地、屈辱地接受下来。最终以罗织锻炼的莫须有罪名，戴上了一顶"资产阶级右派分子"的荆冠，丢掉了他格外珍视的党籍，撤销人文社社长兼总编辑、中国作协副主席、全国文联常务委员、全国人大代表等所有职务。

9月16日，周扬在作协党组扩大会议上，做了《不同的世界观，不同的道路》的总结性讲话，滔滔不绝，午前开讲，直到午后两点，用去三个多小时。第二天上午8点40分接着讲，10点多才讲完。

这个讲话稿，周扬先拟好一个提纲，9月11日下午与林默涵、邵荃麟、刘白羽、郭小川、张光年等会商一次。后据毛泽东意见做过修改，又于11月20日再呈毛审阅。毛修改后，24日批示周扬，让他阅后即送胡乔木转邓小平，并指示："作一二次认真的讨论"，"加以精密的修改，然后发表"。毛还强调："这是一件大事，不应等闲视之。"由周扬及其他文艺界负责人参加讨论并再度修改后，又送毛审阅。

毛亲笔改过后，以《文艺战线上的一场大辩论》为题，发表于1958年2月28日《人民日报》。此文有关部分，对冯雪峰做出了最具权威性的、完全彻底的思想批判和政治结论。

冯雪峰的命运，也便由此铸定了。他步入了近二十年隐忍苟活的漫长苦难人生，直至1976年1月30日饮恨辞世。

2011年3月15日于首善之区166号西壁下

聂绀弩的"独立王国"

一

聂绀弩在上个世纪五十年代中后期,走入了一个"多事之秋"。

担任人民文学出版社副总编辑,并兼二编室主任的他,在"肃反"和"反右"运动中,成为运动对象。其间,还曾有过一个他在人文社二编室搞所谓"独立王国"的罪案。

此事始于"肃反",终于整风"反右",曾是他的一大"罪状"。

在2002年5月中国社会科学出版社出版的《口述自传》中,舒芜曾谈到,肃反运动结束之后的"思想建设阶段","我们古典部(即当时人文社二编室——引者注)的人要检讨'拥护反革命分子聂绀弩搞独立王国'的错误。其中,特别点到我和张友鸾两个人,说我们俩是'独立王国'的'左丞右相'。……等我们检查了'左丞右相'的问题之后,聂绀弩又被认为不是'胡风分子',也不是'反革命分子'","可'独立王国'的说法迟迟还不取消","我们这些人好像还是'独立王国'的遗民余孽……这就埋伏下后来一场更大的运动——整风'反右'。"

绀弩下围棋

但是，详情究竟如何，舒芜先生没有细谈。

2004年2月武汉出版社出版了十卷本《聂绀弩全集》，第10卷主要是作者从1955年5月到1957年底写的各种检查交待材料，总计有三十六份之多。其中有多处文字涉及所谓"独立王国"问题，有一份，题目即《王国与政策》。

据这些检查交待材料，所谓"独立王国"问题，无非是二编室劳动纪律比较"松懈"，坐班不是很严格呀；好在办公时间聊天、讨论问题呀；大家对聂绀弩有好感，"相当拥护"他呀；还有聂"比较关心大家的生活"，经常借钱给二编室的人，又为他们争稿酬呀；聂还鼓励大家写研究性的文章，如果看见有人在办公时间写，也并不深究呀云云。

总之，"二编室有些特殊作风"，而这些作风的形成，与聂绀弩的领导方式和工作作风，似有很大关系。其实也就是，二编室的人比较认可和欢迎绀弩的领导作风与工作方法，即如舒芜所说，聂绀弩和二编室的人，"相处得就像朋友似的，根本不讲上下级那一套"。

然而，仅仅如此，只凭这些鸡毛蒜皮的小事，就能给聂绀弩按一个"搞独立王国"的大罪名吗？不是连聂自己在检讨交待材料中也说，"似乎还不算独立王国"吗？

浑身文人气味的聂绀弩，在人文社上任后，领导作风民主，毫无"官架子"，与部下的关系和谐融洽，他主持的二编室，自然而然有了一种自由宽松的工作氛围。社长兼总编辑冯雪峰私下里表示，聂绀弩"出乎意外地能做组织工作"。

那为什么曾几何时，如聂绀弩所说，"恰好是我应该被肯定的地方"，却又突然间变成了"我最被否定的地方"了呢？

在一份检查交待材料里，聂绀弩写道："独立王国，在王任叔到社以前，是连影子也没有的"。看来，此事与王任叔（巴人）调任人文社负责人有极大关系。

1954年4月，王任叔调入人文社，担任党委书记兼副社长、副总编辑。由于社长兼总编辑冯雪峰，另外还担任作协副主席、《文艺报》主编，党组织关系并不在出版社，所以王任叔到任后，即开始抓全面工作。上任伊始，他即以为，人文社"百废待举"，所以想加以"改进"。聂绀弩对他的初步印象是："有点摆架子，居高临下。"

在二编室工作问题上，他们两人的意见、做法，果然相左，有明显的分歧和矛盾。王撰写了一篇谈如何整理古典文学作品的文章，要印了拿出去散发；聂看到了，觉得写得并不怎么高明，却又不知如何说，只好送给冯雪峰，请他再看看。冯阅后，大概也觉得不怎么好，但也不好说什么，于是采取了一个折中的办法，"在社内打印参考"。

王任叔又以二编室的名义，制定了一个重印文学古籍的选目计划，征求社外专家意见，结果引来不少异议、非议，有的意见很不客气。而这个书目并未经过二编室讨论，也没有和主管二编室工作的副总编辑兼室主任聂绀弩商量通气。二编室的人向聂反映后，他径去问王任叔是怎么回事。王答，是冯雪峰叫他和聂共管二编室的。而冯又并未和聂说过此事。

对王任叔事先不和他打招呼，就直接插手二编室的事务，聂绀弩很不满。于是乎，两个人的直接冲突对抗便由此展开了。

当时，二编室集中了一批专家型的编辑，有的原本就是在大学里教古典文学的教授，如舒芜、陈迩冬、顾学颉、王利器等。平常他们除了发社外的来稿，每个人都承担着古典文学作品的整理工作。对于这种做法，王任叔很不以为然，说是"关门办社，打伙求财"。

而聂绀弩的意见是：门，是要大开的，不开，工作做不下去，但二编室的门，应逐步开大。因为，二编室约的社外专家的稿子，出现过有的不能

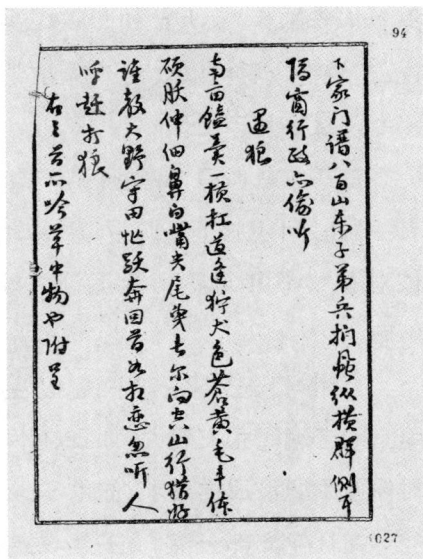

绀弩诗稿

按时交稿,影响了出版计划,有的又不合乎要求,没法采用的情况。

王任叔则主张打开门,工作都请社外专家来做。他甚至还在大会上说:我们是浅薄无聊的,专家是如何如何的。这引起了二编室人的不满情绪,有人还做了打油诗,"进门低三尺,回肠搜计划,叩首敬专家……"云云,大发其牢骚。

聂绀弩责成舒芜起草了一个整理古典文学作品的"注释体例"。王任叔看后,认为繁琐,否定了,说体例不如标准重要。聂则以为,这个体例搞得很细致,标准是思想性的,体例是技术性的;标准问题很复杂,不是一下子就能解决的。他并不同意王的看法。

接着,"劳动纪律"问题也出来了。王任叔来社前,人文社上下班并不是很严格。冯雪峰表示过,编辑可以迟到,可以晚来一个小时。1953年4月,三编室(主要负责俄苏文学的翻译和编辑工作)成立后不久,即普遍实行半天编辑、半天翻译的制度。四编室(主要负责英美文学的翻译和编辑工作)也大致如此。1954年初,冯雪峰还对三编室的蒋路明确说:三编室今后可以改变工作方式,除行政人员及助编外,其余的人可回家专门从事翻译工作。

王任叔就任后,特别强调严格遵守劳动纪律,要求准时上下班,甚至有一段时间还搞了签到簿,派人事科的人在大门口察看员工何时进门,核对和察举其与签到簿不符之处。这种做法,激起了更大的意见和不满。

聂绀弩自己不签到不说,还主张稍微迟几分钟,不必计较。又对二编室的老编辑张友鸾说:如真赶不及按时签到,只要工作上质量好,不会对你像小职员那样要求,你也不应斤斤计较。

在社党支部会议上,王任叔指责聂绀弩"抗拒他",说"二编室聂绀弩能领导,党不能领导"。

对王的这些做法和指责,聂极为反感。在另一次会上,王任叔又说聂绀弩"很难搞",没来之前,就在出版总署听说聂"很难搞"。聂绀弩得知后,更加气愤了。

1954年,冯雪峰由于《红楼梦》研究问题遭到批判,被迫在全国文联大会上做了检讨,报纸上也发表了他的检讨文章。而到人文社年终总结之前,王任叔竟专门让冯雪峰到社里,参加支部会,就此事再做检讨。聂绀弩以为,这是王任叔在搞"逼宫",想自己当社长。他与王任叔之间的对立和冲突,愈演愈烈了。

二

一年之后,肃反运动拉开大幕。由于介绍他参加"左联"的胡风已被定为"反革命分子",介绍他入党的吴奚如也已被定为"叛徒",他自己历

南京"三张"，右为张友鸾，中为张恨水，左为张慧剑

史经历和社会关系又很复杂，于是被认为"有严重的政治历史问题"，成为了肃反的对象。这给了王任叔一个打击对立面的机会。一如鲁迅所说，在某种庄严堂皇的"大题目"之下，是就可以随意"锻炼人罪、戏弄威权"的。

于是乎，"独立王国"罪案，便无中生有地突然冒了出来。

在后来写的一份检讨中，聂绀弩说："独立王国的有无，是以我是否肃反对象为转移的。"又说："独立王国这名词，最初是张友鸾在我成为肃反对象后提出的。"

张友鸾，中国新闻界的著名报人，邵飘萍的得意弟子。上个世纪二十至四十年代，先后担任过《世界日报》、《民生报》、《新民报》、《立报》、《南京人报》等报纸的总编辑或社长，淹博多识，才情敏给，善编会写，在业界有口皆碑，是著名的南京"三张"之一（另"二张"为张恨水、张慧剑）。

1952年下半年，聂绀弩到南京做关于《水浒传》的学术报告，张友鸾也去听了。当时，他正受到批判，起因是他写了一部配合"三反"运动的章回小说《神龛记》，由港迁沪的大光明影片公司，把它拍成了电影，尚未上映，首都的《文艺报》和《人民文学》就发表了宏文《一部明目张胆为反

绀弩60年代和友人在一起,左三为吴祖光,左四为张友鸾,右四为黄苗子,右三为陈迩冬

动资产阶级辩护的小说》等,批判《神龛记》"美化资产阶级",一下子使他在南京的处境变得很艰难。

他见到聂绀弩,谈到以上种种,就动了离宁北上,到人文社做编辑,参加整理中国古典小说工作的念头。两位老友一谈即合,聂绀弩立即报告冯雪峰同意,很快就把张友鸾调进了人文社二编室。

不久,张友鸾即担任了小说戏曲组组长,成了二编室的业务骨干。在二编室,聂绀弩与他和诗歌散文组组长舒芜比较接近,有事总是找他们俩商量。

肃反运动中,聂绀弩一下子被"揪"了出来,成了"胡风分子"、"反革命分子",关在一间小房子里,隔离审查,没完没了地写检查,写交待材料,检查自己的"反革命"经历,交待自己的"罪行"。

二编室的人,也都要检讨"拥护反革命分子聂绀弩搞独立王国"的错

误,尤其是舒芜和张友鸾,更得带头检举揭发聂绀弩。

王任叔专门单独找张友鸾谈话,说是审干调查发现,抗战时期在重庆,他曾经领过国民党"军统"的津贴。所以,他既要交待自己的"历史问题",又必须揭发聂绀弩在二编室的罪错。

在巨大的政治压力之下,终于,张友鸾不得不按照罪案制造者的意图,进行违心的"检查"和"揭发"。

在1955年7月写的一份检查中,他被迫交待了所谓"和这几个反革命分子的往来"的问题,也检讨了自己的"爱发牢骚":"我发牢骚,常是发在某一些制度问题上。……例如说,我怕上班,过去一段长时期不遵守劳动纪律,我就说签到制度不好之类。"还揭发聂绀弩说:"聂有'胡风黑帮型'的昂首天外的性格。在党内看不起一切同志,在社外看不起一切专家,在社内看不起一切干部。""聂是最爱发牢骚的,骂这个,骂那个。听的人往往'游夏不敢赞一辞'。"

在另一份思想检查和自我批判中,他又交待:"两三年来,在社内,我做了暗藏的反革命分子的好朋友……丧失了对反革命分子的警惕性……以致被反革命分子聂绀弩钻了空子。他用吃吃喝喝的方法来和我结成好朋友,因而利用我协助他在二编室建立独立王国,企图达到他的反党活动的目的。"他还写道:"从社内二编室建为独立王国的情况看来,其中实在包含有反党、反领导、破坏组织制度、破坏劳动纪律这一系列的内容。"

所谓"独立王国"问题,就这样被言之凿凿地提了出来,并且上升到了"反党"的吓人高度。那么,"反党、反领导、破坏组织制度、破坏劳动纪律",具体所指到底又是什么呢?

先看"反党、反领导":"任叔同志初来社的时候,参加二编室的会议,会后和我谈了几句寒暄的话,聂就说我扒上高枝儿了。……他时常把党

绀弩诗稿

内消息告诉我听,我也时常把群众意见反映给他。……这个王国是现有的国王和臣民的,君不负臣,臣亦不负君。……有了这样坚强的王国基础,聂才敢于进行他的破坏活动。他说某领导有农民保守作风,某领导低能;我也就跟着他这样说。尤其是对于任叔同志,他进行过许多诬蔑,我也常信以为真。在某一些工作上或制度上,二编室同志们提出的意见,聂总是说,是由于任叔同志的反对因而不能实现。……这段时间,我们小广播、发牢骚,可以说没有一次不说到任叔同志的。"

再看"破坏组织制度、破坏劳动纪律":"最明显的是表现在上下班签到制度上面。对于这一制度,早先,我主观地认为,编辑工作既是脑力劳动,又是集体劳动中的个体劳动,只要能增加生产,何必一定讲究上班下班。记得王任叔同志曾和苏联出版社负责同志问过,苏联出版社是没有不上班的编辑。我还是想,可能苏联出版社的编辑室设备比我们不同哩。——我只是抗拒这一制度。起初,我也还晓得,建议尽管建议,在建议未被采纳之前,总还要遵守原有的制度。但是,连这一原则后来我也不理了。因为聂说过,'在家里工作,只要我知道就行了。'于是上班下班,任意而行。某次,人事科检查签到实际情况,我就大生其气。我说,社内出入有三座门,不应只查一座门。"

被隔离审查的聂绀弩,在检查和交待中,也提及自己犯有"对劳动纪律不重视"、"不尊重领导意见"、"对被领导的放任自流",以及"生活散漫"、"吃吃喝喝"等"许多错误",并说自己"用这种方法来博得二编室部分人对我个人的不正常'拥护',同时也就造成对社的不满情绪,而形成一种独立王国的状态"。

对所谓"独立王国"之罪名,他终于不得不违心承认:"尽管我主观上不愿做这领导工作,恨不能早就解除这一职务,毫无当小领袖、要谁拥护我之意,客观上却可以说是搞小圈子或独立王国,即所谓分散主义。"

就这样,他越写检查和交待,"越觉得自己像个由国民党或简直由特务机关派来的","越写越恐怖",写来写去,甚至产生了一种"大虚无"、"大恐怖"。

结果,被认为"有严重的政治历史问题"的聂绀弩,直到1957年2月,才做出结论和处理意见。而结论里却又根本未提所谓"独立王国"问题,只说他"长期以来,在政治上摇摇晃晃,思想上极端自由主义,生活上吊儿郎当,对组织纪律极端漠视,毫无原则和立场,以致在政治上敌我不分……"给予留党察看两年处分,撤消人文社副总编辑职务。

三

1957年,整风"反右"运动来临了,上述问题再度被揪住不放。聂绀弩被定为人文社"右派骨干分子"。舒芜、张友鸾、李易和顾学颉,则被打

挑水
这颗头很邪头伍桶
雨势风自有游一担乾
坤肩上下双跳月
賈东西派時吉
饒人留卯刀
李春鴻不卯泥任重方
寰蘭路遠鷗鷺恰
在井
边烨

脱坯
凡和曰暖水斯澌
要起高墙好脱坯
不我一坯夫
土间君九合塞坯泥言方
徒上归行到大墩行矢任
耶摸斬草守丘解子了
何須桃李
苗笺埋作數
月卯李五章

绀弩诗稿

成了二编室的"右派小集团"。在人文社员工大会上,王任叔公开点了聂绀弩的名。舒、张、李、顾四人都被迫各自承认了"独立王国"的问题。连聂绀弩本人也不得不说,"我在二编室的情况……大可以说是独立王国"。

这一年3月间,上海新民报社长赵超构曾来北京,拜访了张友鸾,想调他去《新民报》做主笔,主要工作是给副刊写稿。肃反运动中在人文社挨整的经历,已使张友鸾感到心灰意冷,他立即同意调回新闻界工作。并从5月起,他向社里请假三个月,边着手给《新民报》写文章,边等着调令。

5月11日,新民报副社长陈铭德给张友鸾打电话,说调职事已经上级同意。又说,报社派他代表参加北京新闻工作座谈会。5月15日,他接到新闻工作会议邀请出席的通知,说是会上要讨论新闻界存在的教条主义、官僚主义和主观主义。在17日的会上,他做了一个发言。《光明日报》记者向他索要发言稿。他把发言提纲整理后,以《是蜜蜂,不是苍蝇》

为题,交给记者。总编辑储安平看了,极为欣赏,亲自处理,作为专栏文章,刊登在5月28日的《光明日报》上。

5月初,人文社举行高级知识分子座谈会,正在等待工作调动、已请假在家的张友鸾,本来不想出席。5月4日,舒芜曾经来约他去开会,他谢绝了。5月6日晚,冯雪峰来找他,他不在宿舍。7日中午冯又来了,一定要他与会。

他说明了不打算参加的理由。冯先劝他不要调职,说整风后社里制度和人事都将有所变动。张说:我的基本矛盾,是日常具体工作和写作的矛盾,无关乎社内制度和人事。冯又说:即使调职,也应该参加整风,因为你在社已历五年,总有些意见,帮助党整风,应该有这样的政治热情,不应因调职就冷淡不理。冯既然这样说,张也就不好不去。5月8日他第一次去开会。会上,冯雪峰请他发言,他说没有准备,不想说。到了5月28日,他推辞不掉,才开口讲话。6月8日,继续说完。

在发言中,他就社内党群关系、肃反运动、人事工作等五个问题,谈了自己的意见。关于肃反运动,他认为,社里不该死按着百分之五这个假定标准去找反革命分子,主张为聂绀弩等挨整的人平反。还为自己在肃反中被迫做检讨表示不平,说,“这是王任叔同志给我脸上画粉”。他批评王任叔:“发号施令,颐指气使,仿佛有两面大旗,写着‘顺我者昌,逆我者亡’”;硬逼着二编室的人承认拥护“反革命分子”聂绀弩“搞独立王国”。又说王像个家长,冷酷,倨傲。他还举起一张刊载着王任叔文章《况锺的笔》的报纸,说王能称赞况锺,却不能学着做况锺。

顾学颉在发言时,指着发言台子说,“这就是张某人在这里做检讨的地方,为什么要他检讨?”

人们无法逆料的是,“党内整风”突然变为“反击右派”,形势陡转,风向大变。这一来,不但聂绀弩成了人文社的“右派骨干分子”,舒芜、张友

奉命解释聂诗(之二)

作者绘朝内 166 号（四）

鸾、顾学颉、李易四个人也通通被打成了"反党小集团"。张友鸾调动之事,自然无从谈起了。他在新闻界和人文社两面受敌,那个《是蜜蜂,不是苍蝇》的发言,还被当成新闻界典型的反党言论,受到公开批判和讨伐。在社内,他更是陷入了前所未遇的困窘之中。

> 我是一个对人民有罪的人。……我的罪,是反党、反社会主义。……我的罪,是不可饶恕的。我已经深深掉在右派分子的泥坑里了。……我愿意剥了我的皮,把所有丑恶的皮都剥下来,好接受改造,重新做人。

在1957年9月11日的全社大会上,他使用这种唾面自干的言词,当众检讨认罪、自贱自诬。既然你已成了反党、反社会主义的罪人,你便不能不竭力侮辱丑化自己的人格,言词越恶浊不堪越好,这是那时的通例。然而仅仅如此,他仍然过不了关。他还得揭发、诬陷、诋毁别人。在那种情势下,他也只能如此,别无选择了。

"二编室主任过去是聂绀弩。"在全社大会上,他重提所谓"独立王国"问题,"他是个个人主义者,是个大自由主义者。……我的那种资产阶级思想,很容易和他投合,一来,我们就水乳交融。独立王国并没有什么组织形式,但是,实质上,可以说,是我到社以后,我拥护聂,聂庇护我,我们就这样拉拉扯扯,才开始建立了那个王国的。……随后,舒、顾、李无形中都很自然地参加了这个独立王国。……我和舒是这个王国的左丞右相。……二编室的独立王国,是以聂为中心,在聂领导下面进行活动的。聂在,王国存在;聂走,王国灭亡。……二编室独立王国虽然没有了,但是,'树倒猢狲并没有散',舒、顾、李、我几个人,……既同样具有反T(指"党",下同——引者注)的资产阶级思想,又迷恋王国时代所享有的特权和利益（不守组织纪律等）；自然而然，串在一起，继承王国的精神，在二编室里面就□一个小集团。"

张友鸾所揭发者，恰恰是把他从南京调入北京，不久即担任了人文社二编室小说戏曲组组长，信任他，欣赏他，与他过从甚密，且经常诗酒唱和的老朋友绀弩。有谁能够想象，这位德高望重的老报人、老作家，内心经历了怎样的煎熬、挣扎、屈辱、痛苦和郁愤呢？！

本来就是"子虚乌有"，因此检讨起来，无论如何上纲上线，"独立王国的特权和利益"，也不过是"不守组织纪律等"而已。可真上起纲来，罪名还是相当令人惊惧的："这个小集团，虽然继承王国而产生、存在，却又在原来的基础上有所发展。当初王国是占据二编室，和社的领导分疆而治的，小集团却企图冲出二编室，窜（似为"篡"之误——引者注）夺社的领导权。王国对社外专家，是采取的关门主义的；小集团却猖狂无忌地，要向T领导下的全国古典文学工作者进攻，甚至连郭老、何其芳同志，都要加以推翻。"

"篡夺"啦，"推翻"啦，"进攻"啦，都是些具有严肃政治内涵"大词"，听起来似乎很威严肃穆重大，但实则大而无当、内里虚空。

在另一份《思想检查》里，张还把这无中生有的"王国"，分了个前后期：

> 二编室里小集团，有前后两期。前期是从一九五三年开始，到五五年肃反运动时崩溃。……这个时期我在五五年肃反运动时加以揭发，这就是聂绀弩时代的"独立王国"。后期是肃反运动以后，逐渐形成，于整风期间才暴露出它的面目。在前期，舒芜和我，是王国的左丞右相；在后期，舒芜是小集团的主体，我却以"前朝元老重臣"的身份，承担着顾问、参谋这一类的职务。后期完全继承着前期

张友鸾蓄须照

的传统。……在精神实质上,前后期却没有丝毫分别的。那就是说:反党、反社会主义,是这个小集团从来不变的一致的目标。

之后又总结道:"独立王国的基础"有两面,一面是"个人主义",另一面是"自由主义"。而且,前期即"聂绀弩时代的独立王国,最显著的特征,是无政府主义"。后期的小集团,"比前期要隐蔽得多;但是它的活动,却比前期更加发展"。"更加发展"指的是什么呢?是"小集团的野心大了","根本企图搞垮二编室而达到搞垮全社的目的";是"不但占据出版社里这个整理古典文学作品的岗位,不服从党的领导;甚而企图篡夺党在全国对整理古典文学作品的领导权"。哎呀呀,这个罪名可不得了,大得几乎没边没沿。然而,帽子看似硕大无比,里边并无什么干货,毫无任何货真价实的内容可言。

到了最后,该收场了。然而,1958年1月11日,人文社整风领导小组《对右派分子聂绀弩的处理意见》中,所列"主要反动言行",均无一条一款涉及所谓"独立王国"之罪。而1958年1月25日《对反革命分子张友鸾的处理意见》中,其主要罪状也只有"参加军统"啦,"包庇反革命分子"啦,"整风中猖狂向党进攻"啦,并不见"独立王国"的丝踪毫影。(张友鸾最终的罪名是"右派分子"——笔者注)

就这样,聂绀弩搞"独立王国"的罪案,尽管半点影子都没有,尽管"莫须有",但却如前所述,居然搞得如此煞有介事、堂哉皇也、轰轰烈烈、不亦乐乎。就这样的虎头蛇尾、没有下文,但却没有人向他们做出任何解释,并道歉,没有谁对此负责,似乎一切从未发生过。

然而,这,确曾是那个年代发生过的一个真实而又荒诞的故事。

鲁迅曾痛斥过某些左联领导者"拉大旗作为虎皮,包着自己,去吓呼别人;小不如意,就倚势(!)定人罪名,而且重得可怕",说他们是"横暴

绀弩出狱后摄于萧军家屋前,左一为李健生

者"，而且"抓到一面旗帜，就自以为出人头地，摆出奴隶总管的架子，以鸣鞭为唯一的业绩——是无药可医，于中国也不但毫无用处，而且还有害处的"。

四

这故事的尾声，又何如呢？

1961年秋，已于上一年冬结束了在北大荒的劳改回到北京，到全国政协做文史资料委员会文史专员的聂绀弩，接到了人文社摘掉其"右派分子"的帽子的通知。同年11月7日，文化部机关党委做出批复，同意人文社党委《关于摘掉张友鸾右派分子的帽子的报告》(1961.9.25)。这两个难友终于都脱去了压在头上，使他们吃苦受难、让他们含垢忍辱地苟活的"帽子"——作为那个年代知识分子特有标志的那顶"荆冠"。

张友鸾依然是绀弩1960年冬回京后，至1967年1月25日被逮捕前这段时间，经常往来、过从甚密的友人。他们的友谊保持终生。

历尽沧桑、饱受磨难的张友鸾，五十岁以后便蓄起了胡须。不久，颏下胸前即有了一蓬飘飘的美髯。1962年，张友鸾五十八岁了。绀弩赋诗《悠然五十八》四首相赠，其中有云："昔日新闻记，今朝古典编。斯人面何鹄，春末袄犹棉。包袱三千种，心胸五百年。可怜邦有道，贫贱亦悠然。"还有一句云："友鸾与绀弩，画虎皆白痴。"

张友鸾在人文社退休那年(1964)，整六十岁。绀弩又赋诗《悠然六十》五首，为其贺寿。诗中有云："大错邀君朝北阙，半生无冕忽南冠。"指的大约就是把张友鸾调入人文社，后来却戴上了右派帽子的事。

1966年6月，文化部驻人文社工作组通知张友鸾，说他是"出版社老人，知道一些旧事"，要他"写揭发材料"，尤其点名要他写关于"聂绀弩写反诗"的事。8月27日,人文社造反派组织"红卫队"到他家进行搜查,首先质问他:"你为什么不交待聂绀弩的反诗?"

他只好先说明了文化部工作组要他写材料的情况,后又被迫交出了保存的聂诗手稿。造反派从他家里抄走了一些图书和写字的本子。

9月21日,人文社的红卫兵在他家窗前贴了大字报,宣布了他的若干"反动行为",声称把他"交给街道监督劳动"。从第二天起,他便开始每天在胡同里扫街。

一天,他照例从胡同里扫起,刚扫到胡同口,就看见大街上有几个背着照相机的外国人,正朝这边走过来。他慌忙把胡子从衣领口塞了进去,赶快缩到了胡同里。

他究竟怕什么呢?怕被外国人照了相去,来个"眼镜、胡子老爹扫街图",在海外登载出来,总不大像个样子。他决不愿因此而使祖国蒙羞。

所幸那几个老外没发现他,径直沿着大街,一路走过去了。

七十六岁那一年,张友鸾写了哄传一时的名文《胡子的灾难历程》,在文中他引了一个古代的笑话,自嘲道:"胡子有一把,学问一些也无,笑话倒有一担。"

2008年初至2010年2月6日写于西壁下

10月11日改定

无限夕阳楼主人陈迩冬

三年无日不狂笑，七尺非天能活埋。
乙夜言谈杨左肘，故人居住李东街。
尽倾囊底诗千首，安得尊前酒一淮。
月下丁香华有种，好春无雨亦争开。

1962年，北京的一个春夜，上一年冬天刚摘掉右派帽子的聂绀弩，带着刚吟就的诗稿，专程拜访好友陈迩冬，向他请益。这首《春夜诣迩冬乞定吟草》，抒写的便是当时的情景。

绀弩自称年已六十，才真学做起诗来，老师有两位，其一便是"无限夕阳楼"主人陈迩冬。

1963年陈迩冬五十岁生日，绀弩在给他的贺寿诗中写道："文心一字师兼友，诗骨两人瘦共寒。"他们两人，不仅情兼师友，相知甚深，而且同病相怜，正是"诗骨共寒瘦"。

当年人文社二编室（即今古代文学编辑室），专家学者济济一堂。陈迩冬在其中，是博览群书、满腹经纶的大家，又是倜傥不羁、文采风流的

在山西大学任教的陈迩
冬（1949）

人物。他一生，室名先后有好几个。早年在桂林，叫过"冬眠楼"。端木蕻良有一次去访他未遇，从外边打量了一下他的居处，觉得挺别致，随即吟了一首打油诗，有"走马城头石板街"，"窗生铁锈门生碧"之句，难怪他取了"冬眠楼"这样的室名。五六十年代进京后，卜居什刹海后海李广桥东街甲1号，室名是"十步廊"，后来，又有"它山室"。

不过，我喜欢的，则是他晚年的题署——"无限夕阳楼"，意境恢廓深幽，有无限的韵致，让人生出联翩不尽的情思。

陈迩冬首先是个诗人，新诗、旧诗全能写。年轻时出版过新诗集《最初的失败》，诗篇《空街》、《猫》等，曾被闻一多选入《现代诗选》。他还编过剧本《战台湾》，出版过小说集《九纹龙》、传记《李秀成传》，写得一手好文章，尤其是学术性的文章，写得特漂亮。他为人文社所选注的《苏轼词选》、《苏轼诗选》，其前言、后记，篇幅都不算长，但有见解，有文采，像论文，又像随笔，也像散文，不是一般只能写八股文章的学者，所能写得出来的。

"'清雄'是苏诗的艺术境界"，"'清'似近于'古淡'，而实不同于'古淡'。'雄'易混于'老辣'，而实不同于'老辣'"；"梅（尧臣）诗古淡，古淡就未免‘冷’；黄（庭坚）诗老辣，老辣则一定‘狠’。苏诗的特色恰是不冷不狠的‘清雄’”。他在《〈苏轼诗选〉后记》中，这样辨析大放大畅、吞五湖三江的苏轼诗风。

在《〈苏轼词选〉前言》里，他写道，与“盛唐”相对而言的“隆宋”，“实则不‘隆’于政治，而是‘隆’于文学”，“隆”于工业。接下去，就谈到独一无二的“宋瓷”：“豆青色刻着宝相花图案的汝窑小碟，白地黑花笔势恢奇的瓷州窑大酒坛，像青玉一样的哥窑花觚，像象牙一样的建窑酒盅，像牛乳冻成的定窑碗，像一湖澄碧水使你不敢用指头去搅动的广窑盘”。

他对苏轼词深有会心，以“格高，境大，色彩鲜新，而笔触又明快、又飞扬、又沉着”，来评说其风调。他还指出，苏轼的人生态度有消极的虚无的色彩，“看来像‘达观’，实际上是虚空，无是非”。不仅苏轼如此，陶渊明也有这一面，李白更多这一面。而读者“有时却难免被带进虚无缥缈之境去，因为他们的艺术感染力太强”。说得何等深刻、畅透！没有超拔卓荦的洞见，是道不出这样一针见血的见解来的。

“被带进虚无缥缈之境去”，恐怕也就是鲁迅说的，读中国书，让人沉静下去、与现实人生脱离的意思吧。

在人文社的前辈中，陈迩冬的个性是独异的。他既热情入世、有追求，有抱负，又潇洒出世，旷达而超脱。学识渊博的他，能写能编，多才多艺。

四十年代在西南大后方，参加过桂林文协以田汉为首组织的“看戏十人团”，还登台参与洪深所写剧本《飞将军》的演出。而对于个人的名利、成就，他却并不那么热衷，那么在意。在他的天平上，生活乐趣、自我性情、个人嗜好对于人生的重要性，并不亚于学问之类的名山事业。摩挲金石，赏玩书画，和读书写作一样，都是水乳交融的人生。

他和夫人钟惠琼，都喜欢花木。1965年秋，夫人买回了珍贵的千头菊，陈迩冬品鉴之余，又赋诗《咏千头菊》一首，呈赠绀弩：“山妻买得千头

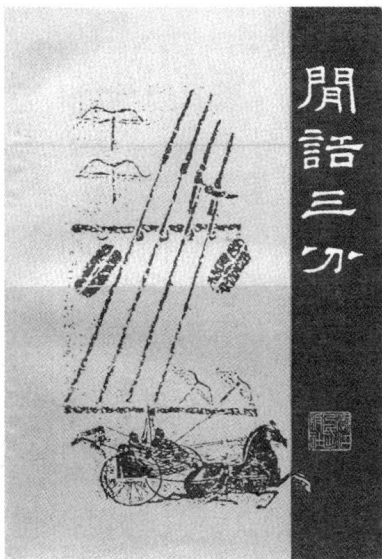

《闲话三分》书影,浙江人民出版社1998年版。书名四字系陈迩冬集自汉碑:"闲"见重修周公礼殿记,汉献帝初平五年立,钟会书;"话"见张衡碑,汉顺帝永和四年立,崔瑗撰文,不著书人;"三"见乙瑛碑(即孔庙置守庙百石卒史碑),汉桓帝永兴元年立,传钟繇书;"分"见酸枣令刘熊碑,蔡邕书。

菊,秋色平添十步廊。多谢画师傅粉本,还乞诗老锡佳章。夺朱无碍者般紫,褪色翻成别样黄。三载市尘压不死,篱东犹待七年霜。"绀弩当即和诗一首《咏千头菊和迩冬》:"迩冬家有千头菊,绀弩诗成月转廊。天地以时矜肃穆,江山借此焕文章。卿同我遇风兼雨,我比卿颜瘦更黄。何事紫云开口笑,满头花插九秋霜。"

对于搞学问,陈迩冬从不凑热闹,不拾人牙慧,跟在别人身后随梆唱影,而是"常发前人所未发,总有另辟蹊径的成就"(端木蕻良语)。

1986年,他出版了一本文史兼备、雅俗共赏的小册子《闲话三分》,就《三国演义》的"演义"笔法,做了多种层面的分析,既肯定了作者罗贯中的艺术创造,又还原了书中诸多人物的历史风貌,还澄清了许多流行的观念。端木蕻良在序里感慨地说,"迩冬治学,旁搜冥求,常能在灯火阑珊处,蓦地发现出不寻常。"朋友们都为此惊喜不已。

陈迩冬做学问的特点,从他的《小园诗话》、《读〈红楼梦〉零札》、《旧

陈迹冬墨迹，书于1982年

剧脸谱研究》(提纲)等著述中,亦可看出。贾宝玉的"通灵宝玉",正面的文字"莫失莫忘,仙寿恒昌",是仿秦始皇玺字"受命于天,既寿永昌"的,已有人指出过。但反面"一除邪祟,二疗冤疾,三知祸福"十二字的来历,似乎无人谈及。陈迩冬以为,其实那也是仿古玺的,仿的是,一方刻着"疢疾除/永康休/万寿宁"的九字白文的著名古玺。明代不止一家著录过,在两部《集古印谱》里,均被推为诸印之冠。

由此他认为:曹雪芹给他的主人公须臾不可分离的"宝玉"编撰"通灵"文字,不会信手拼凑而成,大概是经过了长期酝酿和反复思索,还可能从许多古玉器上的文字进行选择、推敲、增饰。于是,正面采取了秦代以来的"传国大宝"上的文字,反面则借鉴了被推为"第一古玺"上的文字,参酌变换而成。

能写出这种考证文字来,无疑需要广泛的趣味、渊博的知识和深厚的学养作为根基。陈迩冬不是那类涉猎专门化、知识很狭窄的学者,而是"杂学旁收"的一位学问家+玩家。他早年好打球、斗鸡、斗蟋蟀,后来又弄书法、集碑刻、玩古砚、买古董、收旧书,尤嗜古玉,否则,是写不出谈"通灵宝玉"上面文字来历的文章来的。

上世纪五十年代,在北京后门一家古董铺,他发现一方古砚台,断定是明代高启的,因为高是被朱元璋腰斩的,决不会有人冒他的名来伪造。他马上叮嘱有同好的端木蕻良一定去买下,千万别像前一次告诉他有一方"鸡骨白砚台",而端木去晚了一步,被康生抢先弄去了。这一次,端木终于如愿得到了高启这方砚台。

用端木蕻良的说法,陈迩冬还是一位《三国演义》和《红楼梦》的"正牌知己"。他不仅多次独自拜访曹雪芹晚年住过的北京西山,还约端木蕻良同去香山樱桃沟住过一段时间。他收藏有一部程乙本《红楼梦》,视若珍秘。也是"《红楼梦》迷"的端木蕻良,曾请求他转让给自己,却因他

陈迩冬收藏的古董
之一,烟具

舍不得而作罢。

　　陈迩冬交游颇广,社外社会活动很多。早年曾追随柳亚子,1945年在
重庆,他参加了"三民主义同志联合会"(简称"民联",后并入中国国民党革
命委员会,即"民革"),介绍人即柳亚子。1958年柳亚子病逝,消息传来,
他正在编辑室上班,不禁悲痛万分,泫然泣下。1945年10月12日,柳亚子
曾在给他的信中,以为他是给自己作传的最合适人选之一,嘱他"记住这一
点为要"。但由于晚年疾病缠身,他未能完成这一嘱托,为此而深感惶愧。

　　他和比自己年长三十二岁的陈铭枢,也是忘年交。两人交谊很深,
是诗友,还是茶友。陈迩冬视力不佳,每以开水沏茶熏目,陈铭枢则喜以
剩茶洗目,到他家做客时也是这样,陈迩冬就跟着学会了此法。

　　四十年代在重庆,他就结识了陈铭枢。1955年,陈铭枢调进北京工
作,住在金丝套胡同,陈迩冬家住李广桥东街,都在什刹海后海一带,往
来也就多起来。陈铭枢在"民革"中央搞了一个"理论政策研究委员会",
提名陈迩冬为委员之一。陈铭枢去外地视察回京,陈迩冬协助他修改润
色考察报告。

　　1957年春,身为全国政协常委、民革中央常委的陈铭枢,专门到北

陈迩冬收藏的古董之二，茶具

京市视察教育工作，其间，还分别请有关人士，到家里进行座谈，陈迩冬也参加过两次。在此基础上，形成了一份视察报告。殊不料，批评毛泽东“好大喜功，偏听偏信，喜怒无常，不爱古董”的陈铭枢，给打成了“大右派”。这份报告也就顺理成章地被作为“反党反社会主义的、集右派言论之大成的‘万言书’”。

由于陈迩冬为此提供过材料，如他在山西大学教书时，在院校调整中，有的教师安排不当，有的久无安排；肃反运动之后，好些老教授抬不起头来，等等，便被当做了“陈铭枢的帮手”，“帮闲、帮忙”甚至“帮凶”。所幸他只是“帮助右派向党进攻”，自己未被划为右派。

1958年，他向社里提出编辑出版《柳亚子诗词选》的建议，并担任责任编辑。第二年出版后不久，即在“反右倾”运动中被“拔了白旗”。因为书中柳亚子有的诗词，称孙中山为“国父”、宋庆龄为“国母”，于是，这也就成了“在中华人民共和国国家文学出版社的出版物中，居然有这样称呼出现，这是什么性质的问题？”的问题，而遭到粗暴无理的批判。

在《陈迩冬诗词》（澳门学人出版社2006年版）中，辑录有《赠溥仪》诗二首：

辛亥之秋君逊国,我生壬子不同天。

神州率土争民主,魔道春心托杜鹃。

薄坐同观三代玉,买餐各付四毛钱。

京郊夜气凉如水,卧看星辰落槛前。

冕旒卸却著囚裳,昨岁新更干部装。

毕竟人民轻万乘,偶将玩笑戏前王。

厌听两字呼皇上,愿受一廛为国氓。

佳话千秋曾目击,勒名还待蜀东方。

　　诗的本事是:1962年9月到第二年4月,他奉命到社会主义学院学习,与末代皇帝溥仪同一个宿舍。他曾将自己所藏古玉,向溥仪请教,获益匪浅。社会主义学院学员就餐,每人先交四毛钱。一次,溥仪掏出一块钱,付过之后,转身便走。

　　管理员急呼:"皇上,皇上,找你钱!"

　　溥仪大怒:"谁是皇上?谁是皇上?皇上能到社会主义学院来吗?"

　　管理员急忙道歉、连连认错,溥仪才消了火气。

　　来自四川的方镇华,欲将一古砚定名为"不做皇帝砚",并请陈迩冬作铭以赠溥仪。之后,陈迩冬又写了这两首诗,记下了末代皇帝的逸事。诗究竟送给溥仪没有,不得而知。

　　陈迩冬身体一向不大好,自1965年夏,就因为患冠状动脉硬化、高血压高胆固醇血症心脏病,住院治疗,出院后长期在家休养,没上班。而不料"文革"起来了,红卫兵组织并未"赦免"他。1966年8月,社里的造反派查抄了他的家,抄走了一些诗稿、文稿及其他物品。绀弩得知后,安

陈迩冬收藏的古董之三，汉砖

慰他道："文化大革命排队也排不到这些诗，排队也排不到你。"

抄走的文稿中，有一部应约为人文社撰写的《宋词纵谈》，红卫兵据此给他加了一个罪名："打着词学家招牌的反革命分子。"为逃避迫害，他曾一度萌生出走之念，暗自谋划远去香港。然而，终未能成行。这也算不幸中之大幸。倘若实行而又被逮，那就是"叛国罪"！枪毙都有可能。即便如愿，也将背上"叛国"的骂名！

1968年4月，他的侄女（当时是北京体院学生）丢失了一个日记本，上边记有江青三十年代的情况，被北京公安机关发现后，对其拘留审查。她被迫承认，陈迩冬夫人钟惠琼对她讲过，"江青就是三十年代的电影演员蓝苹"。这不幸牵连到陈迩冬一家。接着，陈迩冬以及他女儿陈初、夫人钟惠琼、弟弟陈中宣，先后受到隔离审查。

8月，人文社的红卫兵组织"倒海翻江战斗队"，勒令陈迩冬每日到社半天，参加学习，"接受革命群众的监督审查"。12月中旬，红卫兵组织"大联委"又对他宣布："革命群众对你施行专政，隔离监督审查。"

在前有"企图叛国"，后又有"攻击性言论"严重"现行"问题的巨大政治压力之下，他吞下大量安眠药，想就此了结自己的生命。

陈迩冬在无限夕阳楼,摄于上世纪80年代中期

然而，他也真是命大，没有死成。1972年4月，文化部咸宁"五七"干校中共核心小组，根据他"企图叛国"和"攻击性言论"的严重问题，批准定他为"现行反革命"，"不戴帽子，按人民内部矛盾处理"。

自然，强加给他的，还有一些莫名其妙的"罪名"：反右派运动前，和舒芜、顾学颉等筹划出版同仁刊物《艺文志》，并被推举为总编辑，是"同党所领导的古典文学研究刊物唱对台戏"；曾参加张伯驹发起的"韵文学会"，与关赓麟、陈云诰、章士钊、陈寅恪、夏承焘、詹安泰等同被聘为理事；又参加王光琦（刘少奇内弟）、周同宇（周恩来胞弟）为首的"聚餐"会，是搞"裴多菲俱乐部"；在《光明日报》发表《满庭芳·北方昆曲剧院上演孟超同志新编〈李慧娘〉》，是"吹捧大毒草，为孟超摇旗呐喊"；"文革"开始后与聂绀弩、钟敬文等"牛鬼蛇神"来往密切，搞"秘密串联"，等等，等等。

然而，这些荒唐可笑的"罪名"，随着"四人帮"的塌台，全部烟云消散、一扫而光了。

劫后幸存，他和绀弩又恢复了往来。两人诗词唱和颇多，仅现在所见，绀弩生前，陈迩冬写给他的诗，有《寄绀弩》、《三台诗》、《寿绀翁七十晋八》；死后又有《聂绀弩兄诔辞》、《思佳客——再诔绀弩》。绀弩写给陈迩冬的诗，多达十几首。不少与诗有关，如："文心一字师兼友，诗骨两人瘦共寒"（《迩冬五十》）；"每叹衰年无此乐，忽来佳客与谈诗"（《赠迩冬》）；"为兹词赋诗歌手，走动东西南北人"（《迩冬出院》）；"尽倾囊底诗千首，安得尊前酒一淮"（《春夜诣迩冬乞定吟草》）。他著名的以阿拉伯数字和英文字母入诗的"嵩恒泰华皆0等，庭户轩窗且Q豪"，就是写给陈迩冬的，题为"九日戏柬迩冬"。

对绀弩这位"老学生"，陈迩冬一向要求较宽，且褒扬有加。"迩冬乐于奖掖后进，诗格宽，隐恶扬善，尽说好不说坏。假如八句诗，没有一句他会说不好的，只好从他未称赞或未太称赞的地方去领悟他如何不好。"

　　1964年秋，编译所部分同仁摄于中山公园。前排左起：伍孟昌、蒋路、金人、张铁弦、陆风、金满成、黄薇、杨霁云、陈逵冬；后排左起：张友松、萧乾、汝龙、方白、绿原、孙用、顾学颉、牛汉、刘玉铮、高长荣、赵少侯、许磊然、梁均、谢素台。刘辽逸摄，蒋路保存，蒋路夫人凌芝提供。

（聂绀弩《〈散宜生诗〉自序》，人民文学出版社1982年版）

在朋友们中间，陈迩冬是较早肯定聂诗独特价值的一人。绀弩1981年10月说，迩冬在十年前已曾称赞他的诗。《寿绀翁七十晋八》里，便有这样的诗句："撄心诗句青谁眼，刻骨文章接俟堂。"

陈迩冬不仅对聂诗极赞赏，对其文章也特推重。1963年绀弩六十岁时，陈迩冬写了《浣溪沙》词五首为老友祝寿，其中有句云："千载谁人释舅姑，惊才绝艳世间殊。"指的是聂1942年在桂林发表的学术文章《释舅姑》。舒芜以为，此评并非溢美。1983年，陈迩冬把此文收入自己主编的《艺文志》第1辑中，再度刊发。可见其对绀弩学问的嘉许。

1980年，陈迩冬夫人钟惠琼六十大寿，绀弩特意写了一首祝寿诗《马兜铃姑娘今六十矣岂可无诗》，首联云："浑身傲骨申公豹，一眼看穿武则天"，指的就是当年她说"江青三十年代是电影演员蓝苹"一事。"马兜铃"是钟惠琼的笔名。1965年陈迩冬长女结婚，绀弩又有《隽杰陈初新婚》、《四绝句》诗相贺。

如今，陈、聂二人皆已魂归道山，在另一处迢遥不可知的幽缈世界里，他们又可以聚在一起，谈文论艺，品茗清谈，而不会再有恐惧了。

1962至1963年，陈迩冬应约撰写的《宋词纵谈》一书，因不久"左"风便猛刮起来，而未能及时出版，直到二十多年后的1987年才面世。在"后记"里，他写下了这样的话：

"今世大词人朱彊村有云：'……泡露事，水云身，枉抛心力作词人。'词人二字我不敢当，但我却未尝'可哀惟有人间世，不结来生未了因。'"

2010年7月19日入伏第一天于北窗下

8月23日改定

无限夕阳楼主人陈迩冬　　**355**

我所接触的舒芜先生

5月1日上午,乘地铁到木樨地,去复兴医院,看望住院的舒芜先生。

走进七楼西侧朝南的一间病房,见舒芜先生躺在床上,右手举着一本书在看。似乎是齐如山的一本什么书。方竹正在床边,一刻也不停地忙着。

方竹时而给父亲弄弄枕头,调整一下角度;时而帮父亲翻翻身;时而又为父亲擦擦身。此时可见,舒芜先生身上已经肌肉无多,或者说简直就是骨瘦如柴了。但即便如此,他仍然举着书在阅读。而且,还叮嘱方竹从家里继续拿书来给他看。方竹指着放在枕边的齐如山的另几本书,告诉父亲:这不是还有吗? 看完了再拿嘛。

问病之后,坐在床边,和舒芜先生、和方竹,有一搭无一搭地闲聊。

"鲁迅的文章,是写给敌人的,所以有警句;周作人的文章,是写给朋友的,所以没有警句,就像闲谈一样……"舒芜先生说,手里拿着书,似乎是对我,又似乎是对方竹,又似乎是自言自语,声音虽不大,又有些含糊,但还是能听得清楚的。

他又提到,《红楼说梦》里有一个错,再印时要改过来。

之前电话里方竹说过,舒芜先生消化功能已衰弱到不能进食,只靠

晚年上网、用电脑写作，是舒芜先生的一大快事

鼻饲，有时还可以嚼嚼巧克力，于是就买了一盒巧克力带给他。方竹告诉他，他对我说：不如去无名居的时候能吃了。

无名居？噢，那还是五年前，社里把他的旧著《说梦录》，配上清人改琦《红楼梦图咏》的图，印成《红楼说梦》（插图本）重新出版，专程去给他送样书的时候，他高兴地特意到北方交大附近的无名居宴请我。那天，他的大女儿方非、二女儿方竹，以及外孙女章章也都同席。舒芜先生兴致非常好，说了许多话，胃口也不错，特意点了自己喜欢吃的闷罐海鲜。——四五年前的事，他竟然还记得。

即使在衰弱不堪的病中，依然手不释卷，还在读书，还在思考，还在谈说周氏兄弟。——这就是在生命最后的日子，舒芜先生给我留下的印象。

方竹说医生也没有什么好办法，住下去也不过如此，打算过两天就出院。然而听说，出院后不久，又再度入院。这一次，八十七岁的舒芜先生，终于未能熬过来。8月18日深夜，病逝于复兴医院。

舒芜先生是人文社建社不久即来社工作的第一代编辑，1953年4月从南宁调入社里以后，不长时间就成为二编室（即古代文学编辑室）副主任，是副总编辑兼二编室主任聂绀弩所倚重的业务骨干，为处于开创期人文社的中国古代文学作品的编辑出版工作，做出了自己的一份贡献。1984年底我毕业分配到人文社工作时，他早已调到中国社会科学杂志社去了。那时的《新文学史料》主编牛汉先生，有一回到皂君庙去登门造访舒芜先生，并向他组稿时，我也相跟着，由此认识了舒芜先生。

后来，舒芜先生研究周作人的专著《周作人的是非功过》，1993年在人文社出版，我很有幸做了责任编辑。在书中，他对周作人在现代文学史、现代思想文化史上的作用和影响，及其散文的思想和艺术价值，所做的深入研究、切当解析，使我由衷的佩服。从发稿到出书，在这一过程中，我学到了很多东西，受益匪浅。

此后，与舒芜先生交往也便渐渐多起来。有一年，还陪同日本的中国现代文学研究者近藤龙哉先生，专程拜访过他。稍稍熟了一点之后，我亦曾想就他在"胡风反革命集团"案中所起作用，以及他现在对这一历史事件的看法等问题，与舒芜先生做一次坦诚的深入的访谈，但又觉得这会触及他魂灵最深处的创痛，所以几次都欲言又止，终于不曾启齿。

记得有一次，曾在电话里问起方竹：胡风先生去世后，令尊有没有什么表示？方竹回忆说：胡风追悼会前夕，我曾经和父亲提起：对于胡风的逝世，咱们是否应该有所表示？父亲回答：你以为他们会欢迎我们、原谅我们吗？因了我的提问，方竹再次和父亲谈及此事，而舒芜先生完全不记得有这回事了。

每有新著问世，舒芜先生往往都会馈寄一册。能够不断地收到他惠赠的大作，在我是十分快意的。《串味读书》、《回归五四》、《舒芜序跋》、《我思，谁在？》、《碧空楼书简》、《舒芜文学评论选》、《哀妇人》……展卷披阅,除了为他的研究、思考、见解乃至表述所吸引之外,还不时见到他对于排校错误进行修改的笔迹,便又增加了些许感动。

甚至有时还随书附来一份他自制的勘误表。记得他说过,每有新作出版,样书到手,总是先要浏览一过,随手即把错别字改正过来。对于此类别人一般可能不大在乎的事,他一向是极为认真、细心、谨严的。由此可以想见,他做编辑工作时的态度和作风。在这方面,舒芜先生堪称是我们这些166号后生的楷范。

与舒芜先生的接触和交往,尤其是他的研究、思想和文字,对我编辑工作之余的读书、思考、研究和写作,产生了有益的影响和启迪。

舒芜先生曾指出:三十年代,以鲁迅为首的左翼文学阵营,在"言志"与"载道","闲适格调","寄沉痛于悠闲","一个隐士里面有一个叛徒","文人相轻","京派"与"海派",小品文,晚明小品,袁中郎,金圣叹,陶渊明,"静穆论",《庄子》与《文选》等等一系列问题上,对于"言志"派,或称《论语》《人间世》派的批判,其实就是对周作人派的批判;这次批判,比对新月派、"民族主义文学"、"第三种人"的批判,范围更广,影响更大,意义更深远。因为这次批判所涉及的核心问题,是作家以什么样的态度对待生活和文学,以什么样的美学标准塑造人的灵魂,较之那三次,更深入文学的品格特性之中;而且周作人当时的影响,远远超过梁实秋之流。

这是舒芜先生的一个很重要的见解,但似乎并未引起一般现代文学研究者的重视。

2003年,有一段时间,对照览读周氏兄弟的一些文章,发现三十年代中后期鲁迅写的许多杂文,都有与以周作人派文人"对话"的性质,有的简直就是不指名道姓的公开论战。于是深感舒芜先生上述意见的敏锐和深刻。

五四新文化运动落潮之后,已成为思想文化界名人的周作人,"转变

舒芜50年代初摄于南宁

方向"，与乃兄分道扬镳，完全退回到书斋之中，以过着清雅闲适生活的"苦雨斋主"的形象，出现于中国文坛，并成为一批知识分子追捧的精神偶像。这位"苦住"于帝都的"京兆布衣"，在书房里品茗，饮酒，赏雨，会客，闲聊，读杂书，写小品文，谈草木虫鱼，极力把自己塑造涂饰成一个"现代隐士"的形象。

在写于1925年2月的《十字街头的塔》里，周作人自称要模仿"出了象牙之塔"而"往十字街头"的厨川白村，"在十字街头造起塔来住"，并说这样可以"在喧闹中得安全地"。但这塔里所弥散出的，分明是一股消极苟活的"蜗牛气味"。1930年3月13日，鲁迅在上海大夏大学发表演讲《象牙塔和蜗牛庐》，指出当时中国的环境，连摆"象牙之塔"的处所也已经没有了，充其量恐怕只有几个苟延残喘的"蜗牛庐"而已。"蜗牛界"里，哪里会有文艺呢？

1935年9月12日在另一篇杂文中，鲁迅有针对性地写道，现在"连'象牙之塔'也已经搬到街头来，似乎有'不隔'之意，然而也还得有幽闲，要不然，即无以寄其沉痛"。

鲁迅于1935年2月20日还发表《隐士》一文，对周作人及其追随者进行了善意的规劝和严正的针砭。鲁迅幼时，绍兴长庆寺龙师父曾给他取了个法名——长庚，周作人的字则为启明，二者均系星名，但一在西，一在东。这倒像是兄弟二人失和的一个恰当的象喻。《隐士》发表时，鲁迅特地署名"长庚"，是颇为意味深长的。

文章指出，"隐"总和享福者有些相关，至少是不必十分挣扎谋生，颇有悠闲的余裕。"但赞颂悠闲，鼓吹烟茗，却又是挣扎之一种，不过挣扎得隐藏一些。"在我向舒芜先生请教此文背景的时候，他明确告诉我，胡风在1934年12月21日所发表的《林语堂论》一文中说过一句话："蔼理斯时代已经过去了"，周作人便立即撰写《蔼理斯时代》（发表于

1935.1.20），对胡风大加讥嘲。鲁迅这篇杂感，实际上就是声援胡风的。我这才明白了《隐士》篇末一段文字的"所指"："泰山崩，黄河溢，隐士们目无见，耳无闻，但苟有议及自己们或他的一伙，则虽千里之外，半句之微，他便耳聪目明，奋袂而起，好像事件之大，远胜于宇宙之灭亡者，也就为了这缘故。"

写于1924年12月的《喝茶》，是周作人阐述其人生哲学的名文。八年以后，鲁迅发表同题杂感，与周作人进行了一场十分耐人寻味的"潜对话"。文中写道，有色清而味甘的好茶喝，会喝微香而小苦的好茶，是一种雅人的"清福"。然而，要享这"清福"，须在"静坐无为"之时，而且要有工夫，以及练习出来的特别的感觉。周作人所主张的喝清茶，"在赏鉴其色与香与味，意未必在止渴"。鲁迅则以为，"这种细腻锐敏的感觉，当然不属于粗人"，而是"上等人的牌号"，"也正是这牌号就要倒闭的先声"。

从"喝茶"中，周作人悟出"偶然的片刻优游乃正亦断不可少"。而鲁迅指出，这种"片刻优游"，正是士大夫自我陶醉的"低回趣味"。又说："感觉的细腻和锐敏，较之麻木，那当然算是进步的，然而以有助于生命的进化为限。如果不相干，甚而至于有碍，那就是进化中的病态，不久就要收梢。我们试将享清福，抱秋心的雅人，和破衣粗食的粗人一比较，就明白究竟是谁活得下去。"喝清茶、抱秋心、享清福的高洁风雅的生活方式，暴露的恰恰是士大夫者流的孤芳自赏、顾影自怜、装腔作势和懦弱无力。

在舒芜先生的点拨和启发下，又据上述阅读思考的一管之见，草成《"隐士"与"猛士"——鲁迅、周作人不同的文化人格》一文，刊于《读书》杂志2004年第1期。原想在文中写明舒芜先生对我的具体指教，但他嘱咐勿提此事，我只好从命。

由舒芜先生晚年的思想见解和文字著述中，我获益之多，难以备

《碧空楼书简》,封面设计
速泰熙,凤凰出版社2003年
10月出版

述。如他在《红楼梦》研究中,对"冲破瞒和骗的罗网"之命题的阐发,以及那些探析古代士大夫的思想文学、精神人格,及其无耻、恶劣、儇薄之趣味的文化杂感和学术随笔,都是我喜欢披览、别有会心的文章。

在人文社前辈当中,舒芜先生是回忆、记述人文社早期历史、掌故,最多、最具体、最翔实的一位。我发现,他的记忆力实在是惊人的。在撰写《在朝内166号与前辈魂灵相遇》的过程中,及其后又继续搜集聂绀弩、张友鸾、陈迩冬、金人等先生的事迹史料时,每每有若干不清楚、不明白之处,便会向他请教,他都尽其所知,热心地予以解答。对此,我是十分感激的。

他赐赠的著作,有些我不止读过一遍,像《周作人的是非功过》中的有些篇章,曾反复研读,仔细琢磨,每次都会加深对一些文化、学术和理论问题的认识与思考。

舒芜先生最近几年写的文章,有的往往在发表以前,就通过网络,把电子文本发来,使我得以先"读"为快。如《牺牲的享与供》、《老吾老》等,至今尚存在我的电脑硬盘里。他先后见赠的著作,大都集中放在办公室

我所接触的舒芜先生　　363

的书柜里，以便随时观览。

此刻，边回想这些往事，边随手取下《碧空楼书简》，翻看起来——

历史的真相最难于保存。"反右"，"文革"，我们亲身经历的，已经看见许多小说、回忆文章里写得似是而非，不要多久也许就会面目全非。

事实上，中国自由主义知识分子，从来就没有成气候、成阵势。……西南联大正是中共地下党活动最有力的学校，我有好几位兄弟姐妹都是西南联大地下党的最主要成员，所谓自由主义的教授，在学生中并无多大影响。这些事，要亲历亲见才成。

观堂为清遗老，本是事实；寅翁之为遗少，亦无可讳。然寅翁创为"殉文化"之说，以释观堂之死，未免饰词。今之论者，又纷纷引用之，甚是无谓。窃谓学问自学问，政治信念自政治信念，苟不以政治信念发为为满清复辟之行动，无妨听之，论学则可存而不论。寅翁二十年所受优礼，无以复加，非他人所敢望；能写成柳传，亦与优礼不可分。

虽为薄薄一册，然如上一类真知灼见，书里触目即是。内封题署，笔迹俱在，但见手泽如新，而斯人已远行矣……

2009年9月28日于北窗下

初冬怀王仰晨先生

现在后三楼,是有些萧条寥落了。

上楼进门,两旁窗前地上,摆着些花花草草,再往里走,左边是几个铁架子,紧挨着一摞一摞都是杂志,有的堆得很高,然后是一溜旧柜子,把一条并不长的楼道挤占得满满的,里边每个房间的门大都是关着的,显得黑黢黢的,没有多少光亮。

在这里办公的现代文学编辑室和《新文学史料》编辑部,是已经分开的两个部室,人员都加起来,也不过六七个。八四年底毕业分到人文社来那会儿,可不是这个样子。

那时候,两个部门大概有十四五个人之多。进门拐弯,北侧第一个小房间,是秘书办公室。楼道里没有任何杂物,敞亮而又清爽。《史料》编辑部在楼下还有一间办公室。不久,我即奉命做《瞿秋白文集》(文学编)的责任编辑,社里又在后三楼的另一侧,给我和张小鼎先生安排了一个房间。现编室主任陈早春先生的办公室,就在南侧中间,他当了副总编辑之后,并没有立即搬到社务会成员集中在一起办公的前楼去。

那也许是现编室最热火的时光了吧:十六卷本《鲁迅全集》于1981

现在的后三楼

年出版后，没多久就印了几万套；郭沫若、茅盾、巴金的全集，老舍的文集，也都在陆续编辑出版；其他如"原本选印"、"文学流派创作选"等丛书，都受到了文学界和读者的欢迎……室里人气颇旺，大家干起活来，是很起劲的。

两个部门时分时合，但开会似乎总是在一起的；吃午饭的时候，有些同事也常常聚在南侧头一个房间里，闲聊。然而，这些场合，却从来见不到王仰晨先生。那个春天，我新结婚不久，编辑室同事还曾一起到我家来"贺喜"，人几乎齐了。然而记忆里，仿佛王仰晨先生没有来。

这个看上去总是独往独来的老编辑，其实并非由于孤僻或孤傲才如此，而是因为他实在太忙了。恐怕，他当时是全社独一无二的、最忙的"单干户"。

那时候，《茅盾全集》尚未出齐，《巴金全集》就又启动了，责编都是他。这对于一个已经年过花甲，且患有多种疾病的人来说，工作量显然是过大了，大到一个身体健康、精力旺盛的人都难以负载，何况他这样一个病弱的老人呢？

然而，这些活儿，他都一个人承担了起来。退离休与否，对他来说是没有任何差别的。《巴金全集》二十六卷、《巴金译文全集》十卷、《茅盾全集》后七卷的编辑工作，都是他在1986年办了离休手续之后完成的。无论在社里还是在家中，白昼还是夜晚，他手里的活儿，都多得干不完；连聊会儿天，也都会觉得浪费时间；别的事，就更无暇顾及了。

一个曾和他在鲁编室工作过的老同事，私下里给我讲过他的两个小故事：一是他曾严肃批评一个同事不应该看报，说是上班时间要集中精力、全力以赴地工作，看报则应该利用业余时间，那个同事为此和他闹得脸红脖子粗；二是私人通信，他从来不用出版社的信纸、信封，认为公私应该分得一清二楚。

唉唉，像他这样认真而又较真的人，以前真的还从未听说过。

到现编室没多久，一天，正往楼上走，在楼梯拐弯处，遇到一个很不起眼儿的小老头儿，相貌衣着平常得不能再平常、普通得不能再普通，站在那儿，嘴里喘着粗气。身上穿着中山装，虽有些旧，但是挺干净。手里拎着一个沉甸甸的布口袋，深蓝色的。

——他，就是王仰晨先生。这是我第一次见到他。

后来得知，王仰晨先生年轻时肺就不好，曾经咳过血，到了冬季，症状就更加厉害了。这也就难怪，冬天在他上楼走到楼梯拐弯处，喘口气歇一歇的时候，我偶尔遇见他了。只不过，此刻他外边穿的是一件黑呢子短大衣，鞋呢，是那个年代老年人常穿的一种深蓝色绒面、脚面上有个舌头的棉夹鞋。有时候，会看到他眯缝着的眼睛里，含着一汪泪水，怕是在路上被寒风吹的吧。

几乎没见他抽过烟。忘了什么时候了，有一次，偶然瞥见他坐在沙发里,跷着二郎腿,而且手里竟还夹着一支烟,使我感到有些吃惊和意外。他先是吸了一口,但并没有把烟吸进肺里,就马上吐了出来,简直像一个初学抽烟的人似的,样子实在有点好笑。后来猜想,他可能是犯了烟瘾,难以抑制,就权且以这种方式,来暂时过过瘾,舒解一下吧。

不久,室里就安排我从第2卷起,担任《瞿秋白文集》(文学编)的责编,终审便是王仰晨先生。这工作,使我有机会接近并了解他。

然而,他的话很少。只是嘱咐过我一次,说对稿子的改动,最好就写在有错的字词或句子旁边,不要大笔一挥,画一条线,引出来,那其实是改校样的做法,以避免排字工人改校样时看不到(那时还是铅印),稿子越干净,越清楚,排出校样来,错就会越少。

每一卷书稿看完,就交给他。过了些天,他把审完的稿子退给我。我一页一页地又重翻一遍,他对注释文字的修改加工,我都要认真看过,边看边琢磨为什么要改,为什么要这样改。他的字写得很小,细细瘦瘦、密密实实的,但还是能看得清楚的。就这样,慢慢地,边干边跟他学如何发稿,如何根据某种体例和格式来做注释,以及各种不同体裁的文章顺序如何编排……记得收有书信的那一卷,我对编者编定的个别文章排序,提出了重新调整意见,居然得到了他的首肯。

彼此稍稍熟悉了之后,他依然话不多,少言寡语,还是一副不苟言笑的样子。然而,他对待工作的一丝不苟、极端负责,审稿的极为细心认真,却让我很受触动。于是,对他怀着敬畏之心,看稿子的时候,不敢有丝毫马虎懈怠。

突然有一回,他叫我到位于后三楼北侧中间他的办公室去。我还以为稿子出了什么差错,颇有点惴惴不安。隔着桌子,坐在他的对面,听他慢声细语地说:"做编辑,最重要的,就是认真;年轻人尤其要踏实,要坐得住;看稿子,一定要细心、细心、再细心,那还容易出错呢……"

晚年的王仰晨先生

他话音不高，或者说简直有点低；说着说着，竟近乎自言自语了；甚至是嗫嚅着，稍微走神就可能听不大清楚。

他又说："看来，你还是能坐得住的。"还嘱咐我要好好努力。说到后来，他脸上露出了一丝平时难得见到的笑容。

他的这番教诲，虽然不曾书写出来，当做座右铭来鞭策自己，但却使我每每想起，便不能不戒慎惕厉。二十多年了，未曾忘却。

1988年1月8日，我过马路时被摩托车撞伤，有二三十分钟不省人事，被紧急送往中日友好医院抢救。在寒冬腊月的北风里，第一时间赶到急诊观察室来探望我的，就有王仰晨先生，还有早已当了社长的陈早春先生和副社长林敬先生。

我被摩托车撞成颅骨塌陷性骨折，吐了小半脸盆血，脑袋肿得像个血葫芦，躺在床上，昏昏迷迷，眼前的一切都看不清楚，只觉得床前立着三个模模糊糊的人影。后来心里推想，那天，王仰晨先生一定是穿着那件黑呢子短大衣来的。

伤好出院，在家休养了一段时间才上班。此时，王仰晨先生已看过《瞿秋白文集》第6卷付型样。书不久也印出来了。这一卷有作者关于拉丁化文字的改革方案，无论是文字内容，还是版式、格式、字号和字体，都极复杂繁琐。看起来十分琐细烦难，发稿时就感到头疼得很。伤病期间，王仰晨先生替我把没做完的工作全部完成了。可是对于此事，他却从未提起过。想起来，就万分感激和愧怍。

《瞿秋白文集》编辑工作结束后，和他的工作关系暂告一段落，没有什么具体联系，见面就越来越少了。只是知道他依然很忙，在继续为《巴金全集》忙碌。极偶然地，会在楼道里、楼梯上或院子里碰到他。

1993年9月，我不得不离开了环境气氛已经大大不同以往的现编室。那时，后三楼也早已几乎很难再见到王仰晨先生的身影了。然而，他却是我在现编室遇到的、在编辑工作上对我帮助最大、我时时想起的一位前辈。

后来有一回,忘了是为了什么事,还到他家里去过,看见在他的书桌上,就放着一大摞书稿。有一年春节前夕,我和同事H,还有参与编辑1981年版《鲁迅全集》编注工作的陈琼芝先生,在他十里堡寓所附近的一家餐馆,请他吃饭,并向他拜个早年。那个时候,社里的经营每况愈下,风气也不大正常,还冒出了什么"金刚"、"名旦"之类的说法……对这些现象,大家是有腹诽、有看法的。

一次,社务会头头和全社中层干部分成两片,开会,说是要学中共十五大报告,结合社里的实际,谈问题。我参加了编辑部门这一片的会。谈什么"问题"呢?还不是这种会上常听到的"今天天气……哈哈哈"之类无聊无用的废话,或是人们已经听腻了的那些套话、空话、假话、自欺欺人的话?而面对死气活样的现状,再说这些,还有什么兴味、什么意思呢?不是徒然地浪费时间、虚耗生命吗?

于是,轮到我发言时,就道出了在心里憋了好久而不能不说的一些话来:"……现在的人文社,就像一艘破大船,在图书市场的大风浪中,在激烈的竞争中,快要倾覆了,沉没了。而船上的人,有的茫然不知,有的浑然不觉,还有的……"

"在想自己的退路吧?"副总编辑高贤均插话道。

"如果冯雪峰担任第一任社长的人文社,真的在市场竞争的风浪中失败了、垮掉了,我们在座的,都是罪人,但是你们——"说到这儿,不免有些激动起来,就伸出了右臂,岔开五指,指向坐在会场一角沙发里的几个社务会领导人,大声道,"要负主要责任!"……

见到王仰晨先生,当他十分关切地问起社里的情况时,就一股脑儿向他倾诉了心里郁积了很长时间的一些看法、忧虑和愤懑。

王仰晨手迹

听着听着，他气愤地说道："要早知道这样，我就不推荐他了！"脸上显出了怒气冲冲的神色，声音也提高了好几度。

以前去看望林辰先生，也曾向他谈起社里的情况，他听了虽然也不满，但只是连连摇头、叹气而已。而王仰晨先生的反应却如此强烈，是出乎我的意料的。

吃完饭，我们想把他送到他家楼下，可他非要自己走回去。我们拗他不过，只好站在那条通往他家的小路南口，望着他一步步、踽踽远去。远远近近的灯火，迷蒙地闪烁着、摇曳着。在冻雾寒气充塞着的黑暗中，他的背影越来越小，越来越模糊，渐渐走进了远处冬夜的混沌里。

2004年初春，王仰晨先生突然托人带来一沓钱，并带话说，社里刚出版的两本书《中国农民调查》和《往事并不如烟》，让我帮他各买一册。可是没过几天，就听说他因大量咳血住院了。我赶紧带上他要的书，和老干部处的小谢，驱车前往位于通州的结核病医院。

进了病房，看见他躺在病床上，正在输液。我走上前，低下身来，握着他的手，问候他，并告诉他，他要的那两本书带来了。他指了指书，轻轻说了声"谢谢"。接着，用微弱而又清晰可辨的声音，说道："在社里，你们这代人，开始挑大梁了……"

离休后在家工作的王仰晨,桌子上堆满了书稿

　　我深知,作为建社初期就到人文社工作,几乎把一生都献给了文学出版事业的老编辑,大约他已经知道自己来日无多了,此刻在病床上所表达的,是对社里一批年龄和我差不多的中青年编辑的殷殷期待与深切厚望。

　　我对他默默地点了点头,凝视着他的眼睛,紧紧握着他的手。

　　第二年春夏之交,听说他又住院了。没多久,就传来了他病逝的消息。我和两个同事,匆匆赶到他家里,把一篮洁白的菊花和百合花,放在他生前卧室的床头,表达我们对他的景仰和哀思。

　　在日复一日的忙碌中,天气日见寒冷起来。转瞬间,他已经作古三个多年头了。去年社里为纪念他,专门出版了《王仰晨编辑人生》一书,封底上,印着他的手迹:

"夕阳"是无法挽留的。当"古稀"日益向我逼近的时候,"做什么"和"怎样做"对我来说就是念念不忘的一根鞭子。

　　这笔迹,是我曾经十分稔熟的。读着这段话,他拎着布口袋、喘着粗气、一步一步、慢慢往楼上走的身影,似乎又在眼前晃动起来。

　　至少可以说,在半个世纪编辑生涯中,王仰晨先生是创造了两项纪录的:从上个世纪五十年代末编巴金和茅盾的文集算起,他大概是一生中编辑作家文集、全集最多的编辑;他大概还是绝无仅有的进入耄耋之年后,仍在继续坚持从事编辑工作的编辑,接手编《巴金译文全集》时已经过了七十二岁,八十周岁那年还在做《巴金全集》(补编)的工作……

　　在人文社工作几十年,王仰晨先生仅仅在短期内当过编辑室主任,而绝大部分岁月里,都是一个普普通通的编辑;然而,他却数十年如一日,默默无闻地在平凡的编辑岗位上,做出了完全可以说是伟大的、令人惊叹、令人钦佩的业绩。我觉得,对于一个编辑来说,这实在是非常了不起的,甚至是无与伦比的。

　　鲁迅说过:"泥土和天才比,当然是不足齿数的,然而不是艰苦卓绝者,也怕不容易做……这一点,是泥土伟大的地方,也是反有大希望的地方。"(《坟·未有天才之前》)王仰晨先生,不就是这"培养天才的泥土"吗?

　　在这个北京的冷寂的冬晚,想起这些已经逝去但却难以忘怀的往事,领受过他的教益和恩惠的我,就又不可遏止地怀念起这个具有坚定信念和鲜明是非感,表面看起来很平和,但实际上内心燃烧着热烈爱憎的、可亲可敬可爱的老头儿来。

2008 年 11 月 7—9 日写于北窗下

2009 年 11 月 8 日改定于西壁下

杰出的翻译家汝龙

四十年前，在小兴安岭林区腹地上山下乡做"知青"的时候，结识了郑毅先生。他是从省城哈尔滨发配到当地的一个"右派分子"。渐渐地，和他成了忘年之交。记得在其劫后幸存的有限的藏书之中，就有曹禺的四幕悲剧《雷雨》，还有几本契诃夫的小说集，似乎是《苦恼集》、《打赌集》、《嫁妆集》、《醋栗集》和《农民集》。

每每闲聊起来，郑毅先生都格外激赏契诃夫的作品，说："契诃夫的每一篇小说，可以说都是一部特别好的独幕剧。"他原来是黑龙江省戏剧家协会的剧作家，独幕剧正是他所擅长的文学样式。但那时我并未注意，郑毅先生借给我看的那些契诃夫的小说集，译者就是大名鼎鼎的翻译家汝龙先生。说起来实在有点惭愧，身为人民文学出版社编辑，直到前年，才由一幅珍贵的老照片上，得知汝龙先生曾经是人文社编译室编外人员。

不知是否与那时便接触了契诃夫的小说有关，后来对契诃夫的作品发生了极浓厚的兴趣，不但购藏了人文社版《契诃夫小说选》(上下册)、上海译文社版《契诃夫戏剧集》、世界知识出版社版《契诃夫传》(〔法〕亨

汝龙和夫人文颖在达智营胡同寓所

利·特罗亚著）、人文社版《契诃夫传》（〔法〕伊莱娜·内米洛夫斯基著），还借阅过上海译文社的《契诃夫文集》、人文社的《契诃夫论文学》，以及苏联学者叶尔米洛夫撰写的《契诃夫传》和《论契诃夫的戏剧创作》。去年，上海译文出版社冯涛先生慷慨馈赠一套2008年版十卷本《《契诃夫小说全集》，我更是视若至宝，尤为珍爱。

对我而言，在所有外国作家中，契诃夫是最优雅、最迷人的。那些散发着他独有的浓郁个性气息的小说《哀伤》、《苦恼》、《万卡》、《草原》、《跳来跳去的女人》、《第六病室》、《没意思的故事》、《带阁楼的房子》、《我的一生》、《醋栗》、《新娘》等等，对我总是具有一种无法抵拒的魅惑力，令人着迷。就像把鲁迅著作单行本和《红楼梦》放在床头柜上，以便随时披览一样，契诃夫的作品，每隔一段时间，也一定会拿出来欣赏品读。

阅读契诃夫，在我是一种难以抑制的迷恋和渴望，一种无与伦比的享受与陶醉。

而把这位伟大的俄罗斯作家，全面、完整、高品质地译介给中国读者的，正是大半生钟情于契诃夫的杰出翻译家汝龙先生。

英国作家伍尔芙曾经质疑其同胞是否能够理解俄罗斯文学，她以为二者之间的障碍，除了社会环境、文化特性及价值观念的差异之外，还有语言的区别。由于能够用俄文直接阅读俄罗斯作家作品的人很少，绝大多数读者要依赖翻译。而在翻译过程中，句子中每个词一旦译成英文，原意就被做了某些变动，每个单词相互联系中的声调、力度和节律重音被改得面目全非，于是，除了对意思所做的赤裸裸而又粗鄙的变通外，就再也没有其他别的东西了。不仅如此，俄罗斯作家更精微、更本质的东西——习惯的行为方式、个性中独具的特征，也失掉了。俄罗斯文学中浸透着的朴实无华的品格和人道精神，也就很难传达出来。(《俄国观点》)

《契诃夫小说选》书影，人
民文学出版社1956年版

　　仅此一点，即可看出把契诃夫作品译到中国来的汝龙先生的伟大贡献了。在中国的文学翻译界，汝龙所译的契诃夫，是最有力充分地传达了原著的魅力、神韵和精髓的。就像朱生豪之于莎士比亚、傅雷之于巴尔扎克一样，汝龙的名字已经和契诃夫不可分割地连在一起。

　　而更令人惊叹的是，汝龙这位大翻译家，并非科班出身，完全是靠自学成才的。他执著一生的文学翻译事业，是在动荡、流离、战乱、播迁中艰辛起步的。

　　1916年他生于苏州，名元达，号及人。后来取"汝龙"做笔名，大约和他属相为龙有关吧。在北京上小学时，他就喜欢看《封神榜》等中国古代小说。上中学后接触到了新文学杂志，又开始如饥似渴地阅读起新文学作家作品来。他还爱看电影，听京戏。有一段时间，听戏竟听得着了迷，富连成戏班每天下午都在广和楼演出，哪怕旷课他也要去听，结果被学校开除了学籍。为此他感到对不起父母，精神压力极大，觉得自己是个罪人。幸亏阅读的新文学作品拯救了他，鲁迅、巴金等作家作品更使他领悟到了生活的意义，人不能只顾吃喝玩乐，而应该为祖国和人民做出贡献，"为人类献身"。

他以读者的身份给巴金写了一封信，倾诉自己离开学校待在家里的苦恼，想离家专门从事文学工作，以实现自己的理想。巴金回信说，专靠写作是没法维持生计的，建议他要慎重考虑生活问题。从此，巴金成了他一生的挚友和文学导师。

后来，因父亲工作调动，他们全家迁往大同，汝龙进了当地一所中学读书。这所中学是教会学校，用英语教学，这打下了他最初的英语基础。读到高二时，汝龙不愿意再让家里负担自己的生活学习费用，想早一点自立，就决定辍学，之后以第一名的成绩，考取了平绥铁路货运班见习生，赴平地泉参加了工作。到了1936年，汝龙青梅竹马的女友文颖已经读大学三年级，她的父母也希望汝龙入大学读书。他就辞去工作，回到北京，进华北中学读高中三年级。一年后毕业，正要报考大学继续读书，七七卢沟桥事变发生了。大批不愿做亡国奴的青年学生纷纷逃离北京，汝龙也装扮成商人，偕文颖于8月10日乘火车出走，开始了颠沛流离的八年流亡岁月。

他们由北京出发，一路走天津、到青岛，再往南京、赴上海。在上海他们拜访了巴金，于兵荒马乱中匆匆一见便分手告别。汝龙和文颖历尽艰辛，最后辗转抵达西安落下脚来。文颖就读的北平女子文理学院，在西安与其他几所大学合并为西北联合大学。天气已经冷了，他们卖掉一个结婚戒指，做了棉衣，租了民房住下来。他们计划：汝龙在家写作，文颖继续上学，把四年级读完，毕业也好找工作。但不久日军就步步逼近，西北联大决定迁到城固，动员学生步行前往，而文颖已经怀孕，无法走远

汝龙与老友巴金及其女儿李小林等合影

路,无奈中断了学业。

不久,他们又离开西安东下,抵达武汉时,战局已经恶化,他们不得不乘轮船,沿长江前往重庆。到宜昌时,因冬季江水水位低,船不能继续前行了,他们便在宜昌耽搁下来。因生活没有着落,汝龙便与新结识的朋友合开了一个小饭铺,租了房子,买来桌凳,并开始试做包子。结果,日军飞机连续对宜昌狂轰滥炸,他们只好又匆匆逃离宜昌,乘小轮船先往万县,再去重庆。在重庆,他们做过小学教师;文颖生下了第一个女儿,为了贴补家用,汝龙还另在一个家馆教英语。他们先后又在重庆江北中学、复兴中学、西充巴蜀中学、合川国立二中、东温泉复旦中学、涪陵省中学等多所学校教书,汝龙主要做英语教师,文颖则教数理化。

在此期间,汝龙根据他在宜昌开饭馆的经历,创作过一个中篇小说《一日》,第一次署名"汝龙",寄给《抗战文艺》。由于发生了重庆大轰炸,作品延至第二年,才于第5卷第4、5期合刊上,以首篇位置刊出,并在"编后记"里特别推荐。著名剧作家宋之的读后,想把这篇小说改编为话剧,在《新华日报》上刊出启事联系作者,以协商改编事宜,可惜汝龙一直未看到报纸和杂志,对此事毫不知晓。他迟迟未见处女作发表,"由期待而惆怅而绝望",最后打消了从事文学创作的念头,转而一心一意进行文学翻译工作了。

八年流亡,汝龙教了八年英语,加上他始终坚持业余自修,英语水准有了长足进步。无论时局如何艰难,在漂泊不定的岁月中,汝龙都从未中断过文学翻译的尝试和实践。有一个时期,他白天上课,晚上搞翻译,怕实在困倦睡着了,就站着译,终因劳累过度,得了肺结核,只能靠文颖一个人上课来养家糊口。那些年,他翻译的书稿竟达一两百万字之多,几乎都给巴金看过,但巴金对他要求十分严格,从未提及出版事宜。

艰苦卓绝的抗战终于胜利了。因为一时买不到长江轮船船票,他们一家只好滞留在四川,夫妇俩都在重庆一家书店工作。1947年他们到达南京,经朋友介绍,又一起前往常州柏桢中学教书。汝龙此时一门心思想专门搞翻译,于是就辞去教职,回到阔别了十年的北京。为了找原版图书来翻译,汝龙就托一个在清华大学读书的友人从学校图书馆帮他借书,译完一本再译下一本。后来,他又每天到协和医院图书馆去借书,就在图书馆阅览室里进行翻译。这一年,汝龙从英文转译的高尔基《阿托莫诺夫一家》(现译为《阿尔达莫诺夫一家的事业》),终于通过巴金在上海文化生活出版社出版了。而他这第一本译著的稿酬仅够买几个烧饼,那时国统区已是物价飞涨、民不聊生了。

经过八年的播迁流徙,汝龙的英语造诣和文学修养已有了很大提高。1949至1952年,他这个从未读过大学的人,先后受聘担任江苏无锡中国文学院、苏南文化教育学院、苏州东吴大学的中文系副教授。教书之余,汝龙总是夜以继日地搞翻译,常常干到午夜才就寝。那时高校知

《契诃夫论文学》书影,人
民文学出版社1958年版

识分子的思想改造运动已经开始,学校经常组织开会、学习,常常熬夜的
汝龙很不适应,便干脆辞去了教职。

接着,巴金介绍他到在上海的平明出版社担任编辑室主任。他白天
在出版社里看稿,晚上回到家里译书,往往一干就到深夜。1953年初,
他由英文转译的苏联作家特里佛诺夫的长篇小说《大学生》,在平明出版
社出版。当时汝龙尚不大为人所知,此书上市后却很畅销,他也由此成
了知名翻译家。而巴金却认为,这类书最好让其他年轻人去译,他希望
汝龙翻译较难译的十九世纪俄罗斯文学,并劝汝龙:既然打算专门干翻
译,不妨有系统地完整地翻译一个作家的作品,这样比较容易把握作家
的思想和风格。

接下去汝龙本打算翻译法国作家莫泊桑全集,也买好了英文版,已
读完马上要动手译了。他把自己的打算告诉了巴金。巴金则郑重建议
他翻译契诃夫的作品,说还是"译契诃夫好"。他接受了这个建议,马上

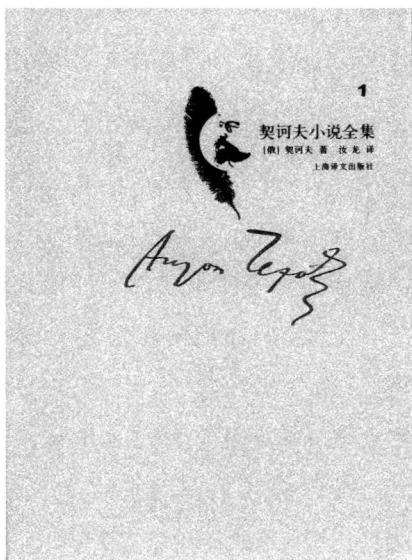

《契诃夫小说全集》第1
卷书影,上海译文出版社2008
年版

借来契诃夫的作品仔细阅读,觉得无论思想性还是艺术性,契诃夫都比
莫泊桑要高,于是决意翻译契诃夫。

英国作家伍尔芙曾比较过俄英作家,指出:在契诃夫和亨利·詹姆斯
之间,契诃夫和肖伯纳之间,"毕竟存在着巨大的差异"。(《俄国观点》)这
巨大差异究竟是什么呢?是否也包括鲁迅说过的法国作家作品中常有
"享乐的气息"(《华盖集·忽然想到(十至十一)》)?鲁迅还曾评述过英、
法作家与俄罗斯作家的区别,说与其看薄伽丘、雨果的书,宁可看契诃
夫、高尔基的书,"因为它更新,和我们的世界更接近"。(《且介亭杂文二
集·叶紫作〈丰收〉序》)

伍尔芙高度赞赏了契诃夫作品的意义,说他"对意识有深切的兴
趣,他是人与人之间相互关系最精到而又最细心的研究家"。他最关心
的是"心灵与健康问题,心灵与善的问题"。"心灵受伤;心灵愈合;心灵
没有愈合"是契诃夫小说的实质。"心灵是俄罗斯文学的主要人物。"(《俄

国观点》)

契诃夫作品是俄罗斯文学乃至世界文学的瑰宝。巴金建议汝龙翻译契诃夫，汝龙接受了建议，并执著地把译介契诃夫当做自己大半生的志业，这实在是中国文学和中国读者之幸。当我们阅读、品味、赏鉴、思考契诃夫的时候，怎能忘记巴金这一极有眼光的建议和汝龙做出的决定性选择呢？怎能不对他们怀抱着深深的感激和崇高的敬意呢？

结果，只在短短几年之内，汝龙翻译的《巫婆集》、《出诊集》、《三年集》、《嫁妆集》、《食客集》等二十七册契诃夫小说选集，就由平明出版社和上海新文艺出版社陆续出版了。

翻译出版了契诃夫的这些作品后，他更加深了对契诃夫的认识和感受，也深深地喜欢上了契诃夫。戈宝权得知了汝龙对契诃夫的浓厚兴趣之后，非常慷慨地把他刚从苏联购回的新版十二卷《契诃夫集》送给汝龙，并鼓励他把契诃夫全集都翻译出来。汝龙心中这个愿望也愈加强烈了，为此他辞掉了平明出版社的工作，回到北京，专心致志地翻译起契诃夫来。

1961年，他作为一名编外人员，进入了专家荟集的人文社编译所，与所内翻译家刘辽逸、蒋路成为好朋友，也参加过人文社组织的一些活动。他成了继巴金之后，少数几个不拿国家工资，靠自己稿费生活的文化人。

为了更准确、更忠实、更原汁原味地翻译契诃夫，他在原来学过的一点俄文的基础上，继续自修俄文，刻苦攻读，深入钻研，立志从俄文直接翻译契诃夫。每周他还到一个俄国侨民家里，请教一些疑难问题。就这样，他孜孜矻矻，边学俄文边翻译。翻译契诃夫，成了他"一个人的事业"。

钻研了俄文之后，汝龙把《阿托莫诺夫一家》和《复活》，又从俄文原版重译了一遍；有的译稿重译竟达两三次，光废稿就有近百万字之多。

翻译生涯是寂寞的、辛苦的。汝龙不怕吃苦，又耐得住孤寂，而且还有一种非常执著的韧性。他深居简出，每天除了吃饭、睡觉，就是翻译。有时一干起来，常常忘记了休息，甚至通宵达旦。没有娱乐，没有周末，生活单调，几乎与世隔绝。是真正的名副其实的"几十年如一日"。翻译几乎是他生活的全部，是他人生的最大乐趣。

他不沾酒，但烟不离手，往往一天要抽三盒。夜阑人静，灯下译书，在烟雾缭绕中，伏案工作，乐在其中。为了文学翻译事业，为了翻译契诃夫，汝龙献出了自己的大半生，乃至健康。

由于年深月久地熬夜，拼命工作，不得休息，他累坏了身体，患上了严重的肺心病和神经衰弱。还得了痔疮，犯病时裤子都染红了，痛苦不堪。但他仍不舍得放下笔来休息，而是在椅子上放个垫子，咬牙继续坚持工作。后来，他的身体每况愈下，每天只能坚持干一两个钟头了。

从五十年代末期开始，到1973年为止，汝龙完成了六百万字的契诃夫文集的翻译。1980年，在巴金的热心相助下，汝龙译《契诃夫文集》第一卷在上海译文出版社终于付梓，到1995年十六卷《契诃夫文集》全部出齐。

汝龙和巴金既是志同道合的文学同行，又是相知甚深、患难与共的至交挚友。巴金进京开会，总要安排时间看望汝龙一家人。老友会面，谈笑风生，格外快意。"文革"初期，巴金在上海落难，汝龙得知，不避风险，立即从北京寄上数百元。对这一"雪中送炭"的深厚情谊，巴金感念不已。他非常欣赏自己这位"很用功，能苦干，有成绩，又能坚持"的翻译家朋友，对汝龙"文革"期间坚持不辍翻译契诃夫十分敬佩。他也深知汝龙的"拼命三郎"的脾气，1978年在得知汝龙身体已经不大好的情况下，曾于8月21日专门致信劝道："要争取多活，不要为了几本契诃夫就拼命。"

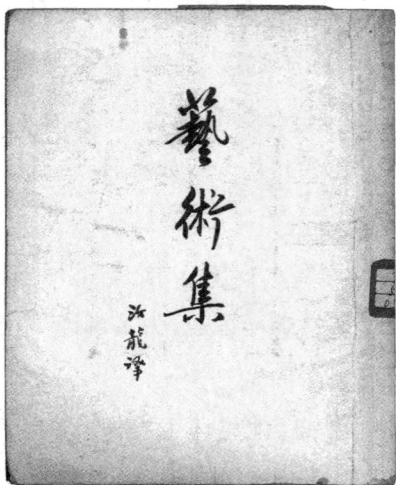

汝龙译契诃夫著《艺术集》书影

　　五十年代汝龙回京后，他岳父给他们一家在西单达智营胡同购买了一座四合院。汝龙最喜欢书，买来十个书柜，在两间北房靠墙摆着，书放得满满登登。每周他们夫妇都要结伴到东安市场的旧书店去淘书。一来二去，他积累下了两万多本中外文书籍，其中包括俄罗斯著名作家的俄文原版全集，以及这些书的全部英文译本。

　　他还喜爱西方古典音乐，买了一台美国产的收唱机。又以高价购得一套日本出版的《世界美术全集》，共二十余巨册，精美绝伦，在翻译感到疲倦时，有时会取出来翻阅赏鉴。对于古今中外的文学名著，他更是如数家珍；最喜欢的则是中国古典小说《红楼梦》。他曾对人说，每当感到脑子发木、文笔滞涩时，他都要拿起《红楼梦》来读上几页，回过头来再译，笔下就流畅得多了。

　　大革文化之命的十年浩劫，以"革命"的名义大肆对人进行侮辱迫害，给汝龙造成了最深重的打击和无法愈合的创伤。运动初起，大字报便贴到了他们家大门上，斥责汝龙夫妇是私有房产主，勒令他们必须把

房子立刻交公。汝龙被迫把房契上交到房管局,但只收到一张小纸条作为凭据。人文社的红卫兵也给他贴出了大字报,说他一个人单干是走资本主义道路。每天晚上对门传来的打人声,都让人听得心惊胆战。他走在街上也不敢抬头,好像罪人一般。为躲避批斗,夫妻二人不得不把靠稿费积攒的存款十万元全部上交人文社。又把书籍、衣物、家具等交给了派出所。红卫兵在他们家每个房门上都贴了封条,竟把他们一家赶出门,迁到达智西巷两间半小房子里去住。一家三代人,每月就靠人文社发的一百元生活费(实际上也是从汝龙稿费里支出的)艰困度日。

汝龙之子汝企和至今还清楚记得,1966年秋季的一天,父亲闷闷地坐在家门口的台阶上,目光呆滞,表情木然,一坐就是几个小时,仿佛灵魂离开了他的躯体。汝龙怎么也想不通,自己大半生搞文学翻译,这究竟有什么错呢?为社会、为人民做好事,反被说成是宣扬"封资修",这实在使他内心极度痛苦,不知以后该如何活下去。

经过一段时间的观察和思考,汝龙渐渐觉得这种倒行逆施、胡作非为的"革命",是早晚有一天要收梢的。他又悄悄找出书和纸,拿起笔,默默地继续翻译契诃夫。那两间半房子小得不能再小,他和夫人只能睡上下铺。空间十分狭小,来回走动都要格外小心,才不致碰倒了东西。汝龙就在一张小得不能再小的桌子上译书。外面"革命"搞得如火如荼、轰轰烈烈,沉浸在契诃夫文学世界中的汝龙,坚信总有一天自己翻译的契诃夫作品会出版。

由于运动初期的沉重打击,汝龙的身体越来越糟,经常感到精力不济,只好以拼命抽烟来提神,结果哮喘病愈加厉害,犯起来脸都憋得铁青。全家人仅靠那一百元生活费,饭菜质量很差,他的病也得不到及时有效的治疗。然而,无论多么艰难,他都没有放弃翻译契诃夫。"文革"十年,他居然完成了契诃夫全部作品的翻译。自1975年开始,他着手校阅已译完的契诃夫文集,对有些译文仍不甚满意,又进行重译。后来下决心参照英文译本,把所有译文从头至尾仔细校订了一遍,工作量之大是常人难以想象的。接着,他又开手翻译陀思妥耶夫斯基的《罪与罚》。

汝龙在达智营胡同的四合院,十间半房"文革"中全部被强占,全家被赶到达智营西巷6号的两间半小房,和汝龙父母住在一起。"文革"结束后,一直未归还。巴金见汝龙夫妇和三个孩子以及汝龙的父母,挤在两间小屋里过活,条件实在太差了,就不停地为此奔走呼吁,还找了胡乔木,终于在西便门给了他两套两居室房子作为补偿。迁进新居后,上交的稿酬也退回了,抄走的书籍也大部分归还了。汝龙专门订做了十几个大书柜,能放三排书,塞得满满当当。又买了两个写字台,一个用来加工校改契诃夫文集,另一个专门翻译陀思妥耶夫斯基的《罪与罚》。

那时他虽已暮年,但雄心勃发,还打算翻译陀思妥耶夫斯基全集,并准备好好写一篇阐述契诃夫作品意义和价值的长文。但健康状况一路下滑,终至重病缠身,而未能实现这一心愿。由于长年熬夜译书,抽烟过多,他原来就得过气管炎,后来发展为肺气肿、肺心病,再加上神经衰弱,以至于最后手抖得连字也不能写了。

1991年7月13日,这位为文学翻译事业奉献了自己一生的翻译家,带着未完成夙愿的遗憾病逝于北京。

汝龙搞翻译五十年,译契诃夫四十年。用他自己的话说,他具有一股"横下一条心,默默干下去"的劲头和韧性。巴金说,汝龙"让中国读者懂得了热爱那位反对庸俗的俄罗斯作家。他为翻译事业奉献了自己的下半生,奉献了一切,甚至自己的健康,他配得上翻译家这个称号"。

汝龙翻译的契诃夫,契诃夫对日常生活的独到思索,对人生意义的深邃发掘,"不能再照这样生活下去了"的呼唤,"生活要翻个个儿才行"的愿景,"必须让这个社会看清楚自己,为自己害怕才行"的诉求,他的极为严肃认真的创作态度和高度简洁卓越的艺术技巧,已融入中国文学艺术,融入中国几代读者的文学生活、艺术生活和精神生活。

"米修司,你在哪儿啊?"

多少年来,契诃夫那含蓄蕴藉、独具韵致的抒情音调,总是激动人心地回旋在中国读者心间。就此而言,杰出的翻译家汝龙,是永生不朽的。

2012年12月20日于166号北窗下

主要参考文献

孟超编剧、陆放谱曲《李慧娘》　　上海文艺出版社1962年5月出版

《雪峰文集》第1—4卷　　人民文学出版社1981年5月、1983年1月、

　　1983年11月、1985年7月出版

绿原、牛汉编《白色花》　　人民文学出版社1981年8月出版

牛汉著《温泉》　　上海文艺出版社1984年5月出版

孟超著《水泊梁山英雄谱》　　生活·新知·读书三联书店1985年10月

　　出版

孟超著《〈金瓶梅〉人物》　　光明日报出版社1985年10月出版

林辰著《鲁迅述林》　　人民文学出版社1986年6月出版

陈迩冬著《闲话三分》　　浙江人民出版社1986年6月出版

《回忆雪峰》　　中国文史出版社1986年7月出版

黄秋耘著《风雨年华》(增订本)　　人民文学出版社1988年9月出版

《聂绀弩还活着》　　人民文学出版社1990年12月出版

韦君宜著《海上繁华梦》　　人民文学出版社1991年8月出版

《聂绀弩诗全编》　　学林出版社1992年12月出版

晓风主编《我与胡风——胡风事件三十七人回忆》　　宁夏人民出版社
　1993年1月出版

陈早春、万家骥著《冯雪峰评传》　　重庆出版社1993年10月出版

韦君宜著《露沙的路》　　人民文学出版社1994年6月出版

牛汉著《萤火集》　　中国华侨出版社1994年9月出版

韦君宜著《我对年轻人说》　　人民文学出版社1995年8月出版

韦君宜著《韦君宜》　　人民文学出版社1995年12月出版

秦兆阳著《举起这杯热酒》　　人民文学出版社1995年12月出版

《陈迩冬诗文选》　　漓江出版社1996年7月出版

秦兆阳著《回首当年》　　人民文学出版社1996年8月出版

蒋路著《俄国文史漫笔》　　东方出版社1997年1月出版

《王任叔杂文集》　　生活·读书·新知三联书店1997年8月出版

顾学颉著《海峡两岸著名学者师友录》　　人民文学出版社1997年12
　月出版

《牛汉诗选》　　人民文学出版社1998年2月出版

《绿原自选诗》　　人民文学出版社1998年3月出版

韦君宜著《思痛录》　　北京十月文艺出版社1998年5月出版

洪子诚著《1956:百花时代》　　山东教育出版社1998年5月出版

钱理群著《1948:天地玄黄》　　山东教育出版社1998年5月出版

黎之著《文坛风云录》　　河南人民出版社1998年12月出版

舒芜著《回归五四》　　辽宁教育出版社1999年8月出版

《郭小川全集》第9卷、第10卷　　广西师范大学出版社2000年1月出版

陈徒手著《人有病　天知否——一九四九年后中国文坛纪实》　　人民
　文学出版社2000年9月出版

《张友鸾纪念文集》　　文汇出版社2000年10月出版

李之琏等著《没有情节的故事》　　北京十月文艺出版社2001年1月出版

郭晓惠编《检讨书——诗人郭小川在政治运动中的另类文字》　　中国工人出版社2001年1月出版

丁景唐等著《我与人民文学出版社》　　人民文学出版社2001年3月出版

杨宪益著、薛鸿时译《漏船载酒忆当年》　　北京十月文艺出版社2001年4月出版

《巴人先生纪念集》　　人民文学出版社2001年10月出版

《舒芜集》第1—8卷　　河北人民出版社2001年12月出版

舒芜口述、许福芦撰写《舒芜口述自传》　　中国社会科学出版社2002年5月出版

《冯雪峰纪念集》　　人民文学出版社2003年6月出版

绿原著《再谈幽默》　　凤凰出版社2003年10月出版

朱珩青著《路翎传》　　大象出版社2003年11月出版

《韦君宜纪念集》　　人民文学出版社2003年12月出版

章诒和著《往事并不如烟》　　人民文学出版社2004年1月出版

《聂绀弩全集》第1—10卷　　武汉出版社2004年2月出版

林辰著《鲁迅传》　　福建教育出版社2004年5月出版

朱正著《反右派斗争始末》　　香港明报出版社2004年9月出版

《严文井选集》上、下册　　人民文学出版社2004年10月出版

《蒋路文存》上、下册　　人民文学出版社2004年12月出版

绿原著《寻芳草集》　　中央编译出版社2005年2月出版

张钰选编《胡子的灾难历程——张友鸾随笔选》　　北京十月文艺出版社2005年3月出版

《林辰纪念集》　　人民文学出版社2005年3月出版

《回望雪峰》　　上海文艺出版社2005年3月出版

涂光群著《五十年文坛亲历记》上、下册　　辽宁教育出版社2005年5月
　　出版

《楼适夷同志纪念集》　　人民文学出版社2005年5月出版

吴思敬编《牛汉诗歌研究论集》　　时代文艺出版社2005年8月出版

王文正口述、沈国凡采写整理《共和国第一冤案——"胡风反革命集团"
　　案真相》　　香港明报出版社2005年9月出版

绿原著《绿原说诗》　　人民文学出版社2006年3月出版

洁泯著《晨昏断想录》　　生活·读书·新知三联书店2006年4月出版

《他仍在路上——严文井纪念集》　　人民文学出版社2006年10月出版

《陈迩冬诗词》　　澳门学人出版社2006年11月出版

《绿原文集》第1—6卷　　武汉出版社2007年3月出版

《王仰晨编辑人生》　　人民文学出版社2007年11月出版

牛汉口述,何启治、李晋西编撰《我仍在苦苦跋涉——牛汉自述》　　生
　　活·读书·新知三联书店2008年7月出版

寓真著《聂绀弩刑事档案》　　香港明报出版社2009年11月出版

屠岸口述,何启治、李晋西编撰《生正逢时——屠岸自述》　　生活·读
　　书·新知三联书店2010年4月出版

《林辰文集》第1—4卷　　山东教育出版社2010年6月出版

刘若琴编《歌浓如酒人淡如茶——绿原研究纪念集》　　人民文学出版
　　社2010年9月出版

韦君宜《思痛录》(增订纪念版)　　人民文学出版社2013年1月出版

《人民文学》1956年—1958年　　人民文学出版社出版

《文艺学习》1956年—1957年　　中国青年出版社出版

《新文学史料》1979年—2006年　　人民文学出版社编辑出版

后 记

屋外冷雾弥漫,满天阴霾。

独坐在北窗下,面对着案头刚看完的一摞校样,心中涌起了一阵感动,还有一丝莫名的惆怅……

近几年来,在私下闲聊或者是开会的时候,有时会情不自禁地谈起冯雪峰、聂绀弩等诸位人文社前辈的旧事逸闻来。有的年轻同事听了,建议我写一写他们。

2004年春季的一天,《中华读书报》总编辑庄建女士大驾枉顾,她希望我谈谈,作为一个编辑,是如何理解人文社历史上形成的宝贵传统的。

我对她说:"笼统地谈人文社的传统,我一时真是说不出什么;我只能从一位位具体的前辈身上,来感受人文社的传统。"因为在我看来,他们的行止,他们的文字遗产,他们的个性和人格,是人文社历史传统中最具生命力的元素、最有魅力的部分。

庄女士就问我写过他们没有。我说:以前只写过一篇研究冯雪峰的学术论文,还有两篇关于聂绀弩和牛汉的随笔之类的东西。她嘱我找出来给她看看。

去年 2、3 月份,《出版广角》编辑朱璐君远道来访,约我以系列专栏文章的形式,专门写一写我所了解的人文社的前辈们。

我能写好那一代知识分子吗?

心里真是没有什么把握。但面对朱君的盛情,只好说:"我试试看吧。"她回到南宁不久,就打电话来说:"选题定下来了。"

于是,虽自知这是不自量力,也只有勉力为之了。我一边看书,一边搜集材料,一个月一篇地写了起来。

有一次,在电话里和林贤治先生提及此事,他以为做这件事是很有意义的。他还说:"你写的不止是你们人文社的前辈,这些人都是中国现、当代历史上著名的文学家,你是在为一个时代的知识分子画像。"

给一个时代的知识分子画像,他的话是一个很重要的提醒,也给我以有益的启示。

是的,我所写的这些前辈中,既有杰出的诗人、小说家、杂文家、剧作家,又有著名的理论家、翻译家,他们的经历、遭际、命运,在中国现、当代知识分子中,无疑是具有一定代表性的。为他们画像,摸索他们的魂灵,恐怕会有某种价值吧。今天,我们似乎仍然生活在他们的长长的身影里。仿佛记得有人这样说过:"他们的命运,就是我们的警钟。"

前辈们已经走入历史、化为历史,前尘如烟似幻,往事似影如梦,我们只能远远地遥望其模糊、斑驳的背影。我只是尽自己的努力,去勾勒我所看到的前辈的面影,抒写我眼里所见的前辈的人生,感受和接近前辈的灵魂。自然,看人、看作品是因人而异的,倘若在不同的人和眼光看来,也许会是另一番景象吧。

整个写作过程,情感总是处于激动之中,时而深长地感慨,时而悲伤地叹息。写到后来,疲累之感不时袭来,似乎激情已经耗尽,越写越不满意。

"也许该停下来了吧,"我想。人文社值得写、应该写的前辈还有很多,限于自己的接触、了解、眼光、学识和笔力,这一次也只能写这十三位了。这是很遗憾的。如果可能,我当努力,有机会再继续描写其他前辈,并对此书做必要的修订。

在写作和成书过程中,我得到了很多师友、同事的鼓励、帮助和鞭策。牛汉、舒芜、绿原三位先生热情欢迎我登门造访,并提供照片、书刊等珍贵史料;楼适夷先生的夫人黄炜、严文井先生的夫人康志强、蒋路先生的夫人凌芝、孟超先生的女儿陆沅、韦君宜的女儿杨团、秦兆阳的女儿秦晴等人,也都向我提供了她们保存的照片、资料,或珍藏的遗物;巴人之子王克平从上海寄来照片;绿原先生的女公子刘若琴热心地帮我扫描、发送图片;冯雪峰先生的公子冯夏熊,以及其他前辈的后人,也都慨允我使用相关照片。我向他们表示由衷的敬意和感激之情。

《在朝内166号与前辈魂灵相遇》这组文字,《出版广角》从去年第6期开始,到今年第7期为止,一共刊发了十四篇。《上海文学》、《传记文学》刊载了扩充后的部分篇章,《美文》也计划发表其余的一些篇什。在此过程中,社里同事有的建议我把文章合为一体,结集出书;有的提出了很中肯的修改意见;还有的向我讲述他们了解、掌握的有关重要线索和情况。杨柳君曾对我刚完成的几篇初稿,亲自动手,进行过认真细致的加工润色。周绚隆兄力促拙稿出版,并担任责任编辑,在审读中改正了一些讹误。在写作过程中,人文社领导也给予了关照和支持。在这里,谨向他们致以诚挚的谢意。

我还要向林贤治先生致谢,感谢他为此书写了很好的序言。

现在,竟不揣谫陋,把这些幼稚的文字集中起来,再辅之以各种图片,即将印出一本"图书"来了,诚望得到读者朋友们的批评和指教。

2006年11月20日王培元记于北窗下